Si tu me le demandais

Emily
BLAINE

SI TU ME LE DEMANDAIS

ROMAN

HARPERCOLLINS FRANCE
83-85, boulevard Vincent-Auriol, 75646 PARIS CEDEX 13.
www.harlequin.fr

ISBN 978-2-2803-7893-2 — ISSN 2271-0256

Pour mon mari, pour sa patience,
pour son indulgence.
Ici, il n'y a que toi.

Pour mes enfants, pour leur amour
inconditionnel et leurs rires communicatifs.
Ici, il n'y a que vous.

« Il y a peu de choses à dire au sujet du bonheur ; il se contente d'être lui-même, placide, presque somnolent. C'est un état que l'on adopte d'un cœur léger mais avec un esprit parfois torturé. »

JIM HARRISON

PARTIE 1

Signed, Sealed, Delivered, I'm yours

Juin 2015

Je déroulai le plan de Jackson et le maintins sur le plan incliné en faisant glisser deux tés en hêtre de chaque côté. Le soleil déclinait, mais je refusais d'allumer la lampe articulée, pincée sur le rebord supérieur ; elle risquait plus de m'aveugler que de m'aider à y voir clair. Quelques rayons orangés jaillissant de la fenêtre éclairèrent le plan et tracèrent des zébrures dansantes.

Je me pinçai l'arête du nez et pris une profonde inspiration. À force d'étudier ce plan, je ne le voyais plus : les lignes se brouillaient. Je tirai ma chaise de travail, au cuir craquelé et aux roulettes récalcitrantes, et m'effondrai dessus. Je desserrai ma cravate, la retirai, puis remontai les manches de ma chemise sur mes avant-bras et me penchai sur la table inclinée, déterminé à trouver une solution. Le deuxième étage de cet immeuble était un véritable casse-tête et le client jouait les girouettes, changeant d'avis chaque semaine, espérant que nous serions assez bons pour trouver la solution miracle. Je gommai le dessin au crayon de Jackson, ne laissant apparaître que les murs principaux et indispensables, avant de réfléchir rapidement à l'espace à recréer.

Un jardin intérieur, peut-être.

Une salle de sport ?

Ou bien une cafétéria modulable en salle de créativité.

Aucune de ces solutions ne me plaisait. Aucune de ces solutions ne plairait au client.

Je m'enfonçai au fond de ma chaise et fis basculer le dossier un peu plus bas. Je balayai des yeux le dessin dévasté. En lieu et place du deuxième étage se trouvait maintenant un immense blanc. Je coinçai mon crayon derrière l'oreille et croisai les mains sur ma nuque. Puis je tournai la tête vers la fenêtre, en quête d'inspiration. Il y avait peu de chances qu'une idée fabuleuse jaillisse ce soir. En général, les lueurs de l'aube avaient mes faveurs ; au crépuscule, l'inspiration me fuyait et l'obscurité grignotait peu à peu mes pensées.

Je me redressai puis me penchai sur la table et secouai la tête pour chasser mes démons. Finalement, je finis par jeter mon crayon sur le plan avant de me lever de ma chaise. J'étirai mes muscles ankylosés et douloureux. Ma main droite serra mon épaule gauche et je grimaçai.

— Dégâts du squash ?

Sans même regarder mon assistante, je perçus la pointe d'un sourire dans sa remarque. Je me tournai vers elle et arquai un sourcil en découvrant sa tenue colorée et inhabituelle.

— Rencard, expliqua-t-elle.

— Avec les *Pirates* ?

Perplexe, je désignai son maillot noir et rouge, surmonté de l'emblème de l'équipe de hockey de Portland. Appuyée contre le chambranle de la porte, mon assistante laissa un sourire amusé se dessiner sur ses lèvres maquillées. Emma et son chaleureux regard bleu nuit m'accompagnaient chaque jour depuis plus de cinq ans. Au départ, son passage au cabinet ne devait être que temporaire. Mais, très rapidement, son efficacité et sa bonne humeur m'avaient convaincu de la garder.

— L'option « restaurant romantique, chandelles et discussion intime » ne fonctionnant pas avec moi, j'ai décidé de suivre un autre plan.

— Pop-corn, musique beuglante et odeur de sueur ? résumai-je dans un rire.

— Vous vous moquez, mais avouez que vous adorez entendre les petits comptes rendus qui suivent mes soirées !

— Je dois admettre que le récit de votre dîner de la semaine dernière avec cet homme absolument parfait qui a fini par prendre la fuite par la sortie de service était savoureux !

— Aussi savoureux que la note, en effet, répondit-elle sans cacher sa mauvaise humeur.

Voyons les choses du bon côté, le hot-dog sera nettement moins cher ce soir.

La quête de l'âme sœur d'Emma était devenue un sujet traditionnel de nos vendredis soir, jours de prédilection pour ses rendez-vous. Je connaissais une bonne partie de sa garde-robe de sortie : une multitude de robes noires, quelques robes bleues, une rouge flamboyante… et désormais un maillot de l'équipe de hockey de Portland.

— Vous devriez peut-être essayer, proposa-t-elle.

Nos regards se croisèrent et un silence pénible et pesant flotta dans la pièce. Emma me défia du regard et, devant mon silence, insista :

— Vous devriez vraiment essayer.

— Je dîne assez régulièrement, éludai-je.

— Avec une femme ?

— À l'occasion, répondis-je en me dirigeant vers mon bureau.

Si Emma remarqua l'étranglement de ma voix, elle ne fit aucune réflexion. Elle se redressa et avança dans la pièce avec prudence. Elle était mon assistante depuis des années, mais je savais qu'en pénétrant dans mon bureau chaque vendredi soir elle repoussait la limite de notre relation professionnelle. Je ne pouvais pas dire que nous étions amis, mais elle était toujours là, présente, bienveillante et perspicace.

— Quand ? demanda-t-elle.

— Quand quoi ?

— Quand était-ce, la dernière fois ?

— Je dîne chaque soir ! plaisantai-je en espérant clore le sujet.

— Je déteste quand vous faites ça. On dirait Jackson devant une note de frais qu'il ne sait pas justifier !

Elle posa les mains délicatement sur le dos d'une chaise et pencha la tête pour m'encourager à répondre réellement à sa question. Je fronçai les sourcils, vaguement agacé. Je n'aimais pas parler de ma vie privée, je n'appréciais que peu qu'on s'en mêle et je détestais qu'on la juge. À près de trente-huit ans, je n'avais de comptes à rendre à personne.

— Mon dernier match de hockey remonte à l'an dernier, expliquai-je finalement.

— Et c'était comment ?

Je comprenais maintenant comment Emma arrivait toujours à gérer mon agenda et mes demandes de dernière minute avec brio. Elle était définitivement très pugnace.

— Le match ? demandai-je avec une fausse innocence.

— Cooper, vous ressemblez encore à Jackson. Et je sais que ce n'est pas vraiment ce que vous voulez.

Je retins difficilement un sourire. Emma avait une mine revêche et contrariée. Impatiente, elle pianota sur le dossier de la chaise, attendant plus d'explications. Je pris la balle de base-ball qui reposait sur mon bureau et la passai d'une main à l'autre dans un geste nerveux.

— Le match était sympa. J'ai payé le hot-dog.

— Ça vous amuse de m'agacer, n'est-ce pas ?

— Vous n'avez pas idée ! dis-je en riant. Vous devriez y aller, vous allez finir par être en retard. Les *Pirates* sont toujours meilleurs en première période, vous allez louper le spectacle.

Elle poussa un soupir exaspéré, bafouant une fois encore les limites professionnelles de notre relation. Emma n'était pas la seule à s'intéresser à ma vie privée, mais elle était la seule à me faire part de sa désapprobation avec une franchise désarçonnante.

— Parfois, je me demande si vous savez toujours comment... patiner, finit-elle avec un grand sourire entendu.

J'ouvris la bouche, prêt à répliquer, mais Emma tourna les talons et se dirigea vers la porte, tout en retirant, d'un geste fluide, la pince qui maintenait ses cheveux. Le contraste entre ses bottines élégantes et son maillot de hockey me tira un nouveau sourire. Je lançai ma balle dans les airs et la rattrapai de la main gauche.

— Bonne soirée, Emma !

Elle leva la main pour me saluer, puis pivota sur elle-même avec grâce. Tout en reculant vers la porte, elle pointa l'index sur moi.

— Et avant que vous le demandiez, j'ai récupéré votre smoking et vous êtes attendu pour 21 heures au *Nine* !

Elle plaqua un sourire ravi sur ses lèvres, tandis que je lui adressais un regard perdu. J'avais beau chercher dans ma mémoire, je n'avais aucun souvenir d'un dîner, d'un rendez-vous ou d'une mondanité quelconque qui nécessitait ce genre d'accoutrement. Je n'étais pas particulièrement friand des événements qui m'imposaient une tenue ; c'était d'ailleurs pour cette raison que je laissais Jackson s'occuper des relations publiques du cabinet. Il serrait des mains, organisait des dîners et s'assurait de la renommée de notre entreprise, pendant que je restais volontiers penché sur les plans, participais aux réunions de projet et échangeais avec les équipes.

Face à mon silence, le sourire d'Emma s'estompa peu à peu.

— Et vous n'avez aucune idée de quoi je parle, conclut-elle avec une légère inquiétude.

— Pas la moindre !

— Dîner de l'association des Architectes de l'Oregon. Jackson m'a dit qu'il vous en parlerait.

— Parce que maintenant vous croyez Jackson quand il vous fait ce genre de promesse ? m'étonnai-je en m'asseyant dans mon fauteuil de bureau. Vous savez que je ne fais pas les soirées.

Je serrai la balle entre mes mains. Elle me servait habituellement de génératrice à bonnes idées. À cet instant, elle occupait plutôt le rôle d'antistress ; à tel point que je sentis une douleur fugace quand la couture de la balle s'enfonça dans ma paume.

— C'est le dîner de l'association. Apparemment, le cabinet va être honoré pour le projet Collins.

— Ce qui n'explique toujours pas pourquoi je

dois aller à ce dîner. Jackson se charge normalement de ce genre d'événement, m'agaçai-je.

— Je pense qu'il espérait que vous viendriez.

Emma se pinça les lèvres, embarrassée. Je passai ma balle d'une main à l'autre, tentant de démêler la logique si particulière de Jackson. Nous nous connaissions depuis des années, et il savait à quel point je n'aimais pas les relations publiques. J'avais fait ce métier pour dessiner des plans et créer des lieux pas pour perdre mon temps dans des dîners mondains, chronophages et ennuyeux.

— Qu'a-t-il dit ?

— Il a dit que le cabinet allait être récompensé et que…

— Non, la coupai-je vivement. Qu'a-t-il *vraiment* dit ?

Emma poussa un soupir nerveux et son regard balaya la pièce sans jamais réellement se poser. À la façon dont elle se cramponnait à la poignée de la porte, je devinais qu'elle était mal à l'aise. Elle tira sur son maillot, cherchant ses mots, puis marmonna une vague explication, les dents serrées.

— Répétez-moi ça dans un langage que je puisse entendre et comprendre, m'exaspérai-je.

— Il a dit que l'ours devait sortir de sa grotte.

J'arquai un sourcil, pendant que mon assistante se dandinait sur ses pieds, rougissante et prête à prendre la fuite. Je ravalai mon agacement, prenant conscience qu'elle n'était que le messager des manœuvres chaotiques de mon associé.

— Vous en êtes certaine ?

Son rougissement s'accentua et je retins difficilement un rire. Je reposai ma balle sur mon bureau et m'enfonçai dans mon fauteuil. Je croisai les mains sur ma nuque, installai mes pieds sur le bureau et attendis qu'Emma finisse par trouver mon regard. Quand ses yeux croisèrent les miens, elle soupira lourdement.

— Si vous me répondez, je vous offre à déjeuner.

— Je vous dénoncerai à Jackson pour corruption, répliqua-t-elle en souriant.

— Faites donc. Crachez le morceau, Emma !

— Il a dit que l'ours mal léché et triste comme la pluie devait sortir de sa putain de caverne pour… euh… froisser des draps.

Un sourire fleurit sur mes lèvres. Jackson avait un avis tranché sur ma vie amoureuse. Enfin, mon absence de vie amoureuse. D'après lui, il était temps pour moi de reprendre en main cet aspect de mon existence. Qu'il se serve d'un événement lié à notre cabinet pour parvenir à ses fins ne m'étonnait pas. La subtilité n'avait jamais été son point fort.

— Écoutez, je vais annuler et dire que…

Je me redressai vivement et effaçai la courte distance entre Emma et moi. Je la retins par le coude avant qu'elle s'éclipse vers son bureau. Il y avait toujours cette pointe d'inquiétude dans son regard, comme si elle craignait d'avoir vendu un secret diplomatique à un État ennemi.

— Allez à votre rendez-vous et dites-moi où est mon smoking.

— Vous êtes sûr ?

— Certain. Puisque ma présence est annoncée, j'irai. Au moins pour botter le cul de Jackson et boire un whisky ou deux.

— Et dire que je vais manquer ça, fit-elle, faussement désespérée.

— Et dire que je vais manquer le match des *Pirates* !

Un rire lui échappa et elle consulta sa montre. Elle haussa les épaules et reprit :

— Je vais au moins louper les dix premières minutes ! Ça sera plutôt bon signe si le copain d'Annah m'attend toujours devant la patinoire.

— Ma sœur vous arrange des rendez-vous avec des hommes ? !

— Et votre associé complote pour vous faire sortir de votre bureau. Qui de nous est le plus pitoyable ?

— Touché.

— Votre costume est dans votre placard. Annah m'a dit que vous préféreriez le gris foncé, le noir fait un peu trop solennel.

— Parce que ma sœur est complice de tout ça ?

Emma m'adressa un regard désolé, puis continua :

— Le dîner commence à 21 heures, donc je pense que vous allez sûrement louper vous aussi les dix premières minutes.

— Vous m'en voyez mortifié. Bonne soirée, Emma.

— Bonne soirée à vous aussi. Et je n'oublie pas

que vous me devez un déjeuner ! lança-t-elle en quittant mon bureau.

Je refermai la porte derrière elle et contemplai mon bureau vide. Je roulai le plan de Jackson et le posai sur mon bureau. Puis je défis les premiers boutons de ma chemise, tout en me dirigeant vers la minuscule salle de bains, aménagée dans un recoin de mon bureau. La pièce se composait d'une étroite cabine de douche, d'un miroir et d'une tablette où étaient déposés mon rasoir et mon parfum habituel.

Je retirai ma chemise et passai une main sur mon visage fatigué. Des cernes soulignaient mes yeux bleus et je n'avais pas rasé ma barbe depuis le début de la semaine. J'étais loin d'avoir une mine éblouissante. Je rinçai mon visage à l'eau fraîche et grimaçai quand ma nuque nouée se rappela à mon souvenir. Quelques gouttes d'eau roulèrent sur mon torse et glissèrent sur le seul tatouage que je possédais. En une seconde, ma fatigue et ma mauvaise humeur se dissipèrent.

Penser à ma fille me tirait toujours un sourire. Dans ma vie sombre et mélancolique, elle incarnait la lueur qui me maintenait debout. D'après mes parents, Cecilia était mon portrait craché. J'avais des doutes : parfois, au hasard d'un sourire ou quand je la regardais sans qu'elle le sache, je décelais une attitude familière, une grâce, un geste qui me rappelait Laura.

Je pris une profonde inspiration et me cramponnai de part et d'autre du lavabo. Le dos vouté, la tête baissée, je tentai de détendre mon corps et de faire refluer la vague de souvenirs qui commençait à s'abattre sur moi.

Au fur et à mesure des années, j'avais appris à prendre le contrôle sur les images du passé. Je choisissais soigneusement les moments durant lesquels je pouvais m'y abandonner et je maîtrisais les souvenirs que je laissais m'envahir. Parfois, j'écrasais une larme nécessaire.

Mais, dans tous les cas, je contrôlais.

Je me redressai et retournai dans mon bureau pour récupérer mon smoking. Je me changeai, ajustai ma cravate face au miroir et passai une main déterminée dans ma chevelure brune.

Je quittai le bureau en gardant ma veste sur le bras et rejoignis ma voiture en tentant de joindre ma fille. En vain : son téléphone sonna quatre fois, puis je basculai sur la messagerie.

Comme à son habitude, ma fille avait dû laisser son téléphone au fond de son sac et découvrirait mon message à son réveil.

— Bonsoir, chérie, tu dois sûrement passer ta soirée avec Anita ou Emmy. Je voulais juste… juste te parler. À demain, je t'embrasse.

Je raccrochai et m'installai au volant de ma voiture. J'aperçus mon reflet dans le rétroviseur et poussai un nouveau soupir : j'avais besoin de vacances.

Le *Nine* était à quelques kilomètres du cabinet. Pourtant, en raison des embouteillages de fin de journée, je mis presque une heure à rejoindre l'hôtel.

Soixante minutes durant lesquelles je fus tenté de faire demi-tour une bonne quinzaine de fois.

J'avais choisi de devenir architecte en observant mon père dessiner des plans dans son bureau. Je me souvenais encore de la lumière feutrée de sa lampe de bureau, de son tabouret élimé que ma mère rêvait de voir disparaître et de la façon dont il tenait son crayon entre les dents quand il réfléchissait. Jamais je n'avais vu mon père se pavaner de vernissages en cocktails. Aussi, quand je m'étais associé avec Jackson, j'avais fixé les règles : les mondanités relevaient de son domaine, quand moi, je restais reclus dans mon bureau à dessiner. Malgré cela, je pouvais comprendre qu'il souhaite ma présence ce soir : avoir les honneurs de l'association américaine des Architectes n'était pas si courant, surtout pour un cabinet aussi jeune que le nôtre.

Je garai ma voiture devant l'hôtel et laissai tourner le moteur quelques minutes supplémentaires. Un voiturier surgit à ma porte et l'ouvrit, ne me laissant plus d'autre choix que d'affronter cette soirée. Je sortis de la voiture, boutonnai ma veste, tirai nerveusement sur les manches et effaçai en quelques pas la distance qui me séparait du hall.

À mon arrivée, une hôtesse en tailleur rouge m'accueillit d'un sourire.

— Bonjour, monsieur. Êtes-vous un des invités au mariage Gardner ?

— Non. Je viens à la soirée de l'association

des Architectes. Je crains que le dîner ne soit déjà commencé.

— Votre nom ?

— Garisson. Cooper Garisson.

Elle fit courir l'index sur une liste de noms, puis m'adressa un sourire chaleureux. Franchement, je n'aurais pas été vexé qu'elle ne me trouve pas sur la liste et qu'elle me demande ensuite poliment de quitter les lieux.

— Monsieur Garisson, si vous voulez bien me suivre.

Nous remontâmes le long couloir du hall, nos pas étouffés par l'épaisse moquette rouge striée de lignes blanches qui couvrait le sol. Nous grimpâmes une volée de marches, avant de déboucher dans un nouveau couloir, richement orné d'œuvres contemporaines.

— C'est la porte de droite, m'indiqua l'hôtesse. Je vous souhaite une bonne soirée.

— Merci. Bonne soirée à vous.

Son sourire s'élargit et il me sembla percevoir un léger trouble dans son regard. J'ouvris doucement la porte de la salle de réception, espérant passer inaperçu. Sur l'estrade, le président de l'association, un verre à la main, déclamait son discours d'ouverture. Des yeux, je parcourus l'immense pièce, garnie de tables décorées de fleurs et de bougies. Après quelques secondes, je repérai la silhouette de ma sœur. L'instant suivant, mon associé — et mon traître préféré — leva la main pour me faire signe.

J'approchai de leur table d'un pas déterminé. Avec son sourire arrogant, Jackson cachait mal sa satisfaction de me voir. Ma sœur, près de lui, faisait semblant d'écouter le discours, tout en se pinçant les lèvres pour ne pas éclater de rire.

— Je ne sais pas ce qui est le pire : que vous trouviez enfin un moyen de vous entendre ou moi qui finis par accepter de marcher dans vos plans tordus, râlai-je.

Pour toute réponse, je récoltai une demi-douzaine de paires d'yeux furieux et une flopée de moues contrariées. Le président de l'association fit une pause dans son discours. Les spots bleus qui éclairaient son pupitre et son visage me permirent de distinguer clairement sa mine mécontente. Apparemment, j'avais parlé un peu fort.

J'inclinai la tête pour faire acte de contrition, puis tirai une chaise pour m'y installer. Je me penchai vers Jackson et poursuivis à voix basse, toujours aussi énervé :

— Et l'ours va te botter les fesses.

Ma sœur étouffa un nouveau rire et échangea un regard avec Jackson. Leur complicité soudaine et inattendue ne me rassurait pas. Ces deux-là étaient comme chien et chat depuis des années, et je jouais régulièrement l'arbitre en renvoyant les intéressés dans leurs bureaux respectifs dès que la conversation s'animait un peu trop.

— Rassure-toi, je suis toujours en guerre avec

Jackson, déclara ma sœur en lui donnant un violent coup de coude dans les côtes.

Jackson étouffa un juron, puis lui adressa un sourire. Il enroula le bras autour de la chaise de ma sœur et but une gorgée de son champagne.

— Je te raccompagne chez toi ce soir ?

— Plutôt m'arracher les ongles.

— Puisque tu insistes, je prendrai un dernier verre.

— Le digestif à l'arsenic, ça te parle ?

— Ta sœur m'adore, me dit Jackson. Un jour, je l'épouserai.

— Donne-moi une bonne raison de ne pas le tuer, demanda ma sœur, exaspérée.

— Je suis prioritaire, répliquai-je. Allez, racontez-moi ce que je fiche ici ! Vous savez que je déteste ce genre de soirée.

Un maître d'hôtel se matérialisa près de moi et me proposa de me servir un verre de champagne. J'acquiesçai sèchement, toujours énervé par la situation. Quelques rires fusèrent autour de nous, et j'applaudis poliment la fin du discours. J'esquissai une vague grimace en guise de sourire, pendant que le murmure des conversations s'intensifiait autour dc nous.

— Si cela t'ennuie tellement, pourquoi n'es-tu pas resté dans ton bureau ? intervint finalement mon associé.

— Parce que je te connais. Tu as mis mon nom sur la liste et tu as rendu mon assistante complice de tes méfaits, j'ai donc présumé qu'il était important que je vienne ici.

— Ton assistante était de mon avis, déclara Jackson. Elle pense que tu devrais...

— ... sortir ? finis-je pour lui.

— Sortir avec des femmes, corrigea Jackson. Les inviter à dîner, éventuellement prendre un dernier verre et, à l'occasion, te réveiller dans un autre lit que le tien.

Il me lança un regard sévère, me rappelant curieusement celui que je lançais à Cecilia quand elle remettait en cause mon autorité de père. Je ne recevais plus d'ordres depuis longtemps et concernant ma vie privée je refusais de répondre aux remarques et aux conseils de mes proches.

Je n'étais pas prêt.

Je pris ma coupe de champagne et la descendis d'un trait. Je retirai ma veste et m'installai confortablement sur ma chaise, tout en desserrant le nœud de ma cravate. J'avais la sensation d'étouffer, cerné par la foule et les regards inquisiteurs de mes deux plus proches collaborateurs. La fatigue que je cumulais depuis plusieurs jours me semblait maintenant insurmontable, me clouant à ma chaise et me laissant incapable de trouver la force de répondre à leurs arguments.

— Coop, reprit ma sœur d'une voix douce, tu ne peux pas vivre ainsi pour toujours. Tu... Même Cecilia le dit.

J'arquai un sourcil, encaissant douloureusement

la remarque de ma sœur. Qu'elle connaisse les états d'âme de ma fille mieux que moi me blessait.

— Cecilia va bien, contrai-je, la voix éraillée.

— Nous le savons tous. Mais il est temps maintenant de t'occuper de toi. Cette soirée n'est qu'un prétexte pour te faire réagir. Le cabinet va avoir une récompense, tu ne pouvais pas ne pas être là. C'est de ton travail que l'on parle. Jackson peut faire beaucoup de choses mais, quand il s'agit de parler du parcours du cabinet, c'est toi le mieux placé.

— Et vous avez donc comploté pour me faire venir ici ? Pourquoi ne pas m'en avoir parlé ?

— Parce que tu veux nous faire croire que tu aurais accepté ? intervint Jackson. Voyons, Coop, ça fait plus de huit ans. Tu refuses toutes les invitations, tu t'isoles de plus en plus.

Il leva le bras pour héler le maître d'hôtel. Je fixai Jackson, sous le choc de sa réponse. Crispé sur sa chaise, il faisait l'impossible pour retenir la colère sourde qui le hantait, comme s'il ne parvenait plus à la contenir. Ce n'est qu'à cet instant que je remarquai ses tempes grisonnantes et ses mâchoires trop saillantes. La gorge serrée et avec l'horrible sensation d'être pris au piège, je me redressai, cherchant du soutien dans le regard de ma sœur. Je croisai ses iris noisette — héritage de ma mère — qui me sondèrent une courte seconde, puis elle tourna le visage vers la scène et ajusta une mèche de sa longue chevelure châtain derrière son oreille droite. Ma sœur affichait une mine fatiguée et, pour la première fois, je remarquai les petites rides qui plissaient son regard. Son visage était tendu, son regard passant de Jackson à moi, comme si elle craignait que la conversation ne dégénère. Quand, finalement, ses yeux brillants de tristesse retrouvèrent les miens, je sus qu'elle était hantée par le même souvenir que moi. Un souvenir avec lequel je vivais depuis huit ans, un souvenir qui n'appartenait logiquement qu'à moi. Pourtant, dans le regard marqué de ma sœur, dans le visage colérique de Jackson, ce souvenir était là.

Laura était là. Comme moi, ma sœur et mon associé souffraient de son absence. Je comprenais maintenant qu'ils subissaient également mon chagrin aussi aveuglant qu'insurmontable.

À table, un silence pesant s'était installé. L'amertume de Jackson était omniprésente et surpassait même la sensation de tristesse que je décelais dans les yeux de ma sœur. J'avais toujours présumé que j'étais le seul à être rongé par le souvenir de Laura, le seul à être assailli par l'image de ma femme, le seul à me souvenir de son rire. Je me rendais compte maintenant que Jackson et Annah souffraient aussi de son absence et que sa mort nous avait peu à peu éloignés les uns des autres.

Un autre dommage collatéral de sa disparition, qui agissait comme un poison lent, insidieux et au goût amer. Un poison qui finissait par vous paralyser totalement. En les voyant assis l'un à côté de l'autre, le bras protecteur de Jackson autour de ma sœur, je réalisai qu'ils faisaient front. Peut-être avaient-ils parlé de Laura, peut-être avaient-ils pleuré ensemble, peut-être s'étaient-ils pris dans les bras en espérant qu'en rouvrant les yeux le cauchemar cesserait.

Chaque matin, j'ouvrais les yeux en espérant que mon propre cauchemar cesse.

Le maître d'hôtel remplit nos verres et je décidai de briser ce silence oppressant. Je refusais de me battre contre Jackson et de me disputer avec ma sœur. Nous avions déjà tellement perdu avec la mort de Laura : notre complicité, nos soirées interminables, nos fous rires.

Avec la mort de Laura, nous avions perdu une partie de nous-mêmes et une partie de notre amitié. Nous nous étions retrouvés confrontés à la tristesse, aux larmes, à l'incompréhension. Je m'étais perdu dans mon chagrin, je l'avais laissé m'envelopper au point qu'il était devenu un trait dominant de ma personnalité. Je réalisais seulement maintenant qu'il m'avait empêché d'affronter la réalité et m'avait éloigné de mes proches qui partageaient pourtant ma peine. Coupé du monde et recroquevillé dans ma tristesse, j'en avais oublié que je n'étais pas le seul à avoir perdu Laura. En perdant Laura, Annah avait perdu sa meilleure amie, sa confidente, presque une sœur. Je n'avais jamais osé lui demander comment elle se sentait, mais je me doutais que sa solitude faisait écho à la mienne. Jackson, lui, avait perdu une de ses meilleures amies, celle qui hurlait avec lui devant les matchs, celle qui analysait ses tourments, celle pour qui il avait écrit un éloge funèbre aussi beau qu'éprouvant.

Cette douleur insidieuse, ce deuil avait figé nos vies, comme si, du jour au lendemain, nous amuser était devenu un acte dérangeant et malsain.

Comme si nous n'avions plus le droit d'être ensemble, comme si nous nous punissions d'être toujours en vie.

— C'est vrai, admis-je en ravalant ma colère. Je n'aurais sûrement pas accepté de venir si tu m'en avais parlé.

Jackson me fixa, s'assurant de ma franchise. Je levai mon verre dans sa direction, en signe de paix. Il esquissa un sourire, prit son verre et le leva à son tour.

— À ta cravate, se moqua-t-il.

— À ton humour douteux, rétorquai-je.

Son sourire s'élargit et nous bûmes une gorgée de champagne. Annah poussa un petit soupir et, peu à peu, je vis ses épaules se détendre. Elle m'adressa un sourire chaleureux, qui échouait cependant à masquer ses états d'âme. Des amuse-bouche furent servis et le brouhaha des conversations reprit.

— J'ai retravaillé sur le plan de l'immeuble et… quoi ? fis-je en découvrant les expressions consternées de mon associé et de ma sœur.

— Tu vas nous parler boulot ? demanda Jackson.

— Techniquement, ce dîner est un dîner professionnel, lui rappelai-je.

— Techniquement, un dîner au champagne ne

peut pas être qualifié de dîner professionnel. Sinon, je vais devoir exiger de ta sœur qu'elle porte cette délicieuse petite robe noire à toutes nos prochaines réunions. J'apporterai le champagne, précisa-t-il à voix basse en se penchant vers Annah.

Aussitôt, elle abattit la main sur l'avant-bras de Jackson et cela me tira un rire. Ma sœur et mon associé formaient un duo comique qui parvenait à se renouveler continuellement : il la provoquait et elle le contrait, dans une sorte de grand jeu dont eux seuls connaissaient les règles.

Jackson se frotta le bras en riant, avant de lancer une nouvelle charge :

— Tu peux aussi ne pas la porter, je ne suis pas très exigeant.

— Merci pour ce formidable compliment. J'envisage très sérieusement de t'étrangler avec l'un de mes bas.

— La violence ne résout rien, ma chère.

— Je sais. Je veux juste te faire taire. Et je te promets de faire durer le plaisir, ajouta-t-elle, sarcastique, en plantant sa fourchette violemment dans un morceau de tomate. Si on parlait plutôt du discours que mon frère va devoir improviser ?

— Excellente idée, renchéris-je. Jackson, tu as préparé une note ?

Pour toute réponse, le principal concerné arqua un sourcil incrédule. Je lançai un regard à ma sœur, qui haussa les épaules, dépassée.

— Te voir à cette soirée est exceptionnel, mais ce

n'est pas pour ça que je vais déroger à mon mode de fonctionnement habituel, expliqua-t-il.

— Donc, j'improvise ?

— Parfaitement.

— Devant l'association des Architectes de l'État, je vais devoir improviser ? répétai-je, abasourdi.

— Je suggère que tu passes désormais ta vie à improviser. Il faut parfois laisser sa chance au hasard, ajouta-t-il en lançant un regard lourd de sous-entendus à ma sœur.

Elle se contenta d'éclater d'un rire caustique, stoppant ainsi la danse de la séduction entamée par Jackson. Si ma sœur était d'un entêtement sans nom, je devais admettre que mon associé faisait preuve d'une abnégation sans bornes : il cherchait à attirer l'attention de ma sœur depuis plusieurs années. Devant mon air inquiet, il tenta de me rassurer :

— Fais comme moi, imagine que tous ces gens sont nus. C'est ce que je fais quand je parle avec ta sœur.

— Que tu imagines ma sœur nue est un motif potentiel de licenciement.

— Coop, fais de moi un martyr et là, c'est certain, elle me tombera dans les bras, fanfaronna-t-il avec son arrogance habituelle.

Annah lui frappa l'arrière de la tête dans un rire, puis son regard s'arrêta sur la scène. Derrière le pupitre se tenait maintenant le président de l'association, accompagné de sa femme dont les cheveux étaient maintenus dans un chignon impressionnant.

Sa robe longue et rouge vif tranchait avec le costume sombre de son mari. Elle me fixa de longues secondes et, instinctivement, je resserrai ma cravate, comme pris en faute. Le président de l'association — je ne savais plus s'il s'appelait McCain ou McCann — sortit un feuillet de sa poche et, comme sa femme, braqua son regard vers moi.

— C'est ton moment, murmura ma sœur avec chaleur.

Une poursuite éclaira le visage de l'homme sur scène, pendant que le reste de la salle plongeait dans l'obscurité. J'avais soudain très envie de fuir. Le cœur battant, je croisai les regards de quelques confrères pendant que, près de moi, Jackson s'enfonçait au fond de sa chaise, se régalant du spectacle.

— Iconoclaste et habité par une vision moderne de l'architecture, l'homme que nous récompensons ce soir est le digne héritier de son père, Jack. Diplômé de Berkeley, fondateur du fleurissant cabinet Garisson & Whyatt, Cooper est un homme brillant et un architecte émérite. Nous lui devons notamment la rénovation de la bibliothèque de Portland et l'agencement de l'aile sud de l'hôpital. Ce soir, j'ai donc le grand plaisir de récompenser Cooper Garisson pour l'ensemble de son travail d'architecture, au service de la ville de Portland.

Un spot éclaira brutalement notre table. Une salve d'applaudissements s'éleva et, aveuglé par la lumière blanche, je ne décelai plus que des ombres autour de moi. Le bourdonnement de la foule s'intensifia et je devinai quelques sifflets appréciateurs. Plusieurs mains s'abattirent sur moi, pressant mon épaule pour me féliciter, pendant que je sentais qu'on reculait ma chaise. Je manquai de trébucher, ébloui par des flashs éclatants d'appareils photo, étourdi par l'ambiance festive et pris au piège par la foule enthousiaste.

Le choc était d'autant plus rude que je m'étais arrangé pendant des années pour éviter ce genre de soirée. C'était comme revenir à la vie, après une longue hibernation : violent, inattendu et déroutant.

Je finis par me lever, chancelant, et tombai dans les bras de ma sœur qui m'étreignit avec enthousiasme.

— Laura aurait été tellement fier de toi, murmura-t-elle.

Depuis le jour où la main de Laura, glaciale et inerte, avait glissé de la mienne, il n'y avait pas eu un instant où elle ne m'avait pas manqué. Contrairement à ce que la plupart des gens pensaient, ce n'étaient pas les anniversaires, encore moins les fêtes de fin d'année ou les réunions familiales qui étaient les plus douloureux.

C'étaient le bruit des clés dans la serrure, le café solitaire de l'aube ; c'était l'instant où je me glissais entre les draps glacés de notre lit, c'était l'absence d'étreinte comme celle de ma sœur maintenant. Ce soir ne dérogeait pas à la règle et je me surpris à faire ce que j'avais fait avec Laura pendant tant d'années. Je tournai la tête, espérant trouver son regard bienveillant et heureux posé sur moi.

Remarquant mon geste, ma sœur me serra un peu plus fort, comme pour tempérer mon chagrin, comme pour m'en délester. Jackson se joignit à notre étreinte et j'entendis Annah ravaler un sanglot. Mon associé s'écarta et, d'une tape dans le dos, m'encouragea à aller sur scène.

— Tu devrais y aller, avant qu'ils changent d'avis.

Ma sœur serra mes mains dans les siennes et je me décidai à rejoindre la scène. Les applaudissements redoublèrent tandis que je slalomais entre les tables rondes et les invités de la réception. En grimpant les quelques marches qui menaient à l'estrade, j'avais toujours la gorge serrée. Un tumulte d'émotions m'animait : de la fierté teintée de culpabilité écrasante, de la joie noircie par mes souvenirs avec Laura et, toujours, le manque cruel de ma femme, qui, en huit ans, avait pris toute la place de l'amour que je lui portais.

Le président de l'association des Architectes me tendit mon trophée en verre, gravé de mon nom en lettres d'or. Entre mes mains, l'objet me sembla peser une tonne. Soudain, toute cette reconnaissance, toute cette gloire était trop lourde à supporter. La bouche sèche, j'approchai du pupitre, à la recherche d'une formule toute faite qui me permettrait de quitter au plus vite cet endroit.

Instinctivement, je retrouvai les regards émus de Jackson et Annah. Mon associé avait posé les mains sur les épaules de ma sœur, debout devant lui. Ce soir, comme tous les autres soirs depuis huit ans, ils me soutenaient, ils me faisaient comprendre en silence qu'ils étaient présents, pour moi. Et pour elle.

Je serrai le trophée entre mes mains et tournai la tête vers l'homme qui me l'avait remis. Après une courte hésitation, ponctuée par un silence patient de la part des confrères, je finis par prendre la parole.

— Pendant longtemps, j'ai cru que la seule chose que j'avais héritée de mon père était son sale caractère, commençai-je.

— C'est vrai ! hurla ma sœur, déclenchant des éclats de rire dans la salle.

— J'ai aussi hérité de ses yeux bleus, paraît-il. Alors, si ce soir j'ai effectivement hérité une partie de son talent, je vais le rajouter à ma liste. Merci infiniment pour cette récompense, que je souhaite partager avec mon associé, Jackson, avec ma sœur, Annah, et avec ma fille, Cecilia. Ils sont les trois piliers essentiels de ma vie. Ne serait-ce que pour supporter mon caractère, ils sont admirables et méritent le respect. Merci encore.

— C'est vrai ! hurla Jackson, pendant que ma sœur effaçait une larme de son visage.

Mon associé se pencha vers elle et elle éclata de rire, chassant ainsi son émotion. Je remerciai à nouveau le président de l'association et descendis de scène aussi vite que possible. Nerveusement, je desserrai ma cravate et rejoignis la table où je posai le trophée.

— Tu vois que l'improvisation te réussit, commenta Jackson.

— Il ne reste plus qu'à survivre à deux heures de cérémonie, ironisa ma sœur.

Je retins un rire sarcastique. Ma bonne volonté avait ses limites et j'avais rempli mon devoir en récupérant mon prix devant une foule d'inconnus, je comptais donc bien trouver la sortie de l'hôtel et regagner la maison.

— Tu ne vas pas partir, hein ? demanda-t-elle en me fixant avec inquiétude.

— Je…

— Tu ne peux pas partir, tu remets un prix. D'ici une bonne heure, précisa Jackson en consultant sa montre.

— Quoi ? !

— Et puisque tout le monde t'a vu sur scène, il serait terriblement impoli de nous fausser compagnie maintenant, ajouta-t-il.

— Et ça serait terriblement impoli de te botter les fesses maintenant ? m'énervai-je, les mains crispées sur le dossier de ma chaise.

— Terriblement, confirma ma sœur.

— Est-ce que je peux au moins aller prendre l'air quelques minutes ? les interrogeai-je, bouillonnant d'énervement.

— J'adore quand tu demandes la permission, ironisa Jackson. Prends-en de la graine, Annah.

Son visage se tordit soudain dans une grimace de douleur et il se dandina sur sa chaise, manquant de renverser le verre qu'il tenait à la main.

— Bordel, Annah, arrête, ça fait un mal de

chien ! grogna-t-il en tentant de se dégager de la prise de ma sœur sur sa cuisse.

— Manucure fraîche, expliqua-t-elle en soufflant théâtralement sur ses ongles. Très efficace. Va t'aérer, Coop, l'entrée ne sera sûrement servie que dans un bon quart d'heure.

— Trop aimable, raillai-je.

D'un pas vif et toujours taraudé par mon énervement, je quittai la salle. J'avais besoin de respirer et d'évacuer mes émotions. En huit ans, j'avais réussi à limiter les interférences entre ma vie privée et ma vie professionnelle. Revenir ici, être dans cette salle, croiser des regards désolés, sentir le poids des souvenirs était trop étouffant. Je suffoquais.

Dès que je franchis la porte et que j'échappai ainsi au murmure permanent, je poussai un soupir de soulagement. J'ouvris le premier bouton de ma chemise et me dirigeai vers l'escalier. Au dernier étage de l'hôtel se trouvait une terrasse au panorama imprenable sur Portland. Je poussai la porte battante et retrouvai l'air tiède du printemps propre à l'Oregon : les journées étaient belles et les soirées douces. En portant mon regard au loin, je devinais les arbres nouvellement feuillus, qui coloraient la ville de touches vertes.

J'avançai sur la terrasse arborée ; quelques guirlandes lumineuses avaient été enroulées autour des branches et des spots éclairaient sobrement les lieux. La terrasse était cernée d'un muret en pierre et agrémentée de petites lampes halogènes qui donnaient une ambiance intime permettant d'apprécier la vue sur la ville. Les mains appuyées sur le muret, le dos vouté, je pris une profonde inspiration et ravalai aussitôt le début de nostalgie qui menaçait de m'envahir. Si penser à Laura, à notre histoire me faisait toujours du bien au début, chaque fois que je prenais conscience qu'elle n'était plus là, toute la joie que je ressentais en me souvenant d'elle était brutalement ravagée par la lave acide de mon amertume et de ma colère.

— Vous aussi ce mariage vous déprime ?

Je pivotai vers la jeune femme brune sur ma droite. Les yeux rivés sur la vue de Portland, elle sirotait le fond d'une coupe de champagne. Sa chevelure lâche masquait une partie de son visage, mais je devinais un soupçon de sourire qui ornait ses lèvres.

— Je... Pardon ?

Elle repoussa ses cheveux châtains et pivota vers moi. Habillée d'une robe turquoise et de chaussures à talons assorties, elle devait sûrement tenir un rôle de premier plan au mariage en question. Le carcan de sa robe et des conventions de demoiselle d'honneur masquait mal son allure rebelle. À voir sa chevelure voler librement dans l'air tiède, je soupçonnais même une pointe de désinvolture.

Ou peut-être était-ce de la désobéissance. Un sourire naquit sur mes lèvres. Elle ferma les yeux quelques secondes, comme si elle cherchait le calme, malgré le ronronnement lointain de la circulation de Portland.

— Virez ce sourire narquois de vos lèvres ! lança-t-elle en ouvrant un œil.

Loin de m'arrêter, je retins même un rire. Elle rit à son tour et finit sa coupe de champagne d'un trait. Elle la posa à ses pieds, puis pivota légèrement vers moi. Elle cala ses cheveux derrière ses oreilles, puis posa le coude sur le garde-fou en granit gris. Le menton calé dans le creux de la main, elle me détailla alors de ses iris noisette et pétillants.

— J'ai une robe hideuse, j'ai raté le bouquet et je suis venue sans cavalier, quelle est votre excuse ?

— Mon excuse ?

— Pour jouer les solitaires sur cette terrasse, précisa-t-elle en embrassant la vue devant elle.

— Je… J'avais juste besoin de prendre l'air, de faire une pause.

— J'aimerais bien faire ça, faire une pause. Vous savez, que tout se fige et qu'on puisse avoir le temps de réfléchir, de s'interroger. Est-ce que le turquoise est vraiment une couleur sympa ?

— Et si je me décale sur la gauche serai-je sur la trajectoire du bouquet ? continuai-je pour elle.

— Exactement ! Faire une pause. Ou rembobiner, éventuellement. Et j'éviterais ainsi de présenter mon meilleur ami à ma voisine et de finir ici seule.

Elle se tut un instant et j'en profitai pour observer son profil. Son visage m'intriguait : des yeux brillants de joie, la trace d'un sourire toujours présent. Même si elle se plaignait de sa robe, elle le faisait sans se départir d'une évidente bonne humeur. Un serveur passa près de nous et, pris d'un élan spontané, je nous commandai deux coupes de champagne. Ma voisine eut une moue appréciatrice, puis se redressa.

— Julianne, se présenta-t-elle en tendant la main vers moi.

— Cooper.

Sa paume chaude se ficha dans la mienne et, dans son regard, je décelai une pointe d'espièglerie qui me tira un nouveau sourire. Avec un pincement au cœur, je réalisai que personne ne m'avait regardé ainsi depuis la mort de Laura. Mon entourage connaissait mes états d'âme et, inconsciemment, leurs regards les reflétaient, aussi sûrement qu'un lac reflétait un ciel gris et indécis.

— Enchantée, Cooper.

Elle m'adressa un sourire lumineux, de ceux qui chassent les nuages puis, lentement, retira sa main de la mienne. Ma paume me brûlait et une douce chaleur, comme une couverture en hiver, enveloppa mon corps tendu. Mon cœur se dégela, engourdi et blessé. Apparemment, il pouvait encore battre, dans une agréable saccade.

— Ravi, Julianne, murmurai-je d'une voix enrouée.

Le serveur se matérialisa avec nos deux coupes de champagne, m'offrant une distraction bienvenue. Julianne entrechoqua son verre contre le mien et but une gorgée de sa coupe. Un silence s'installa pendant que je me perdais dans la contemplation de Portland, témoin de notre rencontre.

— Et vint le moment d'embarras où ils ne surent

plus quoi se dire, fit-elle après quelques secondes de silence. C'est fréquent lors des premiers rendez-vous.

— Parce que c'est un rendez-vous ? m'exclamai-je dans un rire.

— Je porte une robe, vous portez un smoking et nous buvons du champagne. C'est un excellent premier rendez-vous, plus prometteur que la plupart de mes derniers rencards. Venir me chercher en limousine vous a fait marquer des points.

— J'ai fait ça aussi ?

— Évidemment. J'ai cédé après le cinquième bouquet de roses rouges. Le dernier était vraiment indécent, d'ailleurs.

— J'ai toujours pensé que c'était le bouquet du lendemain qui comptait, dis-je pour entrer dans son jeu.

Elle laissa échapper un rire et but une nouvelle gorgée de son champagne. Je me penchai, les avant-bras appuyés sur le muret, le visage tourné vers mon interlocutrice qui m'adressa un sourire timide. Sa spontanéité de nos premiers échanges avait laissé place à une soudaine hésitation.

— Vieux jeu, donc ? demanda-t-elle.

— Très. Nous finirons la soirée sur un baisemain et je vous raccompagnerai chez vos parents en tout bien tout honneur.

— Je corrige : vieux chaste ?

— Je le crains, avouai-je avec une moue désolée.

— Ce qui me confirme que cette robe est bien trop courte pour un premier rendez-vous.

Mes yeux naviguèrent sur ses jambes nues. Elle tira sur sa robe, mais elle lui parvenait à peine à hauteur du genou. Mon regard remonta progressivement, suivant le drapé du vêtement, jusqu'à arriver à un décolleté discret et des bretelles imposantes. Mon œil d'architecte prit le dessus : il y avait un déséquilibre dans cette robe qui ne mettait pas en valeur la femme qui la portait.

— J'aurais dû mettre la blanche, commenta Julianne en tentant d'ajuster le tissu autour d'elle. Celle-ci fait très… uniforme, non ?

Elle planta son regard dans le mien, attendant mon avis. Je trouvais notre échange de plus en plus atypique.

— La blanche aurait été inappropriée. Je veux dire, au vu de votre… euh… mission.

— Quelle idée aussi de me proposer un rendez-vous le jour de ce mariage ! lança-t-elle en riant.

Elle réduisit l'espace entre nous, et son bras effleura le mien. À nouveau, nous nous perdîmes dans la contemplation de l'horizon et des lumières de la ville. Le ciel prenait une teinte rosée, annonçant le crépuscule.

— Vous habitez Portland ? demanda-t-elle après avoir fini son verre.

— En banlieue. J'ai besoin d'espace.

— Je suis ici depuis trois ans. Je viens d'une toute petite ville, j'avais certainement besoin d'être… cernée, dit-elle après avoir cherché le bon mot. C'est la première fois que je vois Portland d'en haut.

Je fixai à nouveau son profil. Elle embrassait la vue, sous le charme, fascinée par ce qu'elle voyait, souriant de sa chance d'être là. Sous son regard, Portland devenait une ville précieuse.

Je me redressai et cherchai furtivement le serveur. Nous avions déjà bu un verre, mais j'avais envie de rester ici. Je voulais sentir son regard chaleureux sur moi, loin de l'inquiétude d'Annah ou des reproches de Jackson. Pour Julianne, j'étais Cooper, son rendez-vous improbable et sans conséquence, au crépuscule sur une terrasse.

Et cela me convenait parfaitement.

— Alors, vous le commandez ce deuxième verre ? s'impatienta Julianne.

Ses yeux mordorés s'illuminèrent. D'un geste théâtral, elle retourna son verre, me rappelant que ce dernier était vide. J'adressai un geste de la tête au serveur, à l'autre bout de la terrasse. J'étais prêt pour un deuxième verre.

— En tout bien tout honneur ne signifie pas sobre, plaisanta-t-elle.

— Ce mariage est donc si terrible ?

— Pour répondre à cette question, vous devez d'abord répondre à la mienne : êtes-vous du côté de la mariée ou du marié ?

— Je ne fais pas partie des invités. Je participe à une autre soirée. Dans l'hôtel.

Un sourire énigmatique s'étira sur ses lèvres et le serveur se présenta avec deux nouvelles coupes de champagne. Julianne les prit et m'en donna une. À nouveau, elle fit tinter son verre contre le mien. Un vent léger souffla dans ses cheveux, et je repoussai une mèche qui barrait son front. Stupéfait par mon geste, je m'arrêtai net et reculai d'un pas. Julianne resta immobile, me fixant sans comprendre, presque abasourdie.

— En tout bien tout honneur, me rappela Julianne dans un murmure.

J'acquiesçai en silence. J'avais la sensation d'être un enfant, honteux d'avoir été surpris en plein méfait. Je n'avais rien fait de mal, mais ma paume me picotait douloureusement et mon audace avait été vertement bridée par un nouveau souvenir sournois : combien de fois avais-je fait ce même geste avec Laura ? Même quand elle avait les cheveux attachés, une mèche rebelle trouvait toujours le moyen de s'échapper. Plusieurs fois par jour, je repoussais cette mèche et la glissais derrière son oreille.

— Donc, ce mariage ? dis-je pour relancer un semblant de conversation.

— Mignon. Un peu convenu, fade. Je suis certaine qu'ils n'ont jamais eu de rendez-vous comme le nôtre, ajouta-t-elle dans un sourire.

Son humeur avait changé, passant de l'incompréhension à la joie en un clin d'œil. Elle m'adressa un regard complice, m'encourageant silencieusement à poursuivre notre jeu.

— Le joueur de violon ? Je suis d'accord, c'était un peu exagéré, dis-je, faussement contrit.

— Peut-être le dîner, un peu extravagant. Avouez que vous avez hésité entre indien et mexicain !

— Coupable. D'où le pique-nique improvisé.

Elle éclata d'un rire sonore, puis dodelina de la tête, comme si elle pesait l'intérêt d'une telle initiative. Puis elle m'adressa un regard amical et se pinça la lèvre inférieure. Peut-être était-ce l'alcool, peut-être était-ce le fait qu'elle ne me connaissait pas, peut-être était-ce le coucher de soleil mais, entre Julianne et moi, il se passait quelque chose d'indéfinissable, entre de la curiosité et de l'attirance.

— Bien joué, me complimenta-t-elle. La plupart des hommes auraient proposé une autre spécialité.

— Il faut croire alors que je ne suis pas la plupart des hommes.

— Et en une réplique il brisa le charme ! Un peu téléphoné, non ?

— Coupable.

— De quelle planète venez-vous au juste ?

Elle m'observa, songeuse, puis, devant mon silence, enchaîna :

— Donc, des fleurs, un dîner, du champagne. Qu'attendez-vous de moi, Cooper ?

— Peut-être un autre verre ?

— Même pas un autre rendez-vous ?

— C'est vous qui finirez par me le demander, assurai-je avec aplomb avant de boire une gorgée de mon champagne.

Nous échangeâmes un nouveau regard. Julianne me dévisageait avec insistance, se retenant de rire de mon arrogance soudaine. Le silence qui s'installa entre nous n'avait plus rien d'embarrassant. Il était lourd de promesses, de non-dits et de rendez-vous imaginaires. Nous jouions un jeu, une vague comédie dont nous ne connaissions pas la fin. Cela me faisait du bien : je partageais avec cette femme un univers qui ne concernait que nous, un secret qui nous amusait, un instant loin de ma routine. Et c'était rafraîchissant.

— Vous savez, Cooper, il y a quelque chose en vous qui transpire l'indécision : vous commandez un verre sans savoir si c'est une bonne chose. Vous me laissez la main sur un potentiel second rendez-vous.

— Je vous propose ce second verre uniquement pour prolonger cette conversation. Je suis à peu près certain qu'une femme comme vous croule sous les demandes de rendez-vous.

Elle approcha un peu de moi et saisit avec délicatesse ma cravate.

Ce même geste, Laura l'avait fait des milliers de fois : chaque matin lorsque nous nous séparions devant le cabinet sur un baiser ; chaque soir, quand elle s'appliquait à me la retirer dès que je rentrais à la maison. Mais sur cette terrasse, fait par une femme que je connaissais à peine, ce geste familier se teintait d'amertume.

Je retins mon souffle et la lame tranchante de la culpabilité me fit reculer d'un pas. Je refoulai de nouveaux souvenirs, qui, sous couvert de nostalgie, me faisaient brutalement sentir honteux d'être ici avec une autre femme que la mienne. Nos corps étaient trop près, son parfum trop présent, son geste trop intime.

Je ne pouvais pas.

Et je ne voulais pas.

Mon corps se tendit, trahissant mes inquiétudes. Julianne lâcha ma cravate et un froid glacial me pénétra jusqu'aux os. Ma culpabilité redoubla lorsque le visage de Julianne se voila furtivement de déception, avant qu'un sourire lointain vienne la chasser.

— Désolé, m'excusai-je. Je... Vous m'avez surpris.

— Et vous portez une cravate, mais elle est desserrée. Vous êtes définitivement un vrai indécis.

Du plat de la main, je remis nerveusement ma cravate à sa place. En une seconde, je venais de ruiner l'atmosphère désinvolte de notre conversation. Parfois, je me demandais si je parviendrais un jour à redevenir moi-même, à ne plus être cette version bancale et incomplète de moi-même, à retrouver un nouvel équilibre qui me permettrait de parler à une femme sans avoir la sensation d'avoir le cœur déchiré.

— Vous avez encore un peu de temps devant vous ? demanda Julianne avant de finir son verre d'un trait.

Je jetai un coup d'œil à ma montre. Techniquement, j'étais attendu. Telle que je connaissais ma sœur, elle devait se dévisser la tête pour scruter la porte de la salle. Jackson, lui, était sûrement en train de taper du pied avec impatience, en se demandant si j'avais pris la fuite.

Ma fuite s'appelait Julianne et me fixait avec attention, comme si ma réponse allait changer le reste de sa soirée.

— Et après je vous laisse reprendre le cours de votre vie, ajouta-t-elle.

À nouveau, elle se pinça la lèvre et passa une main dans sa chevelure. Actuellement, le cours de ma vie était bien morne. Notre conversation spontanée, son rire, son ironie, la façon même dont elle me regardait suffirent à me convaincre.

— J'ai du temps. Autant de temps que vous voulez.

Elle me lança un regard surpris, avant de me sourire malicieusement.

— Vous savez, avant de me ramener chez mes parents, vous avez su marquer des points.

— Vraiment ? Qu'ai-je bien pu faire ? m'interrogeai-je en contemplant la ville. Le tour en calèche, j'ai toujours trouvé ça cliché.

— Le crottin, ça n'a rien de romantique. Non, c'était plutôt un truc insensé et spontané.

— Récapitulons : nous avons mangé, bu, je vous ai envoyé des fleurs, j'ai été d'une bienséance totale, énumérai-je en comptant sur les doigts de la main.

Julianne éclata de rire avant de déclarer :

— Personne ne me croira quand je raconterai ce rendez-vous. Où étiez-vous pendant que j'enquillais les rendez-vous désastreux ?

— Mais sur cette terrasse. Je n'attendais que vous, déclarai-je dans un faux élan romantique.

Son rire redoubla et je vis quelques visages se tourner vers nous. Je ris à mon tour, appréciant l'atmosphère euphorique et sereine de l'instant. Julianne ne s'embarrassait pas de cette politesse fréquente et désagréable qui m'exaspérait et qui forçait mes interlocuteurs à me traiter avec ménagement et prudence, comme si j'allais me briser d'un instant à l'autre. Je savais pourtant que ce n'était pas tant la crainte de me voir m'effondrer que la crainte de ne pas savoir comment réagir qui embarrassait les gens.

— Alors ? fit Julianne en me fixant avec intensité.

— Alors quoi ?

— Allons danser.

Elle tendit la main devant moi, officialisant ainsi son invitation. Mes yeux passèrent de son visage à sa main, avant de retrouver son regard pétillant. La gorge sèche, je ne parvins pas à articuler un son. J'avais envie de rire, de fuir, de prendre sa main, de prolonger l'instant.

De danser, peut-être.

De rester avec elle, sûrement.

— Ils vont ouvrir le bal d'ici quelques minutes. J'ai déjà loupé le bouquet, je ne veux pas en plus rester assise à ma table en espérant qu'un vieil oncle libidineux m'invite.

— Vous espérez qu'il vous invite ?

— Je le crains, en fait. On y va ? Vous hésitez.

— Je réfléchis. Si je vous marche sur les pieds, ça risque de ruiner la perfection de ce rendez-vous.

— Vous ne savez pas danser ?

— Certains, dont moi, appellent ça « danser », d'autres appellent ça « un véritable massacre », avouai-je, un peu honteux.

Je n'avais jamais su danser, jamais su trouver le rythme qui convenait, coordonner avec grâce mes pieds, mes mains et ma tête. Laura le faisait pour moi. Elle me retenait contre elle et, lentement, ses hanches contre les miennes, nous bougions dans un rythme qui n'appartenait qu'à nous. Julianne m'adressa un large sourire et leva un sourcil provocateur.

— Allons-y !

Sans que je sache vraiment comment, ma main trouva la sienne et Julianne m'entraîna à sa suite. Nous traversâmes la terrasse pour gagner l'escalier. Dans l'obscurité, elle serra ma main plus fermement et nous dévalâmes les marches à toute allure, comme des enfants craignant d'être punis après une bêtise. Dans le silence, le bruit de ses talons résonnait. Dopé à l'adrénaline, mon cœur tentait de suivre la cadence qu'elle m'imposait.

Après l'escalier, nous empruntâmes un long couloir parqueté, éclairé faiblement par des appliques. Les cheveux de Julianne dansaient dans son dos, aussi libres qu'elle. Parvenue devant une grande porte double en bois, elle se tourna vers moi et posa l'index contre ses lèvres. Dans cet espace sombre, je devinais à peine les traits de son visage. Je décelais le souffle court de nos respirations et elle libéra ma main avant de la reprendre, entremêlant nos doigts. Nous échangeâmes un sourire complice et j'effaçai d'un pas l'espace entre nous. De ma main libre, j'effleurai sa joue et caressai la ligne de sa mâchoire. Elle appuya son dos contre le mur tandis que, hypnotisé par son sourire, j'approchais mon visage du sien.

Après notre rencontre fortuite, notre conversation improbable et notre course folle dans l'escalier, cet instant de calme et de silence nous interdisait toute fuite. Julianne m'attirait et la facilité avec laquelle elle était parvenue à me faire rire et parler me fascinait. C'était comme si, dans un grand éclat de rire, elle pouvait pulvériser mes craintes, repousser le chagrin et raviver une partie de mon être que je pensais morte pour toujours.

Un soupir lui échappa et elle se pinça nerveusement les lèvres. Je rivai les yeux sur sa bouche, encore haletant. Ma main retrouva sa joue et s'enfonça délicatement dans sa chevelure. Mon cœur frappait dans ma poitrine, mais je savais qu'il ne s'agissait plus de notre course folle dans l'escalier.

C'était elle, appuyée contre le mur, abandonnée entre mes mains, qui faisait s'emballer mon cœur en m'offrant une échappatoire à ma vie terne. C'était son rire communicatif qui étouffait ma mélancolie, c'était son corps enserré dans cette robe turquoise, c'était la façon même dont elle m'avait attiré ici, avec confiance et détermination, c'étaient toutes ces choses que j'ignorais encore d'elle mais que je brûlais de connaître, c'était aussi ce mélange enivrant d'attraction, d'interdit et du besoin urgent de la toucher, de m'assurer qu'elle était vraie, de vérifier que je pouvais encore embrasser une femme.

Comme avant.

— En tout bien tout honneur, murmura-t-elle.

— Il n'y a aucun témoin, je nierai. Ta vertu restera intacte.

Elle rit doucement, puis ferma les yeux. Mes lèvres caressèrent les siennes avec légèreté. Son souffle m'enivra et je sentis son cœur vibrer contre le mien. J'appuyai ma bouche timidement contre la sienne. Entre mes mains, son corps se détendit brutalement tandis qu'elle répondait à mon baiser avec pudeur. De la bouche, j'effleurai sa lèvre supérieure une première fois, puis une seconde, luttant pour ignorer la chaleur de son corps contre le mien. Je l'embrassai délicatement, laissant ma langue se blottir entre ses lèvres. Un gémissement résonna dans sa poitrine et elle prit mon visage en coupe, m'attirant résolument contre elle. J'entourai sa taille de mes bras et notre baiser s'intensifia. Elle inclina le visage et ma langue se faufila dans sa bouche. Il n'y avait plus rien de pudique, plus de retenue ni de timidité. Pour la première fois depuis plus de huit ans, je ressentais un désir violent et heureux, une attirance puissante et profonde pour une femme. Sa langue joua contre la mienne, dans une danse langoureuse et gourmande. Dans l'obscurité, contre elle, notre baiser avait un goût d'interdit : deux fugitifs pris à leur propre jeu.

À bout de souffle, je m'écartai. Sa poitrine se soulevait à un rythme fou et son regard était embrumé. Elle était superbe et désirable.

Elle passa le pouce sur ma bouche en chuchotant :

— Rouge à lèvres.

— Vertu intacte, répondis-je en faisant le même geste.

— Tu me dois une danse.

Je hochai la tête, me retenant de lui dire qu'il me semblait que je lui devais nettement plus. Elle tira sur sa robe pour l'ajuster, réarrangea sa coiffure et expira profondément avant de demander :

— De quoi ai-je l'air ?

— D'une charmante demoiselle d'honneur. Chaste, pure et désirable, ajoutai-je.

— Personne ne me croira quand je raconterai ce rendez-vous. Personne !

Elle ouvrit la double porte de la grande salle de bal de l'hôtel et, reprenant ma main, nous fit entrer à l'intérieur. Devant nous, les mariés découpaient le gâteau avec précaution, sous les flashs des invités. Julianne me fit longer le mur, en bons clandestins.

— Ils vont ouvrir le bal d'ici quelques minutes, dit-elle à voix basse, tout en retirant ses chaussures.

Je la regardai, médusé.

— Je ne veux pas que notre rendez-vous finisse aux urgences. Tu gardes ta cravate ?

— Tu penses que je devrais l'enlever ?

— Je pense que je devrais l'enlever, répondit-elle en la prenant entre ses mains.

Julianne me laissa un instant de réflexion. Je pouvais encore reculer, je pouvais encore remettre de la distance entre nous deux et faire comme si je ne l'avais pas embrassée dans ce couloir. Mais, à la seconde où elle avait plongé son regard dans le mien, je m'étais décidé à ne plus prendre la fuite. Un sourire flotta sur ses lèvres et elle entreprit de détendre le nœud autour de mon cou. Elle remonta les pointes de mon col, retira la cravate, ouvrit un bouton et rabattit les pointes avec une déconcertante rapidité.

— Tu fais souvent ce genre de choses ?

— Souvent, oui, avoua-t-elle avec un clin d'œil malicieux.

L'animateur du mariage annonça l'ouverture du bal et la foule s'écarta pour laisser aux mariés la piste de danse. La femme rejoignit son époux avec grâce et ils se mirent en position : son bras à lui, enroulé autour de la taille de son épouse, pendant qu'ils joignaient leurs mains. Un frisson me parcourut et, pendant une courte seconde, l'image de Laura, dans sa longue robe ivoire, et de moi, dans mon smoking, me saisit. Ma gorge se serra et les premières notes de *Signed, Sealed, Delivered*, de Stevie Wonder retentirent.

Les mariés esquissèrent leurs premiers pas de danse. Ils se regardaient avec tendresse, dans leur bulle, hermétiques aux regards de leurs invités. L'orchestre prit le pas sur la voix du chanteur et les cuivres montèrent en puissance. Je me surpris à battre la cadence en frappant la main droite contre ma cuisse. Près de moi, Julianne secouait la tête, tout en chantonnant les paroles. Soudain, elle se pencha et, d'un coup sec, tira sur les pans de sa robe pour créer une fente.

— Histoire d'être à l'aise, dit-elle en tendant la jambe droite. J'aurais dû y penser en la dessinant.

La déchirure du tissu offrait une vue imprenable sur sa cuisse. J'arrachai mon regard à sa jambe nue et Julianne m'adressa un sourire puis, d'un mouvement de tête, désigna la piste devant nous. J'acquiesçai, pendant qu'elle entremêlait nos doigts. Elle m'entraîna au milieu de la foule qui accompagnait les mariés dans leur première danse. J'enroulai le bras autour de sa taille, Julianne posa la main sur mon épaule. J'étais obsédé par la perspective de lui écraser les pieds.

Immobiles, plongés dans le regard de l'autre, nous eûmes une ultime seconde de réflexion. Julianne m'adressa un sourire espiègle et mon cœur partit dans des battements frénétiques et furieux. C'était le signal du début de notre danse. Un instant plus tard, mes pieds glissèrent sur le parquet ciré. Des spots multicolores éclairaient la piste, la musique prit de l'ampleur, m'empêchant même d'entendre mes pensées nébuleuses, et Julianne donna le rythme. Elle guidait mes pas, nous faisant tournoyer tout en évitant les autres invités. La musique transpirait d'énergie, les percussions échauffaient les sens et, autour de nous, je sentais une ambiance festive et euphorique. Entre mes mains, Julianne dansait comme si sa vie en dépendait.

— Fais-moi tourner, cria-t-elle.

— Quoi ? Comment je fais… ?

Elle lâcha mon épaule et, dans une pirouette improbable, s'enroula autour de mon bras en faisant tournoyer sa robe dans un déluge de soie bleue. Elle colla son dos contre mon torse, un peu essoufflée. Sa poitrine se soulevait rapidement et elle m'adressa un sourire complice. La musique sembla bourdonner à mes oreilles et, pendant une courte seconde, il n'y eut plus que nous deux au centre de la piste.

— Comme ça. Et maintenant, on déroule.

— Qu… Quoi ?

Julianne serra plus fermement ma main et tourna sur elle-même. Sans trop réfléchir, je l'attirai contre moi dans un geste vif et entourai sa taille de mes bras. Elle secoua la tête, retira mes mains, s'écarta de moi et pirouetta à nouveau sur elle-même. Je bougeais les pieds, sans savoir si je dansais vraiment.

Elle répéta le même mouvement plusieurs fois, collant aussi souvent que possible son dos contre mon torse. Ses fesses remuaient contre mon entre-jambe, son rire sonnait agréablement à mes oreilles, sa joie de vivre ricochait partout, irradiant la salle.

Même au milieu de cette danse improvisée, même parmi des inconnus, même incapable de bouger les pieds, je me sentais incroyablement bien, apaisé, débarrassé d'une sourde et lancinante douleur.

Alors que les dernières secondes de la chanson s'égrenaient, les instruments se turent et seule la voix du chanteur perça dans la salle. Julianne retrouva notre position initiale, la main sur mon épaule, l'autre fichée dans la mienne, le souffle court. Elle planta son regard dans le mien, murmurant les ultimes paroles, comme une promesse secrète entre nous.

C'était le signe que notre escapade touchait à sa fin. Après notre heureuse rencontre et notre conversation animée, nous devions nous quitter, en douceur, progressivement, comme la fin de cette chanson. Alors, je fis comme nous en avions convenu : je pris sa main et la portai à mes lèvres. Julianne ne cilla pas, suivant mon geste du regard sans jamais trahir ses émotions.

Se quitter bons amis. Rompre en douceur. Reprendre nos vies respectives. Tout un tas d'expressions délicates, douces, faciles, alors que j'étais bouleversé par notre rencontre et déçu de mettre un terme à notre soirée.

— Bonne soirée, Julianne, murmurai-je contre sa peau.

— Bonne soirée, Cooper.

Je pressai la bouche contre le dos de sa main,

détectant un léger frisson parcourir le corps de Julianne. Ou peut-être était-ce le mien.

Je reculai d'un pas, puis lâchai sa main. Julianne resta immobile au milieu de la piste, alors même qu'une nouvelle chanson résonnait dans la salle. Un sourire flotta sur ses lèvres, avant de s'y ancrer. Je pivotai et gagnai la sortie de la salle, en réprimant au plus vite mon envie de rester ici. Ma vie était trop compliquée, mon cœur encore trop fragile, mes sentiments trop emmêlés et liés à mes souvenirs de Laura. En partant maintenant, je conservais notre secret, je limitais les questions, j'évitais les regards désolés et les condoléances inutiles. J'évitais d'avoir mal, à nouveau.

En partant maintenant, mon escapade avec Julianne restait une parenthèse heureuse.

Je remontai un étage et, à la faveur d'une remise de prix et d'un éclairage centré sur la scène, je me faufilai par la porte pour rejoindre mes confrères. Je croisai aussitôt le regard inquiet de ma sœur, pendant que Jackson était concentré sur l'estrade. Je me glissai sur ma chaise, tentant d'être invisible. Annah me fixa avec perplexité, avant de se pencher vers moi.

— Mais où étais-tu passé ? !

— Dehors. J'avais besoin de respirer, ajoutai-je en réprimant un sourire.

Elle acquiesça. Ma réponse devait la contenter. Elle se tourna vers la scène, pendant que Jackson pivotait pour me dévisager. Je tentai de fuir son examen, craignant que je finisse par trahir le secret que je partageais avec Julianne.

— Je n'aimais pas vraiment cette cravate, moi non plus, commenta-t-il en portant son verre à ses lèvres.

PARTIE 2

Crazy Little Thing Called Love

Le grincement de la porte de mon bureau ne me fit même pas lever le nez de mon dossier — l'ajout d'une aile au musée d'Art moderne de Portland. Si Jackson m'avait fourni une ébauche de plan, je devais encore travailler sur l'harmonie de l'ensemble.

— Emma, vous tombez bien ! Dans le dernier *Archdaily*, il y avait un article sur la rénovation de l'auditorium Keller, avec les normes acoustiques et écologistes, retrouvez-les et…

Je me tus en découvrant la tenue de mon assistante. Je repoussai mes documents de travail, m'affaissai contre le dossier de mon fauteuil et pris une seconde pour la détailler. Elle portait une robe noire élégante et raffinée, qui lui arrivait aux genoux. Des manches courtes masquaient le haut de ses bras et elle avait relevé ses cheveux dans un chignon impeccable. Je retins un rire en la voyant se tortiller sur elle-même, passant d'un pied sur l'autre avec une grimace.

— Chaussures neuves ?

— Oui, soupira-t-elle.

— Et vos cheveux sont plus… vous êtes allée chez le coiffeur ?

— Coupable. Et vous savez ce qui m'agace le plus ? demanda-t-elle en avançant prudemment vers moi. C'est que vous serez certainement le seul homme à le remarquer.

Elle se débarrassa de ses chaussures et son visage se détendit immédiatement. Elle poussa un nouveau soupir, de soulagement cette fois.

— Je croyais que vous aviez arrêté les rencards traditionnels ? lui rappelai-je.

— J'ai arrêté. C'est notre deuxième rendez-vous ; c'est un peu décisif.

— Décisif ?

— Vous savez… M'embrassera-t-il sur le pas de ma porte ? Me parlera-t-il d'un souvenir honteux de son enfance ? Ce genre de choses. Décisif, donc.

Je lui adressai un sourire compatissant. À chaque rendez-vous, Emma se fixait des objectifs, comme si elle menait un projet d'envergure dont il suffisait de cocher les cases une fois chaque étape franchie. J'avais le sentiment qu'elle appliquait une forme de logique impérieuse à chacune de ses relations ; elle en questionnait le fonctionnement, traquait les signes d'une éventuelle évolution, étudiait et disséquait chaque geste, chaque parole. Il n'y avait aucune place pour l'imprévu ou l'inconnu.

— Les choses ont terriblement changé en peu de temps, dis-je pour moi-même.

Elle arqua un sourcil et répondit d'un ton cinglant :

— De votre temps, les femmes avaient tout juste le droit de vote.

Je posai une main sur mon cœur, feignant l'indignation au dernier degré. J'avais effectivement perdu l'habitude des codes amoureux. Pour autant, cela ne m'empêchait pas de désapprouver la mode actuelle. Vieux jeu, définitivement.

Vieux chaste, songeai-je dans un sourire.

— De mon temps, les relations amoureuses n'étaient pas si compliquées.

— C'était simple alors ? Je veux dire… Laura et vous, demanda Emma avec une pointe d'hésitation dans la voix.

Un silence gênant emplit aussitôt la pièce. C'était un fait, Laura était une ombre qui planait au-dessus du cabinet. Elle était présente dès le hall d'entrée sur les photos de l'inauguration, à l'époque où l'étude Garisson & Whyatt ne comptait que trois bureaux répartis sur le tiers d'un étage de l'immeuble. Désormais, nous possédions deux étages complets où s'entassaient les équipes. Déménager devenait, de jour en jour, un sujet de plus en plus stratégique.

Dans mon bureau, j'avais très vite retiré toutes les photos de ma femme, refusant d'affronter le visage de Laura, au risque de m'étioler un peu plus chaque jour. Sur les murs, les traces noirâtres des cadres me narguaient, derniers stigmates de ma vie avec ma femme. Je n'avais pas pu me résoudre à les remplacer.

— Pardon, ce n'était pas… J'ai… Annah m'a parlé d'elle et…

— C'était simple. Facile et simple. Ma sœur vous a parlé d'elle ?

— Pas vraiment. On… avec Annah, nous avons vérifié l'intégralité de la revue de presse du cabinet. Il y a des photos de vous deux. Vous étiez très beaux, ensemble, ajouta-t-elle après un court silence.

— Merci, Emma, répondis-je pour couper court à la conversation.

— Je ne voulais pas vous mettre mal à l'aise.

Son sourire vacilla et je me redressai pour replonger dans mon dossier. Je ne voulais pas parler de Laura, je ne voulais pas sentir la cicatrice se rouvrir douloureusement, je ne voulais pas replonger dans une myriade de souvenirs amers. Les prochaines semaines seraient suffisamment pénibles à vivre. Retourner à Barview, à l'endroit même où Laura et moi nous étions connus et où nous avions commencé notre histoire,

— Et Annah m'a demandé de vous remettre ceci, dit-elle en me tendant un paquet qu'elle avait dissimulé dans son dos.

— Un cadeau ?

— Elle m'a dit que ça n'avait rien à faire dans son bureau.

En dégageant le papier multicolore, je découvris le trophée que j'avais reçu lors du dîner de l'association des Architectes, deux mois plus tôt. Une succession d'images fugaces me traversèrent l'esprit :

Julianne, son visage, ses pieds nus, notre baiser dans l'obscurité, notre rendez-vous imaginaire. Je passai l'objet en verre bleuté d'une main à l'autre, découvrant mon nom gravé sur une plaque dorée.

— Très joli, commenta Emma. Vous voulez que je le pose sur l'étagère ?

Je contemplai l'objet. Lourd et imposant, il n'était pas vraiment élégant, ni joli à regarder. Et le seul fait qu'il porte mon nom me donnait envie de le remiser dans un placard. Mais il me rappelait Julianne.

Et il me rappelait la chanson de Stevie Wonder, comme si nous avions scellé notre destin furtif sur les paroles de cette chanson. Notre danse était finie depuis longtemps, les paroles évanouies dans les airs, et pourtant ma rencontre avec Julianne m'avait marqué. Elle avait réveillé une partie de moi, que j'avais pris soin d'enterrer il y a des années. Deux mois plus tard, l'émotion de notre rencontre était toujours présente, désormais mâtinée d'une nostalgie heureuse. Pendant quelques minutes, avec elle, j'avais oublié Laura. La culpabilité avait surgi le lendemain, mais n'avait pas entaché le souvenir de Julianne. Je ne sais comment, j'avais réussi à la préserver de l'ombre persistante de mon chagrin.

— Je vais le garder sur le bureau, répondis-je en le posant près de ma lampe.

Je pris soin de le tourner pour que la plaque avec mon nom soit cachée ; je le gardais sur mon bureau pour ce qu'il représentait, pas pour mon ego.

— Vous fermerez ? demanda Emma.

— Quelle heure est-il ?

Aussitôt, je rangeai précipitamment mon plan, le fourrai dans un dossier, puis empilai deux autres dossiers dessus. J'avais travaillé tard et je n'avais pas réalisé que la nuit allait tomber d'ici peu.

— Pas loin de 20 heures, répondit finalement Emma.

— J'avais promis à ma fille que je rentrerais pour le dîner !

J'empoignai les trois dossiers et les glissai dans ma sacoche. Emma recula, pendant que je m'agitais autour de mon bureau en maudissant mon incapacité à tenir les promesses que je faisais à ma fille. Elle allait encore m'en vouloir et le trajet de demain en voiture serait rythmé par la marche funèbre et ses bouderies. Depuis quelques mois, je découvrais les joies d'être père d'une adolescente.

J'enfilai ma veste à la hâte, éteignis ma lampe de bureau et, d'un regard circulaire, vérifiai l'état de mon bureau. J'étais à peu près certain que j'avais oublié des plans ou mélangé mes dossiers, mais j'étais déjà en retard et je savais que j'allais en plus subir la circulation de fin de journée. Quand j'arriverais à la maison, Cecilia serait recluse dans sa chambre, à maudire son père absent.

— Vous fermerez ? demandai-je à Emma.

J'enfonçai les mains dans mes poches, à la recherche des clés de ma voiture. En vain. Je rouvris ma sacoche en cuir, la posai sur mon bureau et fourrageai à l'intérieur, m'énervant davantage. Dans l'agitation, mon pot à stylos tomba et le trophée de l'association des Architectes vacilla avant de chuter lourdement au sol.

— Merde !

— Cooper ?

Je me tournai vers Emma, frustré. Elle se tenait sur le seuil de ma porte et faisait valser mes clés autour de son index. Je me pinçai l'arête du nez et pris une seconde pour remettre mon trophée en place. Puis je me tournai vers mon assistante et tendis la main.

— Vous avez vraiment besoin de vacances, reprit Emma en me lançant mes clés de voiture.

— À ce sujet, je suis injoignable pour la terre entière pendant deux semaines, d'accord ?

— Bien reçu, dit-elle en esquissant un vague salut militaire.

Nous sortîmes du bureau et je me dirigeai vers l'ascenseur. Ma sacoche semblait peser une tonne et je redoutais l'instant où je franchirais le seuil de la maison pour y trouver un silence morose et un froid sibérien. J'entendis Emma ravaler un gémissement de douleur, puis la vis retirer ses chaussures dans un geste rageur.

— S'il finit par me porter à la fin de notre dîner, je l'épouse, jura-t-elle, exaspérée.

— Vous me raconterez ?

Les portes de l'ascenseur s'ouvrirent. À l'accueil, Emma se massait le pied droit, se maintenant en équilibre avec l'autre main sur son bureau. Elle releva les yeux vers moi et hocha la tête.

— Avec tous les détails sanglants de mes ampoules aux pieds.

— Bonne soirée, Emma.

— Bonnes vacances, Cooper !

Je rejoignis ma voiture, jetai ma sacoche sur le siège arrière et démarrai. J'avais déjà plus d'une heure de retard. J'allumai la radio et laissai le flot d'informations en continu envahir l'habitacle. Quand je sortis du parking, la nuit était tombée et la radio annonçait un embouteillage monstre sur l'I5.

— Génial, grommelai-je.

Ma fille allait sûrement me le faire payer.

Bonnes vacances, Cooper.

En garant ma voiture dans l'allée pavée, je vis immédiatement, par les grandes baies vitrées, que le rez-de-chaussée était plongé dans l'obscurité. Je levai les yeux vers la fenêtre de la chambre de ma fille, d'où pointait une lumière douce. J'attrapai ma sacoche, puis remontai le porche en bois blanc qui entourait la maison. Je jouai nerveusement avec mes clés, cherchant le meilleur moyen de me dédouaner aux yeux de ma fille. Depuis plusieurs mois, je sentais un fossé de plus en plus profond se creuser entre nous. Elle s'éloignait et je ne parvenais pas à trouver comment la retenir. L'amour inconditionnel de ma fille se transformait peu à peu en doutes et en hésitations.

J'entrai dans la maison et arrivai directement

dans la grande pièce principale regroupant le salon, qui donnait sur le lac, la salle à manger décorée d'une grande table en ébène et la cuisine, délimitée par un grand îlot blanc laqué sur lequel Cecilia et moi aurions dû dîner. Hormis les deux suspensions au-dessus de l'îlot, toutes les lumières étaient éteintes.

Je posai ma sacoche sur l'un des fauteuils du salon, puis me débarrassai de ma veste. Sur le plan de travail de la cuisine, je découvris mon assiette, recouverte d'une feuille d'alu, ainsi que mon verre et mes couverts.

Maintenant, je me sentais vraiment minable de savoir que ma fille avait cuisiné et que je n'avais même pas eu la politesse d'arriver à l'heure. Mes mains empoignèrent le rebord du plan de travail, pendant que tout mon corps pliait sous le poids de la colère. Je poussai un profond soupir, avant de me redresser en réprimant un gémissement de douleur. Mon épaule me faisait mal et ma nuque, tendue, se crispa un peu plus. Je passai une main sur mon visage et me décidai à affronter la colère de ma fille.

Je sortis de la cuisine et bifurquai sur la gauche pour grimper l'escalier ajouré. Cecilia occupait la grande chambre au bout du couloir. La lumière filtrait sous la porte et je l'entendais rire. Malgré le panneau « ne pas déranger », je toquai à la porte et, sans attendre sa réponse, je tournai la poignée.

À ma grande surprise, elle s'était enfermée dans

sa chambre. Je tendis l'oreille, puis refrappai doucement contre la porte.

— Cecilia ? C'est moi.

Je tournai à nouveau la poignée, devinant une légère agitation derrière le battant. Au bout de quelques secondes, ma fille déverrouilla la porte et l'entrouvrit.

— Tu t'enfermes, maintenant ? l'interrogeai-je.

Cecilia avait hérité les lignes délicates de sa mère, ses pommettes saillantes et sa chevelure brune épaisse. Dernièrement, elle était revenue à la maison avec des mèches bleutées. Ses grands yeux bleus, de même que sa façon intense de scruter ses interlocuteurs, me rappelaient toujours Laura.

— Je voulais un peu d'intimité, répondit-elle en ajustant le large gilet qui couvrait ses épaules.

— Je suis désolé. Je n'ai pas vu l'heure tourner et…

Le regard triste de ma fille me coupa le souffle. Les lèvres serrées, elle me toisait avec colère, attendant les arguments qu'elle démonterait un à un. Cecilia avait aussi hérité le tempérament volcanique de sa mère.

— … et j'ai merdé.

— C'est tout ? m'interrogea-t-elle.

— Écoute, je ne veux pas me fâcher avec toi. Est-ce que… Est-ce que tu veux qu'on regarde un film ? Je peux faire du pop-corn et…

— Du pop-corn ?

— Je me suis excusé, plaidai-je.

— Papa, tu ne sais même pas où est le pop-corn dans la cuisine !

Une pointe de défi éclaira son regard mélancolique et elle croisa les bras fermement contre sa poitrine. Elle ressemblait tellement à sa mère. Je ne pouvais pas décemment lui donner tort ; Myra, ma femme de ménage, s'occupait la plupart du temps des courses et de me préparer des repas, que je me contentais de réchauffer. Cecilia cuisinait parfois et mangeait, la plupart du temps, seule. Sa meilleure amie, Christie, se chargeait de lui tenir compagnie de temps à autre.

— C'est vrai. Mais je sais où est la glace et je pense être capable de préparer quelque chose.

Elle poussa un soupir, pesant l'intérêt de ma proposition.

— Quand tu étais petite, tu adorais la glace au chocolat, recouverte de sauce caramel.

— Papa, je n'ai plus cinq ans.

— Tu crois que je ne le vois pas ? Tu es de plus en plus jolie.

Elle baissa les yeux et se pinça les lèvres. Puis elle tourna la tête vers son lit, comparant silencieusement ses deux options : rester dans sa chambre, à feuilleter un magazine, ou manger une glace avec son père taciturne et à côté de la plaque. Je n'aurais pas pu lui en vouloir si elle m'avait claqué la porte au nez.

— Et si tu ne veux pas de glace, je crois qu'il reste de la tarte aux poires.

Elle m'adressa un sourire, puis ouvrit plus largement la porte pour sortir de sa chambre. J'eus le temps d'apercevoir qu'un pan de mur avait été recouvert de photos d'elle avec ses amis. Je me demandais vaguement si une photo de son père y figurait. J'en doutais.

— C'est nouveau ce gilet en laine ? demandai-je alors que nous descendions l'escalier.

— Myra me l'a donné.

Cecilia fuit mon regard et resserra les pans de son vêtement contre elle. En une seconde, je compris d'où venait ce gilet. Je revis distinctement Laura, lovée dans notre vieux canapé, dans notre ancien appartement, refermant sur son ventre rond ce gilet noir. Un nœud se forma dans ma gorge et j'accélérai le pas pour rejoindre la cuisine.

Par habitude, je ne parlais jamais de Laura. Personne n'apprécie qu'un poignard tourne sans fin au plus profond de son âme.

Par peur, je ne parlais jamais de Laura avec ma fille. Je craignais de me laisser aller dans le chagrin. Cecilia n'avait jamais posé de questions, comme si elle avait assimilé et compris cette barrière que je me mettais.

— Chocolat ? demandai-je pendant que ma fille s'installait sur un des tabourets.

Elle hocha la tête. Elle resta silencieuse, pendant que je préparais nos deux desserts. Je ne comprenais pas comment nous en étions arrivés à cette situation, à nous observer comme deux étrangers, à ne plus pouvoir briser ce silence pesant entre nous.

Finalement, elle demanda :

— Comment s'est passée ta journée ?

— Bien. J'ai travaillé sur un dossier un peu difficile. Et j'ai compté les points entre Jackson et ta tante, ajoutai-je en lui tendant sa glace.

— Est-ce qu'ils sont… enfin, est-ce que tante Annah et Jackson ont déjà…

— … été ensemble ? Non. Annah est bien trop terre à terre pour lui. Il la rendrait dingue en quelques jours. Tu as rendu tes livres au collège ?

— Oui, murmura-t-elle, avant d'engloutir une bouchée de sa glace.

Je relevai les yeux vers elle et l'observai, mal à l'aise, en train de se tortiller sur son siège. J'attendis quelques secondes et, finalement, le regard de Cecilia croisa le mien.

— Qu'est-ce qui se passe ? l'interrogeai-je.

— Je me demandais… Enfin, tu es souvent absent et peut-être que…

— Peut-être que quoi ?

— Peut-être que je pourrais changer de statut et…

— Tu veux devenir pensionnaire ? Dormir là-bas ? Mais d'où te vient cette idée ?

Son regard s'assombrit de colère et elle repoussa sa glace d'un geste vif. Je me redressai, prêt à affronter ma fille. Je pouvais admettre sa colère, je pouvais tenter d'en comprendre les raisons, mais je refusais de la laisser partir. Le fossé entre nous finirait par devenir abyssal et je la perdrais.

J'avais déjà perdu ma femme. Perdre ma fille était impensable.

— Papa, soupira-t-elle, tu n'es jamais là de toute façon. On ne se voit quasiment pas et…

— Et quoi ?

— Et cette maison est sinistre.

Je repoussai ma glace d'un geste nerveux pendant que ma fille me fixait ardemment. Elle attendait une réaction. Peut-être de la colère, peut-être de l'agacement. En tout cas, sa dernière remarque ne visait qu'à me provoquer. Dans tous les cas, j'avais le mauvais rôle : soit nous nous disputions, soit je faisais comme si elle n'avait rien dit.

— Cecilia, prendre une décision sur un coup de tête n'est pas…

— J'y ai bien réfléchi.

— Pourquoi ne pas m'en avoir parlé avant ?

Elle arqua un sourcil et ravala un rire ironique. Puis elle se leva de son tabouret et glissa son téléphone portable dans la poche de son jean avant de rabattre les pans de son gilet sur elle et de croiser les bras sur sa poitrine.

— On ne parle jamais, papa. *Tu* ne me parles jamais. Tu ne connais pas le nom de mes amis, tu ne connais pas mon plat préféré, tu arrives en retard alors que nous devions dîner ensemble. Honnêtement, ça ne changera pas grand-chose que je reste ici ou que je parte.

— Je veux que tu restes, plaidai-je, brusquement épuisé.

Elle poussa un soupir et, de l'index, effaça une larme au creux de son œil. Un silence lourd s'installa entre ma fille, lèvres pincées et bouleversée, et moi, paralysé sur mon tabouret. Voir ma fille pleurer, devant moi, me clouait sur place. Constater que sa décision était prise m'effrayait. Lentement, Cecilia me fuyait, se dérobait à mes démons, et je ne pouvais même pas lui en vouloir. Nous étions dans une impasse : je ne parvenais pas à lui parler de sa mère pendant qu'elle n'attendait que ça. Rendre ma fille aussi malheureuse me torturait.

Je finis par me lever et approchai d'elle. Elle fit un pas en arrière et leva la main devant elle pour me maintenir à distance. Ce simple geste suffisait à refléter sa colère sourde. Elle ne retenait plus ses larmes et pleurait, devant moi, dans un silence de cathédrale, comme si elle craignait de déranger. Enroulée dans le gilet trop grand de sa mère, ma fille donnait l'impression de vouloir disparaître.

Ce qu'elle ferait, si elle quittait cette maison.

— J'aimerais qu'on en discute, lançai-je finalement. Qu'on en discute calmement.

J'avançai prudemment vers elle et, d'un revers de main, elle essuya ses larmes, révélant un visage triste et pâle. La gorge serrée, incertain, je fis à nouveau un pas vers elle. J'avais beau me creuser la tête, je ne trouvais pas la solution pour calmer ma fille et résoudre le problème de son éventuel départ.

— Je sais que tu aimerais que je sois plus présent, que… que ta vie n'a rien de commun avec celle de tes amies.

— Tu ne parles jamais d'elle.

Sa réponse sonna comme une gifle ; une gifle tranchante comme une lame et aussi douloureuse qu'un coup de poing au creux de l'estomac. Je m'arrêtai net, sous le choc, encaissant le regard glacial de ma fille. Le silence, déjà pesant, devint insoutenable, chargé de reproches silencieux et de questions muettes.

— Écoute…

— Pourquoi tu ne parles jamais d'elle ? poursuivit-elle, animée par la colère.

— On parlait de toi, en l'occurrence.

— Tu sais d'où sort ce gilet, n'est-ce pas ?

Une étincelle de défi brilla dans son regard. Tout mon corps sembla soudain peser une tonne, l'air que je respirais me parut presque toxique. J'étouffais. Je fixai ma fille, haletant et tendu. Je finis par tirer un tabouret et m'effondrer dessus. Toutes ces années, tous ces souvenirs, toutes ces questions venaient de me terrasser à l'instant où je m'y attendais le moins. J'avais appris à subir les reproches de Jackson et les regards désolés d'Annah, mais sentir la rage qui émanait de ma fille était inédit.

Je n'y étais pas préparé, j'avais refusé de voir ce qui était maintenant une évidence : Cecilia voulait savoir, elle voulait connaître sa mère, autrement que sur une série de photos et une maison bien trop grande pour nous deux.

— Ta mère portait ce gilet, murmurai-je d'une voix étranglée par l'émotion. Ta mère adorait ce gilet et... elle... elle s'installait dans ce fauteuil gris là-bas.

Je désignai l'objet d'une main hésitante. Parler de Laura, c'était autoriser le grand défilé des souvenirs. Je la voyais, assise dans ce fauteuil, rabattant les larges pans sur elle, s'emmitouflant chaudement pour admirer la vue sur le lac.

Cecilia me fixait, buvant chacune de mes paroles hachées par le nœud que j'avais dans la gorge. Ma fille ne pleurait plus, et moi je refoulais la douleur émanant de cette plaie toujours à vif, béante, invisible et dont je gardais le secret.

— Elle serait heureuse que tu le portes maintenant, dis-je avec un sourire tremblant. Elle serait heureuse de voir la jeune fille que tu es devenue.

— Je veux que tu me parles d'elle.

Je secouai la tête. Qu'aurais-je bien pu lui dire sans avoir mal à en crever ? J'avais toujours refusé de partager ma douleur. Encore plus avec ma fille. J'avais assumé mon deuil, j'en avais fait un vêtement dans lequel je me glissais par automatisme. Je ne voulais pas que ma fille fasse de même. Elle avait la vie devant elle ; tant d'espoirs, tant d'envies, tant de rêves. Je n'avais pas le droit de la condamner à porter ce sombre fardeau.

— Cecilia, je… je ne crois pas que ce soit une bonne idée.

— Mais pourquoi ? ! Pourquoi dois-tu être le seul à être triste ?

En écho, il me sembla entendre les mots de Jackson lors de la soirée de gala des architectes. Je fixai ma fille, pesant rapidement le pour et le contre : plonger dans mes souvenirs, raviver la douleur, permettre à ma fille de connaître sa mère. En effet, je n'étais pas le seul à avoir perdu Laura.

— Pourquoi n'aurais-je pas le droit de savoir des choses sur elle ?

Sa voix s'était adoucie. Elle effaça la petite distance entre nous et fut si proche de moi que son parfum me parvint. Je ravalai le nœud dans ma gorge, refoulai mon amertume et pris une profonde inspiration avant de murmurer :

— Parce que chacun des souvenirs que ça réveille m'est insupportable de douleur. C'est comme si on m'arrachait le cœur, encore et encore. Parler de ta mère est…

Les mots m'échappaient. J'étais incapable d'expliquer ce que je ressentais, tant mes sentiments étaient mélangés. De la tristesse, de la colère, de l'injustice, de l'amour aussi, le tout rehaussé d'une douleur aiguë et permanente.

— Papa, je n'ai aucun souvenir d'elle. Aucun, répéta-t-elle, les yeux humides.

— Je ne peux pas, Cecilia.

Sous l'émotion, ma voix trembla. J'avais la

sensation qu'un rouleau compresseur m'avait roulé dessus. J'étais lessivé, à bout de forces. Le silence autour de nous était chargé de nouveaux reproches, d'une nouvelle colère et de nouveaux regrets. Ma fille se recula et elle serra plus fort le gilet autour de son corps mince. Elle m'adressa un regard perdu et baigné de larmes retenues.

— Essaye de comprendre, plaidai-je en me redressant.

Elle secoua la tête, refusant de continuer notre conversation. Son visage pâle blêmit encore plus. Elle arborait une déception sans bornes, qui me brisa le cœur. Enfin, ce qu'il en restait. Elle quitta finalement la cuisine d'un pas vif et grimpa l'escalier en courant. Je restai assis, fixant nos deux desserts et admirant les dégâts : ma fille m'en voulait et nous partions en vacances demain.

Le séjour allait être interminable.

— Tu as tout pris ? demandai-je en montant dans la voiture.

Pour toute réponse, mon adolescente de fille plaça son casque sur ses oreilles et tourna le visage vers la vitre. Je poussai un soupir et retirai mon pull pour être à l'aise. Nous avions deux heures de route, et au vu des derniers jours caniculaires, il ferait encore très chaud aujourd'hui. Avec un peu de chance, la brise océanique nous rafraîchirait.

— On va dire que oui, dis-je en tentant de renouer le dialogue avec ma fille.

Sa réponse ne se fit pas attendre : elle monta à fond le volume de son lecteur MP3 et m'adressa une moue boudeuse et un regard assassin. La musique perça à travers ses écouteurs et je me forçai à lui adresser un sourire. La tension était encore vive entre nous et j'avais trop peu dormi pour affronter un nouveau conflit.

Je démarrai le moteur et quittai notre propriété. Pour les vacances d'été, la coutume voulait que nous allions sur la côte, dans la maison de mes parents. Nous y passions trois semaines, et j'y retrouvais ma famille et mes amis d'enfance pour des repas interminables, des lectures sous la brise marine et les ateliers décoration de ma mère. Chaque année, elle entreprenait des travaux de peinture, de papier peint ou de parquet dans une des pièces de la maison. Ce n'était qu'un prétexte pour m'entraîner dans des conversations sans fin.

Je quittais Portland, sa frénésie, sa circulation chaotique, son agitation ; je laissais mes souvenirs, ma maison, mes états d'âme pour retrouver Barview, ses huit mille habitants et une parenthèse d'apaisement et de calme. À Barview, je m'autorisais à me laisser aller à mes souvenirs. Sans vraiment comprendre pourquoi, penser à Laura près de l'océan m'était moins douloureux. Peut-être parce que là-bas je n'avais aucun souvenir de Laura malade. Je n'avais que les souvenirs de nos moments heureux et insouciants.

Après quelques kilomètres de route et redoutant

que ma fille passe le voyage le nez sur la vitre et sa musique vissée aux oreilles, j'allumai l'autoradio et me laissai bercer par une chanson familière. Je montai le son et me surpris à sourire. Je tournai la tête vers ma fille et posai la main sur la sienne. Elle souleva un peu son casque et m'adressa un regard noir.

— Tu vas bouder pendant toutes les vacances ?

— Je n'ai plus cinq ans, papa. Je ne boude pas, je suis juste… contrariée.

— Je préférerais que tu aies cinq ans.

— Pour me faire le coup de la glace ?

Elle repoussa ma main et se renfrogna. Je ravalai ma déception et optai pour une autre méthode.

— Quand tu avais cinq ans et que tu… et que tu étais contrariée, les chatouilles étaient une méthode presque infaillible. Tu me demandais d'arrêter et je le faisais. Puis tu refaisais semblant de bouder, pardon, d'être contrariée, uniquement pour que je revienne te chatouiller.

Cecilia ne fit même pas mine d'apprécier mon anecdote. Elle remit son casque sur ses oreilles et se recroquevilla un peu plus contre la vitre. Je remarquai seulement à ce moment qu'elle avait gardé le gilet de sa mère et s'en servait comme oreiller d'appoint. Je soupirai et me rendis à l'évidence : ma fille n'avait plus cinq ans et, si je ne trouvais pas une solution, je finirais par la perdre. À nouveau, je tendis la main vers la sienne, avant d'arrêter mon geste. Je savais ce qu'elle attendait de moi. Tenter de renouer le dialogue maintenant fonctionnerait peut-être quelque temps, mais cela ne ferait que repousser le problème : elle voulait que je lui parle de sa mère, que je réponde à ses questions, et je n'en avais pas la force. J'espérais que ces vacances l'apaiseraient autant que moi.

Nous arrivâmes à Barview pour le dîner. Cecilia s'esquiva de la voiture aussi vite que possible, ne prenant qu'un sac à dos avec elle. Les mains agrippées sur le volant, je suivis du regard sa silhouette voutée, tandis qu'elle remontait la longue allée couverte de graviers qui menait à la porte arrière de la maison. Ma mère nous attendait, sourire aux lèvres, habillée d'un jean et d'un T-shirt maculés de peinture : un indice sur notre activité estivale. Cecilia l'embrassa rapidement sur la joue, puis entra dans la maison.

À mon tour, je sortis de la voiture. J'étais fatigué par la route et déjà épuisé à la perspective de répondre aux questions de ma mère. Je la vis avancer vers moi et me rejoindre alors que j'ouvrais mon coffre pour récupérer nos deux valises. En un regard gris glacial et un croisement de bras sévère, l'interrogatoire était déjà bouclé : ma mère savait que quelque chose se tramait et elle avait choisi son camp. Elle avait toujours protégé Cecilia.

— Tout va bien, la rassurai-je tout en sortant les valises.

— Elle a quatorze ans, rien ne va jamais bien à cet âge-là !

— Et je vais bien aussi.

— Ai-je l'air inquiète ? demanda ma mère avec une ironie certaine.

Je fermai le coffre de la voiture et déposai un baiser sur la joue de ma mère. Elle abandonna sa mine fâchée et enroula le bras autour du mien pendant que nous remontions l'allée. Depuis la mort de mon père, ma mère s'était prise de passion pour le jardin. La pelouse était impeccablement tondue, les arbres élagués, les haies taillées. Nous n'utilisions que peu l'arrière de la maison et nous profitions surtout de l'avant, avec la grande terrasse en bois, ombragée de glycines et de roses, qui donnait directement sur la plage. Cette terrasse était la fierté de ma mère : elle y recevait ses amis, donnait ses dîners et nous y proposait chaque matin des petits déjeuners copieux.

Je montai nos valises dans nos chambres respectives. Cecilia avait récupéré ma chambre d'enfance, pendant que je dormais dans ce qui avait été le bureau de mon père pendant des années. À notre grande surprise, le bureau avait été la première pièce à faire l'objet des travaux d'été de ma mère. Elle avait néanmoins conservé la table de travail et la lampe de mon père, calées près de la fenêtre.

Je retrouvai ma mère sur la terrasse, disposant sur la table un bol de salade et une assiette de poisson. Le couvert avait été mis pour nous trois, mais je me doutais que Cecilia allait éviter notre dîner. Je dirigeai le regard vers la plage, découvrant ma fille assise sur le sable, les yeux rivés sur la mer. Je poussai un soupir de lassitude, qui n'échappa pas à ma mère.

— Tu veux aller la chercher ? demanda-t-elle en me versant du vin.

— Ça ne servirait à rien. Elle ne veut pas me parler.

Je secouai la tête, conscient de mon demi-mensonge. Ma fille voulait me parler, c'était plutôt moi qui rechignais à lui faire la conversation. Nous étions bel et bien dans une impasse. Je m'étais trompé en pensant que venir ici apaiserait notre relation.

— Tu as fait ta crise d'adolescence, toi aussi, dit ma mère dans un sourire.

Nous nous installâmes à table. J'allumai la lampe à pétrole près de moi et tournai à nouveau le visage vers la plage. De loin, avec ses cheveux au vent et assise au pied des vagues, Cecilia ressemblait plus que jamais à sa mère.

— Tu passais ton temps avec Peter et... Bon sang, comment s'appelait-il déjà ? Tu sais, ce grand brun, maigrichon, avec des jeans déchirés. Il avait toujours une cigarette coincée derrière l'oreille.

— James, répondis-je en retrouvant le regard de ma mère.

Je m'assis et elle s'installa près de moi. Elle but une gorgée de son vin et posa la main sur mon avant-bras.

— James, c'est ça ! À l'époque, je voulais t'interdire de le fréquenter, mais ton père était persuadé que ça ne ferait que t'encourager à traîner avec lui !

Elle leva les yeux au ciel, tout en secouant la tête d'impuissance. Ma mère avait toujours eu tendance à nous surprotéger, à nous épargner les mauvaises nouvelles, à nous éviter de commettre des erreurs. Mon père, lui, nous laissait une forme de liberté. La plupart de nos conversations — celles où je lui demandais son avis ou un conseil — finissaient invariablement par une question, me renvoyant ainsi à mes propres réflexions.

— James est maintenant avocat et je vais sûrement aller boire un verre avec lui pendant ces vacances.

— Je sais que tu cachais un paquet de cigarettes sous ton matelas, reprit ma mère avec humour.

Je tournai à nouveau mon attention vers la plage. Je n'avais aucune idée des fréquentations de ma fille et je n'entrais jamais dans sa chambre. J'aimais ma fille, mais je devais avoir hérité du tempérament de mon père : je la laissais vivre. Si j'en croyais notre conversation de la veille, ce n'était pas l'idée du siècle, puisqu'elle voulait partir.

Ma mère me servit de la salade et me demanda :

— Tu te souviens de Maureen ?

— Ta partenaire de bridge ?

— Elle a arrêté le bridge. Elle fait du krav-maga maintenant.

Je recrachai en partie la gorgée de vin que j'étais en train de boire. Ma mère avait un cercle d'amis aussi fantasques qu'imprévisibles : que Maureen, sa chevelure argentée et sa hanche en titane pratiquent le krav-maga n'aurait pas dû me surprendre.

— Elle fait sa crise d'adolescence elle aussi, fit remarquer ma mère avec un haussement d'épaule. Bref, la fille de Maureen a eu le même genre de problème avec son fils. Le psy leur a conseillé de faire des activités communes pour favoriser une forme de rapprochement.

Je fixai ma mère avec des yeux ronds. L'idée n'avait rien de loufoque, mais j'étais persuadé que ma fille finirait par se calmer. C'était une phase difficile mais surmontable.

— C'est juste une idée, se défendit ma mère, devant mon air stupéfait.

— Je vais me débrouiller, maman. Je n'ai pas été présent dernièrement, les choses vont s'arranger.

— À son âge, c'est peut-être une peine de cœur. Les adolescents prennent toujours tout très à cœur. Avec la fin de l'année scolaire, elle a peut-être…

— Ce n'est pas ça, maman. Et Cecilia est bien trop jeune pour ce genre de choses, dis-je pour appuyer mon argument.

Ma mère éclata de rire et ramena une mèche de ses cheveux poivre et sel derrière l'oreille. Je devais admettre que je n'avais pas encore envisagé la possibilité que ma fille puisse avoir un petit ami.

— Shelly a hébergé sa petite-fille de quinze ans pendant les vacances de Noël. Et elle a fini par la découvrir au réveil avec le fils du voisin.

— Shelly s'en est remise ? demandai-je en retenant un rire.

Shelly était une de nos voisines et avait eu le

grand privilège de m'enseigner le catéchisme pendant deux ans. C'était une référence en termes de moralité et de bonnes manières. Imaginer une Shelly épouvantée de découvrir sa petite-fille avec un garçon était hilarant.

— Elle est allée prier à l'église tous les jours pendant trois semaines, pouffa ma mère. Et elle a dépensé un certain budget pour les cierges. Si elle en avait eu la possibilité, elle aurait appelé un exorciste.

Nos rires redoublèrent et je me promis d'en parler à James, qui avait lui aussi subi ses cours de catéchisme. Nous finîmes par nous calmer et nos regards convergèrent vers ma fille. Elle s'était relevée et époussetait son jean tout en avançant vers la maison.

— Tu veux que j'essaye ? demanda ma mère. Avec moi, elle sera peut-être plus bavarde.

— J'en suis certain. C'est à moi qu'elle en veut, à personne d'autre.

— Et tout va bien à l'école ?

Ma mère était en train de lister toutes les hypothèses envisageables. Cependant, elle n'avait pas encore mentionné la plus évidente, par habitude peut-être, par amour, sûrement. Depuis le jour de l'enterrement, depuis le jour où j'avais signifié à ma famille que je ne parlerais plus de ma femme, ma mère avait respecté à la lettre ma consigne. Quand elle me surprenait, assis sur une chaise longue, perdu dans mes pensées, elle se contentait de presser sa main contre la mienne en acceptant mes silences. Lorsque je regardais ma mère, je ne voyais pas un visage déconfit ou désolé mais de la bienveillance assombrie d'une touche d'inquiétude : elle voulait que je refasse ma vie.

Ma fille rejoignit la terrasse. Elle portait le gilet de sa mère et le resserra fermement contre elle. Près de moi, je sentis ma mère se tendre et un frisson glacial serpenta entre nous trois.

— Je vais aller vider ma valise et je mangerai un peu plus tard.

— Comme tu veux, ma chérie, répondit ma mère après un court silence.

Ma fille m'adressa un regard et je ne pus que constater qu'elle avait pleuré. Elle passa près de moi et, dans un mouvement instinctif, je me redressai.

— Tu ne veux pas manger avec nous d'abord ? La vue est superbe et…

— Et il y a le dessert préféré de ton père au réfrigérateur, argumenta ma mère.

Ma fille se figea et je devinai que la remarque de ma mère ne la retiendrait pas. Abattu, je réalisai que je ne connaissais même pas son dessert préféré. Je m'étais arrêté à ses cinq ans. À cinq ans, Cecilia aimait la glace. Et depuis ? Franchement, je n'en avais pas la moindre idée.

— Et quel était le dessert préféré de ma mère ?

La question de ma fille me fit l'effet d'une gifle. Peu à peu, le fossé entre ma fille et moi s'élargissait et, si je ne trouvais pas une solution, il finirait par engloutir toute notre relation. Ma mère resta muette, mais je vis clairement dans son regard qu'elle était tiraillée entre la volonté de m'épargner et son envie de répondre à ma fille. Mon cœur tambourina dans ma poitrine, comme si je m'apprêtais à commettre un acte illicite. Laura était partout : en moi, dans cette maison, dans chacun de mes souvenirs, dans le gilet que portait ma fille ; pourtant, il m'était impossible d'articuler un son à son sujet.

— Toujours pas de réponse ?

— Cecilia, ce n'est pas le moment, répondis-je, les dents serrées.

— Et à cause de toi, cela ne sera jamais le moment !

Elle entra dans la maison et le parfum de sa colère persista quelques secondes sur la terrasse. Je me rassis, encore sous le choc de notre confrontation. Cecilia avait toujours été calme, posée et raisonnable. En quelques heures, je venais de découvrir une nouvelle facette de ma fille. Je repoussai mon assiette et un silence de plomb régna à table. Comme à son habitude, ma mère posa la main sur la mienne. Je ne savais pas si elle voulait contenir ma colère ou me consoler de mon chagrin.

— Cooper…

— Je ne veux pas en parler.

— Je savais que cela finirait par arriver, qu'elle finirait par poser des questions.

— Elle se calmera.

Ma mère étouffa un ricanement, qui me décida à me lever de table pour fuir cette conversation.

J'étouffais et je me débattais dans mes souvenirs. Ma mère m'agrippa par le bras et me força à pivoter sur moi-même pour lui faire face.

— Cooper, j'ai toujours fait ce que tu voulais concernant Laura. Mais il ne s'agit plus de toi !

— C'est ma fille, il s'agit donc bien de moi !

— C'est aussi la fille de Laura. Elle veut connaître sa mère, elle a besoin de savoir qui elle était et il n'y a que toi qui peux lui en parler.

— Et si je ne veux pas ? Si… Si tout cela était encore trop douloureux ? Je ne sais pas si je suis capable de faire ça !

— Tu as affronté pire. Laura ne doit pas être… Laura était formidable, murmura ma mère, des larmes dans les yeux. Laisse une chance à ta fille de découvrir à quel point sa mère était fantastique.

Elle posa la main sur ma joue et je vis une larme rouler sur la sienne. Mes yeux me brûlaient, ma gorge était cruellement nouée et mon cœur en miettes, mais je refusais de me laisser aller.

— Et si toi, tu lui parlais ? Tu pourrais répondre à toutes ses questions.

— Elle attend tes réponses, pas les miennes. Je suis certaine que tu trouveras un moyen de discuter avec elle. Mais tu ne peux pas t'acharner à refuser toute conversation, ce n'est pas juste pour elle.

— Toute cette situation est injuste, rappelai-je à ma mère avec amertume.

— Je sais. Garder le silence ne la rendra pas meilleure. Parle à ta fille, Cooper. Tu auras mal à en crever, tu chercheras tes mots, tu seras en colère, ému, révolté et épuisé. Et pour toutes ces raisons, je t'autoriserai exceptionnellement à boire le whisky de ton père !

Un faible sourire caressa les lèvres de ma mère. Cette bouteille de whisky était devenue une légende familiale, témoin de tous les événements importants de nos vies et source infinie de blagues. Je poussai un profond soupir. Ma mère avait raison, je devais trouver un moyen de renouer le lien avec ma fille.

— J'ai confiance, Cooper, tu seras parfaitement à la hauteur ! assura-t-elle en me tapotant affectueusement la joue.

— Tu le penses vraiment ?

— Il s'agit de Laura : il n'y a que toi pour parler parfaitement d'elle.

Je me dégageai de l'étreinte de ma mère, prêt à affronter ma fille et à lui parler. À nouveau, ma mère me retint. Elle claqua la langue de désapprobation et tira ma chaise.

— Tu es bien trop bouleversé. Installe-toi, je vais aller chercher cette bouteille de whisky.

— Maman, je n'ai pas besoin de…

— C'est pour moi ! s'écria-t-elle en retournant dans la maison.

Cecilia ne réapparut pas de la soirée. Cloîtrée dans sa chambre, elle devait certainement maudire son père égoïste. Elle avait raison. En passant devant sa porte, je fus tenté d'aller la voir pour renouer le contact. Mais les paroles de ma mère me revinrent en tête : j'étais encore sous le choc de sa provocation et je devais avant tout trouver un moyen pour parler de Laura à ma fille, quelque chose qui m'aiderait à garder le cap et affronter ma douleur.

Je rejoignis ma chambre d'un pas traînant et, après une douche brûlante, je m'allongeai sur mon lit. Je me laissai envahir par mes souvenirs, essayant de faire le tri entre ce qui comptait pour Cecilia et ce qui était sans importance. Voudrait-elle savoir comment j'avais demandé à Laura de devenir ma femme ? Souhaiterait-elle savoir que sa mère était mauvaise perdante ? Ou que Laura avait peint elle-même la chambre de bébé quatre fois avant de déclarer qu'un papier peint serait nettement mieux ? Le souvenir me tira un sourire, mais n'atténua pas le manque. Cette sensation de vide était parfois si présente que j'avais l'impression de me perdre en moi-même. L'absence de Laura prenait toute la place dans ma vie, son souvenir hantait chacune de mes pensées.

En sombrant dans le sommeil, ma dernière pensée fut pour Laura et mon cœur se serra à m'en faire mal.

Je voulais que ma femme revienne.

Le bruit des branches du saule heurtant la porte-fenêtre de ma chambre me tira du sommeil. Je me frottai le visage et vérifiai l'heure sur ma montre. Il n'était que 4 heures et la météo semblait se déchaîner dehors. J'ouvris prudemment la fenêtre et fus immédiatement saisi par l'odeur de sel et d'embruns. Je tirai péniblement les volets grinçants et parvins à les accrocher. Le vent sifflait dehors, mais le bruit des branches était atténué. Je savais pourtant que me rendormir allait être difficile. Encore une des cicatrices de ma vie sans elle. Je soupirai. J'étais usé de vivre ainsi, en suspens, à flotter dans mes souvenirs ; j'étais Orphée remontant un éternel chemin des Enfers.

J'errai dans ma chambre, à la recherche d'un livre pour fuir mon insomnie. J'ouvris les tiroirs un à un, tombant successivement sur les livres d'architecture de mon père, les recettes de ma mère, ses magazines de jardinage et sur les albums photo familiaux. Le premier, avec sa couverture en satin ivoire et un lacet élégant rouge vif, attira tout de suite mon attention.

Cet album était parfait pour commencer à parler de Laura avec ma fille. Je le sortis du tiroir, passai la main sur le tissu velouté, mais ne parvins pas à soulever la couverture rigide. Seul, c'était encore trop dur. Avec Cecilia, j'étais certain d'y arriver, de trouver la force de surmonter ce que je ressentais. J'arrachai une page du bloc-notes posé sur le bureau et griffonnai un mot. J'enfilai un T-shirt, puis remontai le couloir qui menait à la chambre de ma fille.

Je déposai l'album avec précaution tout en m'interdisant d'analyser la situation. Je voulais rester sur mon idée de départ, avancer avec ma fille et retrouver notre relation complice. Si j'y avais réfléchi plus, j'aurais fait demi-tour et j'aurais remis l'album dans son tiroir.

Laura aurait appelé ça un signe.

Cet album, c'était exactement ça : un signe de la part de ma femme, un encouragement.

Laura aurait appelé ça un bottage de cul.

Pour la première fois depuis des mois, penser à elle me tira un rire.

J'étais parvenu à me rendormir assez facilement, comme apaisé d'avoir trouvé une solution potentielle à mes difficultés avec Cecilia. Le lendemain matin, je retrouvai ma mère dans la cuisine, rinçant des pinceaux et des rouleaux à peinture dans une bassine en plastique. À la couleur de l'eau, je devinai qu'elle avait jeté son dévolu sur un camaïeu de bleu. Elle s'essuya les mains sur son T-shirt, puis sortit un mug pour me servir un café. Je m'installai sur la terrasse étonnamment calme après la tempête de cette nuit.

— Bien dormi ? demanda ma mère en me tendant mon café.

— Plus ou moins. J'ai été réveillé par le vent. Le saule tapait contre la vitre.

— Je n'ai pas eu le cœur d'élaguer certaines branches. Si cela te gène vraiment…

— Laisse, maman. Cela m'a donné une idée pour Cecilia.

— Je sais.

Le sourire bienveillant de ma mère me rassura. Donner l'album à Cecilia était à double tranchant : soit elle l'acceptait et l'interprétait comme étant une preuve de ma bonne volonté, soit elle me le rendait. Ma fille attendait des explications et cet album photo ne contenait pas toutes les réponses à ses questions.

— Tu repeins quelle pièce ?

— Le grenier. J'ai tout trié, jeté l'inutile et gardé les quelques cartons qui vous concernent toi et ta sœur. À l'occasion, tu jetteras un œil.

— Et tu vas faire quoi dans le grenier ?

— Aucune idée. Je veux juste lui donner un coup de peinture. Le sol devra sûrement être refait aussi. Un jour ou l'autre, Annah finira bien par avoir des enfants, soupira dramatiquement ma mère.

— Peut-être, oui. Tu sais où est Cecilia ?

— Je l'ai envoyée à l'épicerie du village, à vélo, pour qu'elle fasse quelques courses. Je crois qu'elle avait besoin de prendre l'air.

Ma mère laissa un court silence s'installer, espérant certainement que je parle de ma décision nocturne. Peut-être que j'aurais dû attendre que Cecilia soit face à moi pour lui donner l'album. Peut-être que j'aurais dû prendre le temps de l'ouvrir avec elle. Mais je restais persuadé que nous allions trouver un équilibre entre sa volonté d'en savoir plus et mon besoin de limiter ma douleur.

— J'ai aimé revoir ces photos, moi aussi. Ça m'a rappelé plein de bons souvenirs.

Je me figeai, sentant une douleur me transpercer le creux de l'estomac, comme une aiguille chauffée à blanc. J'avalai péniblement ma gorgée de café, pris une profonde inspiration et pivotai vers ma mère. Elle me fixa avec attention, cherchant à jauger si j'étais prêt.

Je ne l'étais pas. Et je ne le serais sûrement jamais. Je n'étais pas non plus prêt à voir ma femme s'éteindre près de moi et pourtant j'avais survécu à la tempête.

Je pouvais survivre à celle-ci.

— Cooper, si…

— Non, vas-y. Dis-moi. Raconte-moi, parvins-je à dire d'une voix étranglée.

— Je me souviens… J'ai aidé Laura à mettre sa robe ce jour-là et la fermeture a lâché. J'étais paniquée et j'ai cru que j'avais ruiné la journée. Laura était si calme, c'était impressionnant.

Ma mère secoua la tête en souriant. Laura était effectivement d'un calme olympien, en toutes circonstances. C'était ce qui m'avait plu chez elle : une douce sérénité, de l'attention, un regard prévenant.

— Alors elle m'a demandé de coudre la robe sur elle. Je tremblais comme une feuille. Ça m'a semblé durer des heures, mais Laura n'a pas bougé et n'a rien dit.

Le sourire de ma mère s'élargit tandis qu'elle embrassait ses souvenirs avec joie. Mon cœur frappait à un rythme fou, balayant l'amertume, luttant contre la douleur. Je m'accrochais à chacun des mots de ma mère, me forçant à me concentrer sur ses mains qui trituraient nerveusement ses pinceaux.

— J'ai revu cette photo où elle sort de la chambre et où tu la découvres dans cette robe. Tu as ce regard…

Les yeux de ma mère devenaient de plus en plus humides, pendant qu'un nœud familier se formait dans ma gorge. Je me souvenais de chaque seconde de cet instant, du sourire de Laura, de sa robe élégante, de sa grâce. À l'époque, si je ne l'avais pas déjà demandée en mariage, je l'aurais fait dans l'instant.

— Elle était superbe, murmurai-je difficilement.

— Oui. Superbe. Toute la journée, j'ai eu peur que la couture cède.

En un sourire, les larmes de ma mère disparurent. Elle haussa les épaules et tourna sur les talons, m'empêchant de voir son visage. Je ravalai un sourire et bus une gorgée de mon café. Je n'avais jamais dit à ma mère comment cette couture avait fini par céder, à l'aube de ma nuit de noces avec ma femme.

— Si tu as besoin de moi, je retourne au grenier.

Je reconnus distinctement un sanglot d'émotion dans la voix de ma mère. Je suivis du regard sa petite silhouette énergique, songeant qu'en perdant mon père elle avait elle aussi connu le chagrin. Mon cœur se serra pour elle.

Le souvenir de notre mariage avait été douloureux, mais j'étais parvenu à le revivre sans m'effondrer. Ma mère avait été douce et prévenante, me racontant ce qu'elle avait ressenti. Avec Cecilia, je devais m'attendre à un feu nourri de questions, qui serait plus difficile à gérer.

Cecilia rentra en fin de matinée dans un claquement de porte, alors que je lisais un vieux roman policier, avachi sur une chaise longue face à l'océan. Elle déposa son sac sur la table de la terrasse et me jeta un regard inquiet.

— Salut !

Sa voix vacilla et je fermai mon roman avant de me redresser. Elle avait noué le gilet de sa mère autour de la taille et portait un short en jean et un haut noir à bretelles. Elle croisa les bras sur sa poitrine et prit une profonde inspiration.

— Je suis allée faire quelques courses.

— Tu as acheté du chocolat, j'espère.

— Oui. Du noir.

Elle se dandina sur ses pieds, incapable de rester en place, puis retourna à la table pour vider son sac. Notre conversation n'était pas déplaisante, mais nous étions tous les deux en train d'ignorer le fameux éléphant posté entre nous. Je me levai de ma chaise et entrepris de l'aider à ranger ses achats. Elle m'observa plusieurs fois à la dérobée, cachée derrière un rideau de cheveux.

— J'ai… J'ai… J'ai regardé les photos.

Je hochai la tête, attendant qu'elle poursuive.

J'étais aussi prêt que possible, prêt à affronter ses questions, prêt à lui donner les détails qu'elle souhaitait. Nous nous fixâmes pendant de longues secondes, hésitants et incapables de trouver les mots pour briser la glace.

— Si tu veux en parler, dis-je finalement.

— Je...

— Je veux dire, on peut en discuter. Ici. On... Je peux prendre du temps pour te parler du mariage.

Ma voix n'était qu'un souffle presque inaudible. Mes souvenirs étaient présents mais fragiles. Parler à ma fille, c'était laisser mes souvenirs m'échapper, alors qu'ils étaient comme un cocon rassurant. Cecilia se mordit les lèvres et fila à la cuisine pour ranger la farine et le chocolat.

— Je veux juste regarder les photos, pour le moment, répondit-elle enfin. Est-ce que ça t'ennuie ?

— Quoi donc ?

Elle revint vers moi, plus assurée. Elle dénoua son gilet et l'enfila. Je n'aurais pas su dire si elle avait vraiment froid ou s'il s'agissait d'un geste de provocation pour vérifier ma bonne volonté.

— Que je les regarde.

— Non. Je pensais qu'on pourrait peut-être les regarder ensemble. Ça te va bien.

Je désignai le gilet de la main, refoulant un nouveau souvenir. À l'origine, ce gilet n'était pas aussi large : c'était Laura qui l'avait déformé, à force de s'enrouler dedans. Les manches étaient trop longues, les poches béantes et les mailles desserrées ; pourtant, sur ma fille, il était joli.

Mon compliment la fit rougir et un franc sourire fleurit sur ses lèvres.

— Donc... Pas de questions ? demandai-je.

— Pas pour le moment.

À nouveau, le silence s'installa. Ma fille s'écarta et désigna la maison derrière elle. Le malaise entre nous était toujours présent et, maintenant que j'avais fait un premier pas vers elle, je devais attendre un geste de sa part. Je détestais me sentir impuissant. Elle s'engouffra dans la maison et je retournai à ma chaise longue.

— Papa ?

— Oui ?

La tête dans l'embrasure de la baie vitrée, ma fille m'observait, un petit sourire mutin aux lèvres.

— Très classe ton smoking sur les photos ! Surtout le nœud pap' !

Elle repartit aussitôt, sans me laisser le temps de répondre. À ses yeux, la mode de l'époque devait lui apparaître incroyablement ringarde. J'aurais aimé sourire ou plaisanter avec elle, mais la seule évocation du nœud papillon m'avait propulsé dans mes souvenirs avec Laura. Je poussai un profond soupir, tout en essayant de me replonger dans mon roman. Je lisais, mais ne comprenais rien. Tout ce que mon esprit rejouait encore et encore, c'était la façon dont ma femme avait redressé ce fameux nœud toute la journée de notre mariage.

*
* *

L'été, Barview se parait de ses atours touristiques. La rue principale devenait piétonne en fin de journée, permettant ainsi aux touristes de déambuler en toute quiétude. Des guirlandes de fanions multicolores flottaient au vent, les terrasses des bars s'étalaient généreusement sur les pavés et toute la ville prenait un rythme estival : démarche nonchalante, cornets de glace à la main et parfum persistant de crème solaire. J'adorais cette atmosphère indolente et passais la plupart de mes soirées à marcher le long de la jetée, en admirant les vagues.

Aujourd'hui, j'avais rencontré Mark sur la plage et ce dernier m'avait donné rendez-vous le soir même dans un des bars de la rue principale. Lorsque j'avais annoncé que je sortais, ma mère m'avait regardé d'un air ravi, comme si j'avais accompli un acte héroïque. Boire une bière n'avait pourtant rien d'exceptionnel.

— Tu en veux une autre ? hurla Mark par-dessus la musique d'ambiance.

— Ça ira.

Je n'étais pas le seul à avoir été convié. Nous étions neuf autour d'une table en bois trop petite et maculée de taches brunâtres, vestiges de soirées précédentes animées. Quatre femmes, cinq hommes, la même troupe qu'au lycée, avec des rides et des responsabilités en plus.

Et Laura en moins.

À sa mort, notre petit groupe s'était délité. L'été

avait toujours été le moment privilégié de nos retrouvailles ; nous parlions de nos métiers, de nos vies, de nos enfants, de nos échecs, de nos projets. Au décès de Laura, c'est comme si tout avait été mis en suspens, comme si nous avions retenu notre souffle — nos vies même — en attendant que la tempête passe. Pour tout le monde, la vie avait peu à peu repris son cours. Pour moi, la tempête était toujours là, dans chacun des regards désemparés qu'ils me jetaient. Ils mesuraient leurs mots et camouflaient leurs émotions, slalomant entre les souvenirs dont nous pouvions parler et ceux où Laura rôdait. Le malaise s'atténuait parfois, mais il persistait toujours, comme une chape de plomb.

— Mauvaise réponse ! Je paye ma tournée ! s'époumona Mark.

Des rires fusèrent et nous abdiquâmes en levant nos verres. Mark héla la serveuse et recommanda des bières. Derrière nous, un jeune groupe de musiciens s'installa et un larsen violent nous fit grimacer.

— On fête quoi ? demanda Jerry.

Il enroula le bras autour de Cathie, sa femme, et déposa un baiser sur sa tempe. Cathie ravala un rire et me jeta un regard inquiet. Je lui adressai un sourire confiant. J'avais appris à faire bonne figure, surtout en compagnie de mes plus vieux amis.

— Ne me dis pas que tu as enfin réussi à trouver une femme qui te supporte ! lançai-je en ricanant.

— Non seulement elle me supporte, mais je vais aussi l'épouser.

James émit un sifflement admiratif, pendant que nous riions à gorge déployée. Venant de Mark, l'homme qui avait toujours placé sa liberté avant tout — refusant par exemple de passer son diplôme universitaire pour monter son entreprise —, l'idée même qu'il puisse avoir une relation était hilarante et choquante.

— Et elle est au courant pour ton séjour en prison ? demanda Cathie.

— Parfaitement !

— Et tes virées à Vegas ? renchérit James.

— Rumeurs infondées, répliqua-t-il en riant.

La serveuse se fraya un chemin jusqu'à nos tables, son plateau garni de bouteilles de bière levé aussi haut que possible. Elle déposa nos boissons sur la table, récupéra nos bouteilles vides et lança une œillade appuyée à Mark. Il y eut un moment de flottement, durant lequel notre petite bande échangea des regards surpris. Ça devait être une blague ou une expérience idiote — digne de Mark — où ce dernier testait nos réactions face à l'imprévisible. Mark ne pouvait pas se marier. C'était impossible. Même dans un monde parallèle.

La serveuse quitta la table avec un sourire, et, soudain, les musiciens qui venaient de jouer un vieux morceau de rock exécutèrent les premières notes de la *Marche nuptiale*. Dans la salle, les conversations se turent peu à peu et, à notre table, nos rires cessèrent à l'instant où Mark sortit un écrin de sa poche.

— Qu'est-ce qu'il fait ? murmura Cathie à mon intention.

— Aucune idée !

Avec une mine déterminée, Mark repoussa sa chaise bruyamment. J'observai les visages de mes amis et m'arrêtai finalement sur Maggie. La douce, prévenante et silencieuse Maggie avait eu la très bonne idée de nous présenter Laura quand elle était arrivée en cours d'année au lycée. Son rire évanoui, elle fixait désormais Mark avec de grands yeux apeurés, ses mains fines cramponnées autour de sa bouteille de bière, pendant que son teint blêmissait de seconde en seconde.

De toute évidence, elle avait aussi pensé à une nouvelle blague de Mark.

— Maggie, après des années d'amitié et quelques mois d'amour…

— Vous êtes ensemble ? ! cria Peter, incrédule, en bondissant de sa chaise.

— Tu vois qu'on aurait dû leur dire avant, commenta Mark avec humour. Toujours est-il que tu as toujours été dans ma vie, tu la rends plus douce, plus belle, plus facile, et je serai incroyablement fier de te présenter comme ma femme.

Mon regard passa de Mark à Maggie, puis à Cathie — qui, de surprise, avait la main plaquée contre la bouche — pour revenir à Maggie. Cette dernière, toujours muette, posa sa bouteille sur la table avec délicatesse, ignorant nos regards impatients et nos expressions stupéfaites. Sans jamais cesser de garder les yeux rivés à ceux de Mark, elle contourna la table et se planta devant lui.

— Donc, ce n'est pas une blague, fit-elle en riant.

— Absolument pas.

— Alors d'accord, dit-elle d'une voix douce.

— D'accord ? s'étonna Mark. Tu es… d'accord ?

— Je le suis. Et je le serai encore plus quand tu auras ouvert ce truc !

Du menton, elle désigna l'écrin que Mark tenait toujours fermement dans le creux de la main. Avec l'émotion et le trac de sa demande, il n'avait même pas ouvert la boîte. Maggie avait les joues rouges et contenait son émotion en serrant sa bouteille de bière de toutes ses forces. Mark, lui, toujours consterné par son oubli, restait bouche bée. Et nous, nous les regardions en train de vivre un moment clé de leur vie. J'étais admiratif du tempérament de Mark, de sa façon de se mettre à nu devant nous, de livrer ses émotions, ses sentiments. Personnellement, j'enfermais mes états d'âme depuis toujours.

Mark finit par ouvrir l'écrin et, d'une main tremblante, glissa la bague à l'annulaire de sa fiancée. D'un même élan, toute la tablée se leva, bousculant la table et renversant les bouteilles encore pleines, et nous allâmes féliciter les futurs mariés. J'étreignis Mark avec force, lui frappant le dos du plat de la main en riant aux larmes.

— Tu pleures de joie ou tu pleures parce que tu penses que je fais une grosse connerie ? me demanda-t-il.

— Je pense que Maggie mérite mille fois mieux. Je pleure d'incompréhension, plaisantai-je. Depuis quand sortez-vous ensemble ?

— Presque deux ans. On... On ne savait pas comment... Enfin, je ne voulais pas te blesser ou...

— Me blesser ? Tu rigoles ? Je suis ravi !

Même à moi, mon enthousiasme sonna faux. Je n'étais pourtant ni blessé ni vexé. Je me sentais juste seul. Mes amis étaient en couple, heureux, mariés ou sur le point de sauter le pas, et je me sentais d'humeur mélancolique. Maggie approcha de nous et enroula le bras autour de la taille de Mark. Elle me dévisagea pendant une courte seconde, avant de me prendre dans ses bras et de me serrer contre elle avec force.

— S'il se plante, tu pourras lui botter les fesses, assura-t-elle dans un murmure à mon oreille.

En une phrase, ma soudaine tristesse s'estompa un peu. Je m'en voulais de leur gâcher leur bonheur tout neuf. Je déposai un baiser sur sa joue et lui répondis :

— Je suis maintenant certain que ce sale mec ne te mérite pas !

Elle s'écarta de moi et nous échangeâmes un sourire. Elle écrasa une larme au coin de son œil droit et retrouva les bras de Mark. Il se plaça derrière elle, les mains autour de sa taille, et leur bonheur me sauta aux yeux. D'autres effusions suivirent, et, après chacune d'entre elles, Maggie me couvait du regard, comme si elle craignait ma réaction. Honnêtement, je ne savais plus quoi ressentir : ma peine, leur joie, la surprise de leur annonce, la solitude. C'était un mélange amer et désagréable, mais familier. J'avais appris à faire avec. Je redoutais même de faire sans.

— Vous savez quoi ? La prochaine tournée est pour moi, proposai-je pendant que tout le monde se rasseyait.

La soirée reprit son cours. Des bières, des rires, de la musique, et Mark et Maggie sur le point de se marier. Après deux nouvelles bouteilles de bière, je déclarai forfait et décidai de quitter le bar. Évidemment, la troupe me hua avec véhémence. L'alcool avait fait son effet et j'étais légèrement ivre. Je quittai le bar en saluant une dernière fois mes amis et pris la direction de la plage ; si je longeais le bord de l'eau, je rejoindrais la maison de ma mère en moins d'une heure. Même si la nuit n'était pas encore tombée, la jetée permettant de descendre sur le sable était éclairée.

— Cooper ? fit une voix féminine.

L'intonation m'était familière, mais je ne parvenais pas à l'identifier. Je tournai la tête vers la plage. Une silhouette féminine se découpait dans le coucher de soleil. Je plaçai la main à hauteur des yeux pour contrer l'éblouissement, pendant qu'une jeune femme vêtue d'une longue robe fluide blanche avançait vers moi. Elle marchait péniblement dans le sable, tentant d'allonger le pas, pendant que j'essayais de la reconnaître, malgré les brumes persistantes de l'alcool.

Une soudaine bourrasque fit voler sa chevelure et sa robe se souleva, laissant entrevoir sa jambe droite. Son visage se précisa peu à peu, me laissant découvrir un sourire lumineux, pendant qu'elle repoussait ses cheveux d'un geste vif de la main.

— Julianne ?

Elle remonta la volée de marches qui menait jusqu'à la jetée et je la vis enfin distinctement. Elle réajusta sa robe, plaça la bandoulière de son sac sur son épaule et m'adressa un sourire hésitant.

— Bonsoir, dit-elle finalement.

— Bonsoir.

Ma voix était éraillée et ma gorge serrée à m'en faire mal. Je fourrai les mains dans mes poches, cherchant mes mots, perdus dans un dédale de sentiments contraires. J'étais heureux, surpris, désarçonné et inquiet. Notre rencontre fortuite à l'hôtel et notre baiser furtif dans un couloir sombre relevaient d'un accès de folie. J'en gardais un souvenir ému, mais je n'avais jamais imaginé revoir Julianne.

— Je t'ai reconnu à ta façon de marcher : raide comme un piquet.

— Tu es très en beauté, toi aussi.

— Ça fait quoi ? Un mois, c'est ça ?

— Deux mois. Et une poignée de jours, corrigeai-je.

À la vue de sa peau bronzée et de sa mine reposée,

je compris qu'elle était ici depuis plusieurs jours. Sa robe blanche, fluide et légère, flottait au vent autour d'elle. Le haut était maintenu par deux bretelles nouées autour de sa nuque. Ses cheveux étaient plus longs que dans mon souvenir et les pointes plus claires. Un large bracelet doré dégringolait sur son poignet. Une paire de sandales était accrochée à la bandoulière de son sac. J'aurais pu la détailler encore longuement, m'attarder sur la courbe de son épaule et sur son regard pétillant. Elle était rayonnante et superbe. Mes souvenirs ne lui rendaient pas justice.

— Pas de cravate aujourd'hui ? demanda-t-elle.

— Je suis en vacances.

— D'où le jean et la vareuse en lin. Très élégant.

Elle approcha de moi et, sans attendre ma permission, elle dénoua le lacet qui ornait le col. Elle le desserra et écarta légèrement les pans. Ses doigts frôlèrent ma peau et la brise marine me renvoya l'odeur de la sienne, mélange de sel, de soleil et de fruits. J'avais envie de la toucher aussi, de passer les doigts sur sa joue, d'effleurer ses lèvres. J'avais été attiré dès notre première rencontre mais, cette fois, le désir que je ressentais était plus impétueux, luttant contre les barrières que je m'imposais. Cela m'effrayait. Après des années de solitude, mon corps se rebellait. Pourtant, une part de moi ne pouvait s'empêcher de culpabiliser.

Quelque part, sur cette plage, le fantôme de Laura rôdait toujours. Quelque part, sur cette plage, j'avais demandé à Laura de devenir ma femme. Quelque part, sur cette plage, nous avions marché et tenté de trouver un prénom à notre futur bébé.

Je ne pouvais pas lui faire ça.

Du coin de l'œil, elle observa mon visage, pendant que je me raidissais un peu plus.

— Respire, Cooper.

Je soupirai lourdement et, quand elle lâcha mon col, je reculai d'un pas. Je passai une main sur ma nuque, espérant vainement me détendre. Si son geste m'avait surpris, c'était surtout ma réaction qui m'avait tétanisé. Cette femme, une quasi-inconnue, m'attirait. Une attraction physique ne m'aurait pas inquiété mais, avec Julianne, c'était autre chose. Tout en elle m'attirait : son sourire, sa façon de me parler, sa grâce, son humour, son regard pétillant, qui, parfois, laissait apparaître une ombre de tristesse.

— C'est beaucoup mieux, commenta-t-elle.

— Merci. Tu veux… Tu veux aller prendre un verre ? J'allais rentrer, mais on peut…

— Si on marchait plutôt ? J'adore sentir le sable sous mes pieds !

Sans attendre ma réponse, elle prit ma main et me fit dévaler les quelques marches qui nous séparaient du bord de mer. Je retirai mes chaussures aussitôt, les nouai entre elles et les tins à la main. Même si nous restions muets, le bruit des vagues s'écrasant en rythme sur la plage comblait le silence. C'était apaisant et agréable.

— En vacances alors ?

— Ma mère vit ici et j'ai passé mon enfance à Barview. J'y viens chaque année pour recharger les batteries. Quelle est ton excuse ?

— Mon excuse ?

— Pour jouer les solitaires sur ma plage.

L'allusion à notre première conversation à l'hôtel la fit sourire. Nous revenions en terrain connu. Elle avança vers le bord de l'eau, remonta sa robe à hauteur des genoux et laissa les vagues lécher ses pieds nus.

— Ta plage ?

— Ma plage. La maison de ma mère est un peu plus loin.

— J'avais besoin de prendre l'air, expliqua-t-elle finalement.

Elle tourna le visage vers moi, s'amusant de reprendre l'excuse que je lui avais donnée à notre rencontre. Je ne comptais plus le nombre de fois où, voulant fuir un endroit ou un souvenir, je débitais cette phrase. C'était devenu un automatisme qui faisait office de protection. Personne ne m'en demandait jamais plus, cette explication pratique les contentait. De toute façon, mon entourage n'aurait pas su gérer la vraie raison, ils étaient toujours embarrassés à la perspective d'affronter mon chagrin. L'expérience de ce soir — la révélation de Mark et Maggie — en était un parfait exemple.

— Tu fuis Portland ? demandai-je.

Elle me dévisagea, mesurant ses chances de passer

au travers du filet de mes questions. Elle ignorait que j'étais un spécialiste de la fuite et des faux-fuyants. Elle m'adressa finalement un sourire, puis lança :

— Donc, c'est ce qui se passe au deuxième rendez-vous ?

— Je savais bien que tu finirais par demander ce deuxième rendez-vous.

— J'ai bien fait de desserrer cette vareuse et de laisser percer ce doux parfum d'arrogance.

Elle se pencha vers moi et murmura à mon oreille :

— Ce n'est pas tous les jours que j'accorde un deuxième rendez-vous à un homme.

Je pris une profonde inspiration, sentant son parfum floral flotter autour de nous. L'enthousiasme de Julianne était toujours aussi présent et rafraîchissant. Qu'elle ne connaisse rien de mon passé facilitait notre relation et, en sa présence, je ressentais une légèreté inédite. Mon passé, ma fille, mon histoire avec Laura, ma sœur, ma mère, tout cela n'existait plus. Notre relation était hors de mes cercles habituels, hors de mon métier, comme protégée par une bulle hermétique à mes tourments.

— Alors ? On parle de notre enfance, on se confie ? reprit-elle.

— On apprend à se connaître, oui. Enfin, je crois. On se pose des questions du style « Quelle est ta couleur préférée ? »

— Le vert. Au fait, je n'ai jamais reçu les fleurs du lendemain. J'ai été un peu déçue et je refuse de croire que tous les fleuristes de la ville étaient fermés !

Elle leva un index impérieux à mon intention, retenant difficilement un rire. Elle faisait diversion. Ma curiosité était insatisfaite, mais, si la question s'était retournée contre moi, je n'aurais sûrement pas été capable de lui répondre franchement.

— Les fleurs n'auraient pas rendu justice à ce rendez-vous, c'est pour ça que j'ai préféré opter pour un bijou.

Julianne écarquilla les yeux de surprise. Un rire lui échappa, mais elle se ressaisit très vite et mit son masque de la dignité bafouée. Notre petit jeu reprenait : une comédie sans conséquence, ni secrets dévoilés.

— Perles ou diamants ?

— Or blanc, répondis-je, sans frémir.

— Collier ou boucles d'oreilles ?

— Bracelet. Je pense que tu n'aimes pas les colliers. Parce qu'ils se prennent dans tes cheveux et que cela te gêne.

De l'index, je repoussai une mèche de cheveux barrant son visage. Julianne me fixait avec étonnement. Je me sentais de plus en plus à l'aise dans ce petit jeu. Elle se pinça les lèvres, baissa les yeux vers ses pieds recouverts de sable.

— Tu sais que tu es en train de me faire détester ce jeu ? fit-elle en reprenant notre marche.

— Parce que je suis doué ?

— Parce que tu es au-delà de tout ce qu'on

pourrait imaginer. D'habitude, j'arrive à prévoir les réponses. Je dois admettre que l'histoire du bijou est imparable !

— Le dîner était à la hauteur ?

Elle joua avec les vagues, laissant parfois le bas de sa robe caresser l'eau. Julianne respirait la sérénité et la liberté. Quelque chose en elle hurlait qu'elle était sans attaches, presque errante, et pourtant nos deux conversations avaient provoqué l'effet inverse. Nous étions liés. Un lien fragile et récent, mais que seuls nous pouvions comprendre. C'était comme partager un secret et le préserver des regards des autres. Être avec elle me faisait du bien, me faisait oublier le reste, réveillait l'ancien Cooper, plus téméraire et plus confiant.

— Tu parles de celui sur le yacht ?

J'éclatai de rire, tentant d'imaginer la scène. Machinalement, j'entourai la taille de Julianne de mon bras et l'attirai contre moi. Je la sentis se tendre et j'eus un moment d'arrêt. Qu'est-ce qu'il me prenait ? ! Je n'avais vu cette femme que deux fois. Je retirai mon bras aussitôt et me décalai pour restaurer un peu d'espace entre nous.

— Je peux sûrement trouver une barque dans un coin, proposai-je.

— Tu n'as pas pu faire encore un pique-nique.

— Pourquoi pas ? Le premier a eu son petit succès !

— Parce que tu n'es pas du genre à te répéter.

Tu aimes marquer les esprits et tu ne réédites pas quelque chose qui a déjà fonctionné.

— En effet.

Un nouveau silence s'installa. Je me perdis dans mes pensées, pendant que Julianne marchait dans les vagues, nous éclaboussant tous les deux. Le soleil disparaissait lentement à l'horizon et l'effet de l'alcool se dissipait. Parler avec Julianne me forçait à rester concentré, à chercher la faille qui la déstabiliserait.

— Sauf ça, dit-elle finalement. Le coup de la balade sur la plage, je suis certaine que tu l'as fait à quantité de femmes.

— C'est toi qui as proposé de marcher. Jamais je n'aurais osé le cliché du coucher de soleil sur la plage. Ou alors, j'aurais au moins prévu une couverture pour t'éviter d'avoir froid.

— Cooper, personne ne me croira non plus au sujet de ce second rendez-vous ! se lamenta-t-elle dans un rire.

— Qui cherches-tu à convaincre ?

— Aucune idée. Ma mère ? Ma psy ? Moi peut-être. Cela étant, je n'ai pas parlé de notre rencontre.

— Je n'ai pas parlé de toi non plus. J'aime bien l'idée d'une relation secrète.

— Une relation ? ! Où est donc le Cooper hésitant et timide de Portland ?

— J'ai fait comme toi, j'ai pris la fuite. Ici, je suis

moi. Sans cravate, sans yacht et avec trois tonnes de sable dans mes chaussures.

Ma boutade fut récompensée d'un sourire, qui permit de dissoudre le début de malaise que je ressentais. Derrière le masque d'enthousiasme de Julianne, je décelai une valse-hésitation. Notre petite comédie mettait en lumière nos fragilités.

— J'ai… Le week-end dernier a été difficile, alors j'ai sauté dans ma voiture et j'ai roulé jusqu'ici, expliqua-t-elle en enroulant les bras autour d'elle.

— Au hasard ? m'étonnai-je.

— Plus ou moins. J'étais déjà venue il y a quelques années.

Un frisson la parcourut et je m'en voulus de n'avoir même pas une veste à lui proposer. Elle baissa les yeux vers le sol, me dissimulant ainsi son visage. Après une courte réflexion et mué par l'envie irrépressible de la protéger, je finis par placer le bras autour de sa taille. Elle se figea d'abord de surprise, avant de reprendre sa marche, comme si ce geste était normal.

Se promener sur cette plage comme si nous étions un couple accompli n'avait pourtant rien de normal pour moi. J'étais raide, limitant au minimum le contact de nos deux corps, la main à peine posée sur sa hanche. Une pointe de culpabilité me saisit à nouveau. Je la repoussai avec force. Julianne était présente et sa mélancolie me touchait peut-être plus que la mienne. Elle paraissait si fragile, presque abattue. Peut-être qu'elle parvenait aussi à donner le change auprès de ses amis, mais, intimement je savais que ses sourires masquaient une blessure.

— Donc, tu as bien fui Portland, dis-je finalement, en espérant encourager ses confidences.

— Quelle version préfères-tu ? Parce que j'ai une très longue liste d'excuses pour esquiver la question, parmi lesquelles « c'est compliqué », « c'est une longue histoire », « tu ne veux pas vraiment savoir » ou « pas après seulement deux rendez-vous ».

— Je suis très patient. Et j'ai une certaine expérience en termes de fuite. D'ailleurs, tu as oublié le « je ne veux pas en parler », le « j'ai un rendez-vous urgent en ville » et le toujours très efficace « va te faire voir ».

Julianne se mit à rire, tout en acquiesçant à mon argumentation. Elle demeura néanmoins prudemment à l'écart, limitant le contact entre nos deux corps. Si elle avait accepté que je la tienne par la taille, elle gardait une certaine distance. Finalement, elle demanda :

— Et qu'est-ce que tu fuis ?

— Pas après seulement deux rendez-vous, répondis-je avec un sourire.

— Est-ce que c'est une façon romantique de me demander un troisième rendez-vous ?

— Si j'avais voulu le faire de manière romantique, j'aurais loué un de ces avions avec une banderole publicitaire.

Je désignai le ciel d'un air rêveur, récoltant un nouveau rire de la part de Julianne. Je la sentis se détendre légèrement et son masque de tristesse se fendilla peu à peu. De toute évidence, Julianne n'était pas prête à se confier et j'aurais été le plus mal placé pour lui en vouloir.

— Donc, si on reprend depuis le début : nous avons fui Portland, nous avons dîné…

— Barbecue sur la plage, confirmai-je. Le tout arrosé d'un excellent vin rouge. Et je t'ai embrassée pour la toute première fois.

— Tu as cette vareuse parfaite qui met en valeur tes épaules. Et maintenant, nous nous promenons sur la plage au coucher de soleil. Cooper, personne ne va me croire.

— Personne n'a besoin de te croire. Ta robe n'est pas mal non plus. Tu l'as faite toi-même ?

Elle me jeta un regard et ses joues prirent une couleur rose. C'était la première fois que je la voyais rougir, et j'adorais ça.

— Tu te souviens de ça ?

— Ce n'est pas tous les jours qu'une fille déchire sa robe pour danser avec moi, chuchotai-je à son oreille.

Un nouveau rougissement para ses joues. Elle frissonna et posa la tête contre mon épaule, comme soulagée d'un poids. Nous arrêtâmes notre marche et Julianne poussa un petit soupir. Je resserrai la main sur sa taille. Mon cœur frappait fort dans ma poitrine et la douleur, habituellement si présente, s'estompa pour laisser place à un calme inédit. Au contact de Julianne, mon âme tourmentée s'apaisait.

Soudain, elle s'écarta de moi et me fit face. Le bas de sa robe baignait dans l'eau et mon pantalon était humide et maculé de gouttes d'eau. Au large sourire qu'elle arborait, je compris immédiatement ce qu'elle avait en tête.

— J'ai trop bu pour ça ! me défendis-je.

— Tu avais bu aussi à l'hôtel !

— Je ne veux pas en parler.

— Ça ne fonctionne pas avec moi, Cooper. Tu peux remballer ta stratégie de la fuite !

— Mais je veux fuir ! rétorquai-je dans un rire. Je n'irai pas danser !

— Tu n'as pas le droit de faire ça. Nous en sommes à notre deuxième rendez-vous : c'est le moment où on fixe les rituels, les habitudes qui vont rythmer nos vingt prochaines années de vie de couple !

— Je me rends compte que la balade au soleil couchant était peut-être de trop, plaisantai-je.

Elle me gifla gentiment l'avant-bras, avant d'afficher une moue faussement contrariée. Elle tira sa robe hors de l'eau, la noua artistiquement au-dessus du genou, puis, comme elle l'avait fait lors de notre première rencontre, elle tendit la main vers moi pour m'inviter à danser.

Je savais qu'elle m'invitait à plus que ça. Par ce geste, elle me proposait de fuir nos vies et nos tristesses respectives.

Le sourire de Julianne était irrésistible, le genre de sourire qui vous faisait douter que la Terre est ronde, qui vous convainquait de commettre l'irréparable. Mutine, douce, secrète, drôle, Julianne me faisait curieusement penser à Laura. Et je devais admettre que j'avais rarement autant ri depuis la mort de mon épouse. La pointe de défi dans le regard de Julianne acheva de me décider. Cette femme m'attirait tant que j'étais à peu près certain de ne jamais pouvoir lui refuser quoi que ce soit.

Je me vis mettre la main dans la sienne, spectateur du piège qui se refermait sur moi.

— Tu sais où on peut danser dans ce bled ? m'interrogea-t-elle.

— Le bar… Dans la rue principale, il y a…

— On y va ! J'espère que leur musique est meilleure que tes explications.

Elle nous fit pivoter et nous remontâmes la plage au pas de charge. Julianne bouillait d'excitation, m'encourageant à allonger le pas et manquant elle-même de trébucher sur son enthousiasme débordant. Quand nous arrivâmes au bar, je devais donner l'impression d'être encore plus ivre qu'une heure avant. La robe couverte de sable humide jusqu'aux cuisses, Julianne riait aux éclats, pendant que je titubais jusqu'au bar, hilare, le pantalon trempé jusqu'aux chevilles et les lacets défaits.

— J'ai besoin d'un verre, avant, protestai-je, tandis que Julianne me tirait par le bras vers la piste de danse microscopique.

— Hors de question ! Viens par là !

Elle libéra mon bras le temps de pousser deux tables dans un coin, ignorant les regards médusés des quelques touristes installés. Je tournai la tête en tous sens pour voir si mes amis étaient toujours présents. De toute évidence et à mon grand soulagement, ils avaient déserté les lieux. Danser en public était acceptable, danser devant un public qui me connaissait depuis des années était plus compliqué.

Julianne retira ses sandales, qu'elle avait remises dans la rue.

— Elle est pour moi, lança une voix derrière moi.

Deux bières se matérialisèrent devant moi. Je relevai les yeux vers le patron du bar. Son visage parsemé de rides et sa chevelure poivre et sel me permirent de le classer dans la liste interminable des amis de ma mère.

— Mes amitiés à ta mère, Cooper.

Que je danse ou pas, mon petit numéro arriverait aux oreilles de cette dernière avant même que je rejoigne la plage. Elle réclamerait des explications et cela m'agaçait déjà. Je pris ma bouteille et la portai à mes lèvres tout en pivotant vers Julianne. Elle parlait avec fougue au guitariste du groupe, hochant la tête. Quand ses yeux trouvèrent les miens, je retins mon souffle. Déterminée, son charme décuplait. Elle était envoûtante.

De l'index, elle me commanda de venir à sa rencontre.

Après une nouvelle gorgée de bière, je m'exécutai. Envoûtante, plus que jamais.

— Prêt ? demanda-t-elle.

— Absolument pas !

Les premières notes de guitare retentirent et Julianne glissa la main dans la mienne. Je plaçai le bras autour de sa taille et elle approcha de moi, se tenant si près qu'il me sembla détecter le parfum du sel dans ses cheveux. Elle appuya le front contre mon torse et resserra sa main gauche sur mon épaule. Je réprimai une grimace, mais mon corps brusquement tendu me trahit.

— Un problème ?

— Douleur de squash.

— Je serai délicate, promit-elle.

L'instant suivant, elle m'attira fermement contre elle et je reconnus les premières notes d'un vieux morceau de rock. Malgré moi, je me surpris à bouger et à mener la danse. Aussi stupéfaite que moi, Julianne eut une moue appréciatrice, mais très vite le naturel revint au galop.

— Change de bras, cria-t-elle.

Je libérai sa main droite et pris la gauche. Julianne tournoya autour de mon bras, heurtant une chaise au passage. Je la récupérai contre moi, mais ma cavalière se reprit et saisit mes mains pour une nouvelle figure acrobatique. Elle noua nos doigts et nous fit tourner avec facilité. À chaque pirouette, je retrouvais son visage barré d'un sourire heureux et j'en oubliais presque ses états d'âme sur la plage. Il y avait quelque chose de jubilatoire et de libérateur dans le fait de danser ici avec elle. Les regards, les ricanements, les gloussements… Tout cela était sans importance, tant elle parvenait à me faire me sentir bien.

La voix du chanteur rythmait nos pas, pendant que le batteur se déchaînait à chaque fois qu'il le pouvait. Finalement, Julianne me lâcha et entama une danse improbable, seule au milieu de la piste, seule au monde. Elle agita sa robe au rythme de la batterie, tournant autour de moi comme autour d'une proie.

Je m'étais toujours senti gauche avec mon corps. Je n'étais pas doué pour la danse, je manquais de grâce, je heurtais régulièrement les meubles, faute d'attention. Ici, avec Julianne virevoltant autour de moi, je me sentais gauche... et ridicule. Les spectateurs de notre danse me fixaient, incrédules et hilares.

Ma mère allait me cuisiner jusqu'à la fin des temps.

Soudain, la musique se tut, et seule la voix rauque du chanteur emplit l'atmosphère. Julianne en profita pour revenir vers moi, nouant les bras autour de ma nuque.

— Tes bras, autour de moi, chuchota-t-elle.

Notre rock se transforma en danse plus intime. Le corps de Julianne était chaud contre le mien. Elle poussa un soupir et caressa mes cheveux du bout des doigts. La musique reprit, en sourdine, nous accompagnant dans les dernières secondes de notre moment de folie. Mes mains remontèrent dans son dos. Je m'arrêtai à la lisière du tissu de sa robe, retenant mon souffle. Après l'enthousiasme et la folie de nos premiers pas de danse, une forme de tension latente s'installait. Nous savions tous les deux que notre tête-à-tête — notre second rendez-vous — était en train de s'achever.

Notre première rencontre était le fruit du hasard, le deuxième relevait de la chance. Si nous en voulions un troisième, il nous faudrait le provoquer, dévoiler nos pensées intimes, fixer un jour, un lieu, une heure et basculer ainsi du bon vouloir du sort à une envie affirmée de nous revoir. Je n'étais pas certain d'être prêt pour ça.

À quelques secondes de la fin de la chanson, Julianne plongea son regard dans le mien. Je ne pouvais pas nier l'attirance, ni le désir, mais mon cœur était encore en miettes. Je ne pouvais rien lui offrir.

Rien de simple en tout cas, rien de ce qu'elle pouvait attendre d'une relation. L'embrasser à l'hôtel était un acte fou et irréfléchi. Ici, à Barview, la situation était différente ; ici, j'étais dans la réalité.

La musique cessa et je m'écartai des lèvres tentatrices de Julianne. Une pointe de déception illumina son regard, mais très vite elle se composa un visage neutre. Cette femme avait l'habitude de masquer ses émotions. Son sourire trembla et, toujours sous tension, j'entendis à peine les applaudissements de nos quelques spectateurs.

— Il faut que j'y aille, dit finalement ma cavalière.

Sans me laisser le temps de répondre, elle passa près de moi, effleurant mes doigts au passage. Je restai immobile, au milieu du bar. Les murs semblaient se refermer sur moi et la sensation d'étouffement que je connaissais si bien réapparaissait peu à peu. Je m'en voulus immédiatement : je ne pouvais pas la laisser partir ainsi.

Je sortis du bar et la retrouvai dans la rue principale, marchant tout en tentant de remettre ses chaussures à ses pieds. La nuit était finalement tombée et la rue était déserte. Quelques lampadaires éclairaient la route d'une chaude lumière jaune.

— Julianne !

Elle tourna sur les talons, maintenant le bas de sa robe dans le creux de sa main. J'approchai d'elle avec prudence, redoutant qu'elle prenne encore la fuite, et remarquai que sa poitrine se soulevait frénétiquement. Ma respiration était tout aussi lourde : la danse, mon cri et l'urgence que je ressentais n'y étaient pas pour rien. Il fallait que je la retienne. Peut-être pas ici, peut-être pas ce soir, mais dans ma vie. Même si on ne se voyait qu'au hasard de nos fuites, même si je devais subir une nouvelle danse honteuse, savoir que Julianne pouvait faire partie de ma vie me rassurait.

— Je… Tu es partie si vite.

— Mon séjour ici se termine demain. Je rentre à Portland.

— Dommage, dis-je en enfonçant les mains dans mes poches. J'aurais aimé qu'on… enfin, qu'on puisse… dîner. Pour de vrai.

— Tu me réclames un rendez-vous ? fit-elle en riant.

— Je crois. Ça semble si absurde ?

— Je ne sais pas. Peut-être que j'aime l'idée que le hasard décide pour nous.

— Je connais un excellent restaurant où nous pourrions parler du hasard pendant des heures !

— Le même restaurant où tu as amené ta dernière conquête ?

Mon silence répondit pour moi.

— Je ne suis pas ce genre de filles, Cooper. Il faut vraiment que j'y aille, dit-elle en désignant la rue vide derrière elle.

— Laisse-moi au moins ton numéro.

Elle reculait déjà, sourde à mes tentatives pour la garder près de moi. Julianne restait elle-même, elle demeurerait une apparition joyeuse et enthousiaste dans ma vie. J'avançai à mon tour, mais elle secoua la tête. Ses yeux brillèrent un peu plus et j'eus la curieuse sensation que nous vivions une rupture, de celles où les deux amants s'aiment, mais décident d'en finir avant de se faire du mal.

Voir Julianne prendre la fuite devant moi était déchirant.

— À bientôt, Cooper.

Elle s'éloigna et, à nouveau, m'abandonna à mes pensées.

— Je croyais qu'on devait fixer des rituels ? criai-je.

Ma voix rebondit contre les murs et un écho faible me répondit. Julianne s'arrêta et en quelques foulées je la retrouvai. Elle planta son regard dans le mien et je l'entendis ravaler un sanglot.

— C'est compliqué...

— Va te faire voir, répliquai-je dans un grand sourire.

Sans attendre sa réaction, je glissai la main dans sa chevelure et attirai ses lèvres contre les miennes. Elle resta stoïque pendant un court instant, avant de répondre à mon baiser avec prudence. Ma langue passa entre ses lèvres, mais sa bouche resta scellée. Elle hésitait et j'étais littéralement en train de lui voler ce baiser. Son corps ne me touchait pas, demeurant à distance, dans une politesse glaciale. Je voulais plus. Je voulais la sentir contre moi, deviner sa chaleur, presser ses courbes, l'embrasser sans retenue.

La retenir. Il n'y avait plus que ça qui comptait. La garder auprès de moi le plus longtemps possible pour savourer la douce sérénité que sa présence m'apportait. En deux rencontres, Julianne avait pris une place que j'ignorais vide.

Je m'écartai de ses lèvres et embrassai la ligne de sa mâchoire, jusqu'à parvenir à son oreille.

— Touche moi, lui intimai-je.

— Cooper, je ne suis pas...

— Touche-moi.

Je pris ses mains pour les poser contre mon torse. Sa respiration s'alourdit et elle recroquevilla les doigts sur ma vareuse. De l'index, je tirai sur son menton et sa bouche trouva la mienne. Son corps se détendit et mes mains parcoururent son dos pour finir sur sa taille. Je pressai mon corps contre le sien, et enfin elle répondit à mon baiser. Ses mains quittèrent mon torse et se nouèrent autour de ma nuque. Sa langue caressa la mienne langoureusement et un soupir satisfait lui échappa. Je l'embrassai avec passion, envie et désespoir, espérant la convaincre ainsi de ne plus laisser le hasard décider pour nous. Je la soulevai légèrement, insufflant toute l'ardeur possible à notre baiser, ignorant les battements frénétiques de mon cœur. La douleur persistante qu'avait laissée Laura en moi s'estompait. Et, pour la première fois depuis ses funérailles, je n'avais aucune envie de fuir ma propre vie. Je ressentais un véritable désir pour Julianne, comme si je m'abandonnais à elle.

Les lèvres chaudes de Julianne quittèrent les miennes et je la reposai à regret au sol. Ses mains glissèrent lentement le long de mon corps, puis, embarrassée, elle riva les yeux au sol.

— Il faut vraiment que j'y aille.

Je pris son visage en coupe et déposai un baiser affectueux sur son front. Julianne arborait à nouveau cette mine triste et nostalgique. Cela me révoltait de la voir souffrir.

— Reste encore une journée, proposai-je.

— Je pourrais rester ici toute une vie que ça serait toujours aussi compliqué. On se reverra.

— Tu le penses vraiment ?

— J'en suis certaine. Rouge à lèvres, murmura-t-elle en passant le pouce sur ma bouche.

— Vertu presque intacte, répondis-je avec le même geste.

Elle se détacha de moi lentement, ancrant son regard noisette dans le mien pendant que son sourire s'élargissait. Une pointe de regret me titilla l'estomac. Pourtant, pour une raison incompréhensible, j'avais envie de croire à sa promesse.

Je savais que nous allions nous revoir.

Ce n'est que quand sa silhouette fut totalement hors de portée que je me décidai à rejoindre la plage. Il faisait plus frais et je marchai d'un pas vif pour rentrer au plus vite. Je resserrai le lacet de ma vareuse et grimaçai quand la brise marine colla mon pantalon humide contre mes jambes.

À mon arrivée, la maison était plongée dans l'obscurité. Je jetai un coup d'œil en direction de la fenêtre de la chambre de ma fille. Une faible lueur brillait et j'envisageai brièvement d'aller lui parler. Elle avait forcément des questions et, même si je redoutais de les affronter, je préférais provoquer la conversation que la subir.

Je retirai mes chaussures dans l'entrée et pénétrai dans la cuisine pour trouver une aspirine et boire un grand verre d'eau. Le sommeil ne viendrait pas tout de suite dans tous les cas : il y avait Julianne… et, invariablement, il y avait aussi Laura.

La culpabilité me ferait sûrement passer une nuit blanche.

— Alors, c'était qui cette fille ?

Je fermai la porte du réfrigérateur pour trouver ma mère, enveloppée dans son peignoir à fleurs en tissu-éponge, bras croisés sur la poitrine et maintenue éveillée par une stupéfiante détermination.

La culpabilité me ferait sûrement passer une nuit blanche… mais avant ça ma mère m'empêcherait certainement d'envisager la possibilité de dormir.

— J'ai toute la nuit, m'encouragea-t-elle.

— Et moi j'ai passé l'âge.

Elle se contenta de sourire et je vis clairement le soulagement se peindre sur les traits fatigués de son visage.

— Bonne nuit, maman, murmurai-je avant de déposer un baiser sur sa joue.

— Bonne nuit, Cooper.

Elle posa une main délicate sur ma joue mal rasée et, en un regard, me fit comprendre qu'elle était heureuse pour moi. Personnellement, je ne savais pas encore ce que je ressentais.

Je passai la semaine suivante à scruter le bord de l'eau. Même si Julianne m'avait prévenu de son départ, j'espérais la revoir, j'espérais qu'elle ait changé d'avis pour… moi. Chaque fois que je voyais une femme au loin, chaque fois que j'apercevais une silhouette drapée dans une robe, j'imaginais que c'était elle. Je repensais à notre conversation, à sa tristesse, à la distance subtile qu'elle instaurait entre nous. Laisser le hasard décider pour nous était très romanesque mais irréaliste. Julianne m'échappait : je n'avais aucune idée d'où elle était, j'avais esquissé les grandes lignes de son caractère, je connaissais les traits de son visage, mais tout cela restait flou et manquait de détails. Julianne semblait enveloppée d'une brume de secrets, comme si elle refusait de se confier réellement à moi.

Cecilia ne m'avait toujours pas parlé de Laura, mais notre relation était revenue à la normale. Ma fille avait retrouvé ses habitudes polies et son sourire timide. Nos conversations avaient été calmes et elle avait pris soin d'aborder des sujets consensuels comme la météo. J'aurais aimé avoir la force de parler de sa mère, mais je ne savais pas par où commencer. J'aurais pu lui raconter nos premières vacances ici, notre première rencontre, notre première dispute. Les souvenirs étaient encore douloureux, en parler ne ferait que remuer le couteau dans la plaie.

À la veille de notre retour à Portland, je me décidai à affronter ma fille. Si elle voulait effectivement entrer à l'internat, nous devions nous organiser. Elle avait passé plusieurs jours à aider ma mère dans le grenier, recherchant, comme moi, du calme. C'était la grande force de cette maison : elle représentait une bulle de calme au milieu de nos vies tumultueuses. À Portland, le fantôme de Laura pesait sur nos vies, ma douleur parlait pour moi et mon chagrin m'étouffait. Je profitai de ce que ma mère préparait le dîner pour frapper à la porte de ma fille. Elle m'ouvrit, mais ne m'invita pas à entrer.

— Est-ce qu'on peut parler ? demandai-je. À l'intérieur ?

Cecilia s'écarta et ouvrit plus largement la porte. De la chambre de mon enfance, il ne restait plus grand-chose, hormis les murs bleu marine et ma bibliothèque en chêne. Ma mère avait féminisé la pièce, en changeant la parure de lit et les cadres. Mes lourds rideaux épais avaient laissé place à des voiles blanc cassé vaporeux et le sol était recouvert d'un tapis épais. La valise de ma fille était prête et le gilet de sa mère — le sien désormais — reposait sur une bergère.

Cecilia s'assit sur le lit, pendant que j'arpentais la pièce, à la recherche de la meilleure façon d'engager la conversation.

— Ta valise est prête, constatai-je.

— Comme tu peux le voir.

— Je me demandais si… Enfin, au sujet de l'école, si tu avais réfléchi à ce que tu voulais faire.

— Est-ce qu'on va se disputer ?

— Non. Bien sûr que non.

Je me tournai pour lui faire face, m'appuyant contre le bureau pendant que j'accrochais les mains au rebord du meuble.

— Je ne veux pas me disputer avec toi. Je veux juste parler de l'école. Tu connais ma position : je ne veux pas que tu partes de la maison.

— Papa, quinze jours de vacances et un album

photo ne suffiront pas à résoudre le problème. Tu n'es jamais à la maison et, quand tu y es… Maman est morte et pourtant elle est partout dans cette maison, et tu fais semblant de l'ignorer !

— Je sais, murmurai-je. Ta mère me manque, Cecilia. Tu ne peux pas imaginer…

Elle blêmit soudainement et se mit à pleurer en silence. J'étais désemparé et incapable de trouver une solution. Ses larmes mettaient mon cœur en pièces et me rappelaient le jour où j'avais dû dire à ma fille de six ans que sa mère ne serait plus là pour coiffer ses cheveux.

— Tu es triste parce qu'elle te manque. Je suis triste parce que je n'ai aucun souvenir, chevrota-t-elle entre deux sanglots.

— Et l'album ?

— Ce sont juste des photos. Ça ne suffit pas, ça ne suffira jamais. Je ne peux même pas dire que j'ai mal, je me sens juste… vide. Et tu n'es jamais là.

Je baissai les yeux au sol. Je n'avais que deux pas à faire pour effacer la distance entre ma fille et moi, mais j'étais cloué au sol, incapable de bouger. Elle avait raison : même dans cette chambre, je n'étais pas là. En tant que père, j'avais échoué.

— Je veux que tu restes, répétai-je. On peut… On peut trouver un moyen de s'entendre.

— Tu veux qu'on aille voir un psy ? !

— Je… Pourquoi pas ? Tu crois que cela nous aiderait ?

J'étais prêt à tout essayer. Si Cecilia me disait

qu'un psy était la solution, j'en appellerais un dans la minute. Je voulais que ça fonctionne et, plus que tout, je voulais qu'elle reste. Ma fille essuya ses larmes d'un geste de la main.

— Je ne sais pas, murmura-t-elle. C'est une idée de mamie.

— Ta grand-mère inhale trop de vapeurs de peinture.

Ma fille eut un petit rire et renifla lourdement. Elle passa sa manche sous son nez et ses épaules se voutèrent. Je me décollai finalement du bureau et me dirigeai vers la petite bibliothèque. Il y avait encore mes romans d'enfance et mes livres de cours de la fac. Sur l'étagère du bas, il restait quelques CD et une flopée de cassettes vidéo, désormais désuètes. Mon regard s'arrêta sur la valise de ma fille et sur un carton jauni entrouvert.

— Mamie m'a dit de le rapporter à Portland, expliqua-t-elle. C'était dans le grenier.

Mon cœur eut un soubresaut. Sur l'un des revers du carton, au feutre, était noté le prénom de Laura. Le lendemain des funérailles, ma mère s'était appliquée à tout faire disparaître : les photos, les vêtements, les objets.

Tout.

Dans cette maison n'étaient restés que les souvenirs flottants et insaisissables.

Un silence s'installa entre ma fille et moi. J'étais saisi, figé et incapable de prononcer le moindre mot. J'entendis le lit grincer et ma fille passa à mes côtés. Elle s'accroupit devant le carton et l'ouvrit. Ma gorge se serra et j'eus envie de l'écarter pour prendre la fuite au plus vite. Je manquai d'air et reculai en trébuchant jusqu'au lit. Les objets s'amoncelaient sur le tapis.

Des livres, des cadres, des CD, une écharpe, un flacon de parfum, le plaid de Laura, notre faire-part de mariage, ses ballerines. Chaque souvenir était un uppercut m'anéantissant un peu plus. Je connaissais le chagrin et le manque, mais cette fois c'était insoutenable.

— Papa, est-ce que ça va ?

Ma respiration était courte, mais je parvins à retrouver un filet de voix.

— Oui. Ça fait longtemps, c'est tout. C'était... C'était à ta mère.

— Oh. Je vais ranger alors.

D'un geste nerveux, elle remit tous les objets dans le carton aussi vite que possible. Elle ne prenait aucune précaution, cherchant à se débarrasser de la grenade qu'elle venait de dégoupiller sans même s'en rendre compte. Soudain, le silence se fit au milieu de la cacophonie des objets. Je relevai les yeux vers ma fille. Nos regards se trouvèrent et elle soutint longuement le mien, comme si elle vérifiait ma capacité à encaisser un nouveau crochet.

— C'est quoi ce truc ?

Elle se redressa et s'assit près de moi. Je refoulai la tristesse et la colère qui me ravageaient par vagues successives. Je pris une profonde inspiration, me souvenant du motif qui m'avait fait venir dans cette chambre : je ne voulais pas perdre ma fille. Pour la garder, je devais prendre sur moi, je devais surmonter ma douleur. J'y arrivais au quotidien ; au travail, dans les réunions, au comité… je parvenais à faire avec et à jouer un rôle. Mais devant ma fille, devant ses yeux bleus comme ceux de Laura, l'exercice était plus compliqué.

— Papa, si tu ne veux pas…

— Si, si. Montre-moi.

Péniblement, je retins mes larmes, pendant que Cecilia me donnait l'objet qui attisait sa curiosité. Dès que je l'eus en main, un rire m'échappa. Il n'y avait effectivement aucune chance que Cecilia sache ce que c'était.

— C'est un walkman. L'ancêtre de ton lecteur MP3.

— Ce truc ?

— Ce truc, confirmai-je en ouvrant le clapet à cassette.

Mon cœur manqua un battement quand je découvris la cassette noire à l'intérieur. Je ris à nouveau et la retirai délicatement.

— Et ça, c'est la cassette que j'ai enregistrée pour ta mère, quand j'avais dix-sept ans. J'y avais compilé quelques chansons.

La nostalgie agissait sur ma douleur comme un baume. Cela me faisait aussi oublier à quel point cette cassette devait paraître ringarde aux yeux de ma fille. Aux miens, cette trouvaille était incroyable.

— Et ça fonctionne encore ?

— Je ne sais pas. Il faudrait la tester. Donne-moi le walkman, s'il te plaît.

Je retournai l'appareil et ouvris le capot des piles pour les retirer. Elles avaient au moins dix ans et étaient recouvertes d'une fine couche de poussière. Ma fille m'observait, partagée entre curiosité et surprise.

— Il faut racheter des piles. Ensuite, tu mets la cassette, comme ça, expliquai-je en faisant la manipulation. Et tu branches ton casque ici.

— Mon casque ?

— Certaines choses n'ont pas vraiment évolué, dis-je en souriant. À l'époque, ta mère avait un casque avec des protections en mousse orange.

Cecilia éclata de rire, avant de se reprendre quand je lui lançai un regard sombre.

— Ne te moque pas. À l'époque, c'était très à la mode. Et ce truc-là sert à accrocher le walkman à la ceinture.

Je complétai mon explication par une démonstration, me levant du lit pour glisser le walkman à ma ceinture. Cecilia se pinça les lèvres pour retenir un nouveau rire. Je retirai l'appareil et le lui rendit.

— Et c'est comme ça que tu as… euh… dragué maman ?

Elle baissa les yeux d'embarras, puis appuya nerveusement sur les touches du walkman. Elle remit la cassette dans le boîtier, puis enchaîna à toute vitesse :

— Enfin, si tu ne veux pas en parler. Je...

— J'adorerais en parler avec toi. Si tu en as envie.

Ma voix tremblait, mais je gardais une attitude assurée. Oui, cela me faisait mal. Oui, j'étais triste. Mais je pouvais en parler. Parler de Laura était devenu si tabou que j'étais désormais le seul à avoir des souvenirs précis.

— J'essayerai d'être le plus honnête possible, continuai-je.

— Tu penses ne pas pouvoir l'être ?

— Quand quelqu'un disparaît, on a toujours tendance à oublier les mauvais souvenirs et on embellit les meilleurs. Alors, si tu veux parler de ta mère, on essayera d'alterner entre les bons et les mauvais souvenirs.

— Et ce truc entre dans quelle catégorie ?

— Les deux, répondis-je en souriant. À la fin du lycée, ta mère devait partir en vacances en Europe. Nous nous sommes disputés. Je voulais qu'elle reste ici, qu'elle reste avec moi.

Je grimaçai au souvenir des mots très durs que nous avions eus l'un envers l'autre. Laura m'avait accusé d'agir en égoïste. En retour, je lui avais demandé de choisir entre l'Europe et moi. Avec le recul, j'avais compris qu'elle avait eu raison de partir. Je ne méritais pas qu'elle reste.

— Je lui ai dit que l'Europe n'allait pas disparaître, mais que moi, je pouvais vraiment ne pas rester à l'attendre.

— Tu lui as fait du chantage ? s'étonna ma fille.

— Ça ne paraissait pas si terrible à l'époque. Mais, oui, je crois qu'on peut dire ça comme ça. Ta mère était butée. Elle est finalement partie sans m'adresser un seul mot.

— Donc, tu lui as envoyé cette cassette ?

— J'ai attendu qu'elle rentre et je la lui ai donnée. En guise d'excuses. Je ne pensais pas qu'elle l'avait gardée tout ce temps. Elle m'a fait la tête pendant des semaines.

— Tu le méritais. À sa place, je t'aurais même retiré de ma liste d'amis.

— Et je remercie chaque jour le ciel que les réseaux sociaux n'aient pas existé pas à l'époque ! Elle a fini par me pardonner quelques mois plus tard.

— Quelques mois ?

— Ta mère était particulièrement tenace. Elle est même sortie avec un autre garçon pendant quelques semaines. J'ai failli commettre l'irréparable en voulant aller chanter sous sa fenêtre. C'est Jackson qui m'a retenu.

Ma fille éclata de rire et couvrit son visage de ses mains. Je me surpris à rire aussi : j'avais toujours été un piètre guitariste et un très mauvais chanteur.

— Il t'a retenu ?

— Il m'a demandé comment je comptais franchir le mur de clôture de la maison des parents de Laura et, surtout, si je courais assez vite pour semer les deux labradors.

Son rire redoubla, et repenser à Jackson avec sa veste en jean élimé et sa coupe de cheveux en brosse me fit secouer la tête. À l'époque, la distance de Laura m'avait fait perdre toute rationalité. J'étais l'incarnation parfaite de l'amour fou.

— Ta mère a toujours su me faire garder les pieds sur terre. Sans elle, je me sentais un peu perdu.

— Et… Et maintenant ? Tu te sens toujours déboussolé ?

Elle remonta les genoux et les entoura de ses bras. Cecilia ne m'avait jamais paru fragile ou craintive. Pourtant, à cet instant, je réalisai que ma solitude, mon enfermement avait aussi provoqué des dégâts sur ma fille. La façon dont elle avait fini par m'affronter en affirmant qu'elle voulait quitter la maison démontrait à quel point elle cherchait son équilibre.

— Ta mère me manque chaque jour, avouai-je avec émotion. Terriblement. C'est comme vivre avec une plaie béante à la place du cœur. Mais je t'ai, toi.

— Est-ce que tu crois que maman m'en aurait voulu pour son gilet ?

— Je crois qu'elle te l'aurait donné depuis longtemps.

— Tu m'en veux ?

Elle leva ses grands yeux azur vers moi et j'en eus le souffle coupé. La possibilité que ma fille craigne de me décevoir m'attristait. Qu'avais-je pu louper pour qu'elle ait si peu confiance en son propre père ? Elle avait peur de me blesser, redoutait d'affronter ma peine, mais je savais qu'elle avait besoin de ce type de confidences sur sa mère, qu'elle devait, d'une manière ou d'une autre, se rapprocher de la femme à qui elle ressemblait tant pour pouvoir grandir et se construire.

— Jamais je ne t'en voudrai. J'ai été… surpris. Ce n'est pas facile pour moi de parler de ta mère, mais je vais essayer, d'accord ?

— D'accord, chuchota-t-elle.

Je jetai un coup d'œil vers le carton. J'aurais aimé le vider et m'en débarrasser mais, désormais, j'avais presque envie de plonger la main dedans pour y retrouver un morceau de la vie de ma femme. Je me redressai légèrement. Notre conversation était finie pour ce soir et j'étais épuisé. Toute cette retenue, pendant des années, se retournait contre moi. Ouvrir la porte des souvenirs me coûtait plus que je ne l'imaginais.

— Je vais te laisser dormir.

Machinalement, je me dirigeai vers elle et tendis la main pour récupérer le walkman. Je voulais le remettre dans sa boîte et refermer le carton.

— Je vais le ranger, promit ma fille en serrant les mains autour.

— Bien. Bonne nuit, chérie.

Je déposai un baiser sur le haut de son crâne, puis y pressai la joue. Plus jeune, Cecilia adorait me faire des câlins. Je ne savais dire à quel âge elle avait cessé d'en réclamer. Je sortis de la chambre, un peu abattu. Parler de Laura avait été épuisant, mais, paradoxalement, cela m'avait allégé d'un poids. Je me sentais mieux.

— On pourra rapporter le carton ? demanda ma fille brutalement.

Je pris une seconde pour réfléchir, seconde qui sembla durer une éternité. Apporter ce carton à Portland, c'était promettre à ma fille que j'allais lui parler de sa mère, que j'allais enfin être présent.

Peut-être qu'il était temps.

— Si tu veux… Si tu veux.

PARTIE 3

My Girl

Je fouettai la balle d'un geste vif, laissant même échapper un cri de rage. Elle rebondit sur la paroi et en deux enjambées, Jackson fut dessus, la renvoyant avec force.

Il me lança un regard plein de provocation et je jouai la balle avec toute la conviction possible. J'avais perdu les deux premiers sets, il s'agissait donc de gagner pour sauver l'honneur. Je devais admettre que mon associé semblait en grande forme, mais il ne me restait qu'un point à marquer, je pouvais le faire ! La balle frappa la paroi vitrée dans un bruit sourd, avant de revenir sur Jackson. Il siffla tout en effectuant un superbe revers, avant de se repositionner en attaque. Légèrement plié en deux, il suivait la balle des yeux pendant que je la renvoyais de toutes mes forces contre la vitre.

Je laissai échapper un cri de joie en voyant Jackson louper son coup droit. La balle fondit vers le sol, avant de rouler mollement jusqu'à la ligne.

— Le jeu est pour moi ! plastronnai-je.

— Tu me dois quand même une bière !

— Tu n'as aucun mérite à gagner contre un homme diminué.

Je me massai l'épaule, sentant mon ancienne tendinite se rappeler à mon souvenir. À chaud, c'était supportable mais je savais que, demain matin, je devrais prendre un anti-inflammatoire pour apaiser mon articulation. Je glissai ma raquette dans sa housse et enroulai ma serviette humide autour de ma nuque. Je passai une main dans mes cheveux trempés et sortis de la salle, suivi par mon associé. À ma grande surprise, ma sœur Annah était là, assise sur l'un des bancs réservés aux éventuels spectateurs.

— Je ne comprendrai jamais rien à ce… truc, dit-elle en désignant la salle de squash.

— Tu attends depuis longtemps ?

— Depuis que tu as perdu la deuxième manche.

Elle m'embrassa furtivement sur la joue, prenant soin de ne pas vraiment me toucher, avant de lancer un furtif « bonsoir » à Jackson.

— Même pas un baiser ? protesta-t-il en ouvrant grand les bras sur son polo détrempé.

— Même pas en rêve !

— Tu es dans tous les miens, riposta-t-il.

— Tu as besoin d'une douche, grimaça-t-elle. Et c'est à cette unique condition que je continuerai cette conversation avec toi. Je sors du rendez-vous avec Thomson et il y a des modifications à faire sur le plan, m'indiqua-t-elle avec une moue contrariée.

Jackson s'approcha d'elle et elle recula aussitôt, désignant sa tenue : une robe blanche fluide, nouée sur le côté.

— Cette robe m'a coûté un bras, je t'interdis de m'approcher.

— Tu sais, si tu acceptais ce qui se passe entre nous, tu pourrais vivre nue constamment que cela ne me poserait pas de problème.

— Cesse de draguer ma sœur, dis-je. Annah, attends-nous dans le hall, on prend une douche et on reparle de ce dossier.

Elle hocha la tête, pendant que, capturant son poignet dans ma main, j'entraînais Jackson vers les vestiaires. Ce dernier trouva tout de même le moyen de pivoter pour interpeller ma sœur.

— Je prends la douche de gauche ! hurla-t-il.

— Laisse-moi le temps de trouver un casse-noix, qu'on règle la situation au plus vite ! cria-t-elle en retour.

J'étouffai un rire, pendant que Jackson souriait largement. Je le libérai en entrant dans la zone des douches. Il retira son polo, puis alla récupérer son gel douche dans son sac. Je ne comprenais pas ce drôle de jeu entre Jackson et ma sœur mais, malgré leurs disputes presque quotidiennes, leurs petits échanges participaient à l'équilibre de leur relation. Je me serais inquiété si Annah n'avait pas répondu immédiatement.

— Tu devrais dire à ta sœur que je suis un mec bien.

— Parce que… ?

— Parce que c'est vrai. Et parce que j'aime bien ta sœur.

— Tu aimes toutes les filles, ironisai-je en retirant mon T-shirt.

— Je n'ai pas dit que j'aimais ta sœur. Juste que je l'aimais bien. La nuance compte.

— Parce que… ?

— Parce que c'est la seule femme que j'aime bien. Je suis certain que cela pourrait fonctionner entre nous deux.

— Je vous laisse deux jours avant de vous entre-tuer, raillai-je. Et je suis optimiste ! Si Annah était intéressée par toi, elle ne passerait pas son temps à te fuir.

— Coop, elle est venue jusqu'ici dans cette robe pour parler d'un dossier qui est quasiment bouclé. Ta sœur m'adore. Et je la soupçonne même d'avoir espéré que je me déshabille devant elle.

— Évidemment.

— Ce truc entre elle et moi, c'est de la tension sexuelle. Ta sœur en veut à mon corps…

— Elle veut t'écarteler à mains nues.

— Coop, je sais que tu es un peu… comment dire… rouillé avec les femmes mais, quand une femme passe son temps à vouloir ma mort, c'est qu'elle veut en fait me savonner le dos avec douceur. Ta sœur est juste trop têtue pour s'en rendre compte.

Je me dirigeai vers la douche avec la ferme intention d'en finir avec cette conversation sur

Jackson et ma sœur. Dès que les mots *tension sexuelle* avaient été prononcés, j'avais compris où mon associé voulait en venir. Annah n'avait jamais manifesté d'intérêt pour lui… ni pour d'autres. Ma sœur était acharnée au travail, aussi présente que moi au cabinet, dévouée à en faire une entreprise florissante. Quand elle avait du temps libre, elle venait parfois à la maison pour être avec Cecilia. Je n'avais aucune idée de la vie amoureuse de ma sœur, ni de ce qu'elle pouvait faire seule chez elle.

Annah avait toujours été là, inébranlable, quand mon monde s'était petit à petit effondré : de l'annonce des médecins aux funérailles ; de la réception après la cérémonie à l'instant où j'avais éradiqué toute trace de Laura dans la maison.

— Tu devrais essayer la méthode douce, conseillai-je à Jackson en faisant couler l'eau chaude.

— Comme quoi ? Dîner romantique, coucher de soleil et bouquet de fleurs ?

— C'est une méthode qui a fait ses preuves.

Le visage souriant de Julianne hanta brièvement mes pensées. Nos rendez-vous n'avaient été qu'imaginaires, mais cela avait fait de notre relation une histoire spéciale et heureuse, loin de nos secrets et de nos fuites respectives.

— Coop, tu es vraiment vieux jeu !

Un nouveau sourire éclaira mon visage. J'aurais donné beaucoup pour revoir Julianne et lui proposer un vrai dîner. Cela faisait maintenant trois mois depuis notre rencontre sur la plage. Même si, depuis quelque temps, je consultais de nouveau ma thérapeute — thérapeute qu'un client m'avait recommandée et qui m'avait aidé après la mort de Laura —, mes sessions avec ma psychologue n'avaient pas l'effet galvanisant de mes conversations avec ma danseuse préférée.

— Vieux chaste, murmurai-je. Vieux chaste.

Après ma douche, je rejoignis ma sœur dans le hall. Jackson finissait de s'habiller et Annah profita de ce court moment de tranquillité pour m'expliquer les détails du dossier Thomson.

— Il dit qu'il veut plus de lumière, soupira-t-elle en me montrant le premier plan. Et qu'il veut un mur végétal sur cette façade intérieure.

— La semaine dernière, il voulait un mur en verre poli !

— Je lui ai dit qu'on corrigerait les plans pour demain.

— Combien de fois va-t-il encore changer d'avis ? Il faut qu'on en finisse avec ce dossier, sinon on va y passer des semaines.

Je jetai un coup d'œil à ma montre et fronçai les sourcils. Jackson finirait par boire sa bière sans moi. Cecilia m'attendait et je refusais de louper notre dîner. Annah dut sentir mon agacement, car elle secoua la tête avant de ranger le plan et de glisser le dossier dans sa sacoche. Elle m'adressa un regard, pendant que je fixais la sortie des vestiaires, scrutant l'arrivée de Jackson.

— J'ai eu maman au téléphone aujourd'hui. Elle semble en forme.

— Elle l'est. Elle a repeint le grenier avec Cecilia pendant nos vacances là-bas. Jackson doit être en train de se sécher les cheveux, m'agaçai-je.

— Oui. Elle... Elle m'a parlé de toi aussi.

J'arrêtai de taper du pied nerveusement et me tournai vers ma sœur. Son sourire était timide, mais, à son regard, je compris immédiatement où elle voulait en venir. Elle passa une mèche de cheveux derrière son oreille, puis porta son regard vers les vestiaires.

— De toi et d'une fille.

— Et ?

— Rien. Je me disais que... Enfin, c'est... chouette.

— *C'était* chouette. Il y a peu de chances que je la revoie.

— Oh. Pourquoi ?

— C'est maman qui t'a demandé de me cuisiner ?

— Non, c'est une initiative personnelle, dit-elle en souriant fièrement. Alors ? Pourquoi ?

— Parce qu'elle ne veut pas. C'est... C'est compliqué. Je ne veux pas en parler.

Un rire m'échappa, pendant que j'imaginais Julianne tenant le décompte de mes excuses passe-partout. Pour la première fois depuis une éternité, j'en étais assez fier.

Je me demandais vaguement si elle pensait à moi elle aussi, si sa vie lui envoyait parfois des petits signes sans importance mais irrésistiblement liés à notre histoire furtive. Personnellement, il n'y avait pas un jour où son visage ne venait pas hanter mes pensées : à chaque fois que je réajustais ma cravate, à chaque visite chez ma thérapeute ou à chaque fois que je passais devant l'hôtel qui avait abrité notre première rencontre. Même absente, même en fuite, Julianne restait présente, comme un filigrane caché et uniquement décelable en fonction de l'orientation du papier.

— D'accord, abdiqua ma sœur. Mais je voulais juste te dire que j'étais contente. Pour toi. Et pour Cecilia. Tu es certain de ne pas la revoir ?

— Certain, non. Rien n'est jamais certain.

— Mais tu en as envie ?

— Si ta question est : « Ai-je envie de rencontrer des femmes ? », la réponse est non. Mais tu devrais appeler ma thérapeute pour lui dire que j'ai passé un cap.

— Je ne voulais pas te brusquer ! se défendit-elle dans un rire. Je ne savais pas que tu revoyais ta thérapeute. C'est... euh... chouette.

— Ça n'a rien de chouette. Et si tu trouves ça vraiment chouette je t'encourage à l'appeler pour en parler avec elle. Je le fais pour Cecilia.

— Encore un cap à passer ?

— Un gros cap. Tellement gros que je vais laisser Jackson t'accompagner au bar pendant que je rentre chez moi.

La silhouette de mon associé apparut finalement dans l'encadrement de la porte. Comme je l'avais imaginé, il avait séché sa chevelure impétueuse et avait revêtu un jean noir, rehaussé d'une chemise bleu foncé. Le visage affolé de ma sœur passa de Jackson à moi, pour revenir à Jackson. Elle réajusta la lanière de sa sacoche sur son épaule et se raidit.

— Tu ne peux pas me faire ça !

— Je peux. Et je vais le faire ! confirmai-je en déposant un baiser sur sa joue.

— Tu réalises que je vais peut-être le tuer et que je plaiderai la légitime défense ?

— Ah, les crimes passionnels, se moqua Jackson en arrivant à notre hauteur. Est-ce que tu vas m'étrangler avec l'un de tes bas ?

Ma sœur grimaça et se raidit un peu plus. Visage fermé, poings serrés et particulièrement agacée par ce changement de plan de dernière minute, Annah soupira et me jeta un regard noir.

— Tu seras déshérité, promit-elle.

— Tu t'en vas ? demanda Jackson.

— Je dîne avec ma fille. Mais allez boire un verre et travailler sur le dossier Thomson, je veux un projet sur mon bureau demain avant midi.

— Tu te venges parce que tu as perdu ? cria Jackson alors que je m'éloignais en direction de ma voiture.

— Je me venge, parce que je suis le patron !

Annah était furieuse et Jackson, hilare. Je n'avais aucune idée de ce qui était possible entre eux, mais j'en aurais voulu à Annah de me protéger en évitant toute relation. À l'instar de Maggie et de Mark, elle voulait me préserver, en restant loin de toutes relations amoureuses, comme si son bonheur éventuel pouvait m'abattre. Au contraire, j'aurais été heureux qu'elle connaisse ce que j'avais vécu avec Laura : l'amour fou, les conversations, les disputes, les réveils crapuleux. Tout. Le bon, le mauvais, le difficile, la routine, l'improvisation. Je voulais que ma sœur connaisse ça.

Je rejoignis la maison en parvenant à éviter un embouteillage sur l'autoroute. À mon arrivée, les lumières étaient allumées dans la cuisine et une odeur agréable flottait jusqu'à l'entrée. Et il y avait cette chanson, la chanson que Laura fredonnait fréquemment, tellement fréquemment qu'elle faisait partie des titres que j'avais compilés artisanalement sur cette cassette. Pendant un court instant, l'air me manqua. Cette ambiance, cette chanson… Le souvenir de Laura cuisinant au rythme de la radio me frappa violemment. Je retirai ma veste, desserrai ma cravate et m'appuyai contre le mur, le souffle court et le cœur battant bien trop vite.

Je repris mes esprits et me dirigeai vers la cuisine d'un pas lourd. Quand j'entrai dans la pièce, je m'entendis murmurer le prénom de ma femme, comme une supplique. Je ne voulais plus souffrir de son absence, je ne voulais plus sentir ce froid me saisir dès qu'il s'agissait d'elle. Je fermai les yeux et respirai lourdement.

— Salut ! dis-je finalement.

— Aïe !

Je me précipitai vers ma fille et elle mit son index dans la bouche. Elle leva les yeux au ciel en me jetant un regard, avant de s'expliquer :

— Coupure, rien de grave.

Elle passa le doigt sous l'eau, me faisant ainsi constater que tout allait bien. Des légumes mijotaient dans une poêle, pendant que du saumon emballé dans une feuille d'aluminium attendait à proximité.

— Papillotes de saumon et légumes. Ça te va ? Myra m'a expliqué comment faire, mais je ne garantis pas que ce soit bon.

— Je suis sûr que ça sera parfait. Je vais mettre le couvert.

— Et le squash ?

— Ratatiné par Jackson, comme d'habitude.

Je contournai l'îlot central et retirai ma veste pour la poser sur une chaise. Ce n'est qu'en ouvrant le placard mural que je remarquai d'où venait la musique. Un vieux lecteur de cassette trônait dans notre cuisine. Réalisant que je m'étais immobilisé, Cecilia s'expliqua, tout en baissant le son :

— Le père de Christie voulait s'en débarrasser. Je me suis dit que ça serait bien d'avoir un peu de musique quand on cuisine.

Son excuse, aussi innocente paraissait-elle, ne fonctionna pas. Si ma fille avait réellement voulu de la musique, elle aurait commandé une enceinte dernier cri, l'aurait reliée à son téléphone et j'aurais débarqué dans une cuisine transformée en discothèque. Elle se dandina sur ses pieds, puis reprit sa préparation des pavés de saumon, finissant de les emballer pour les mettre au four.

C'était la première fois que je voyais ma fille cuisiner. Elle parcourut scrupuleusement une note certainement laissée par Myra, avant d'ajuster la température.

— Je ne savais pas que c'était ton truc de cuisiner, lançai-je pour reprendre la conversation.

— J'en avais envie. Myra m'a dit que c'était simple à faire. Et… J'ai retrouvé ça.

Elle sortit un vieux livre de cuisine écorné et le posa avec précaution sur le plan de travail, puis ouvrit la première page, observant ma réaction. Mon cœur bondit dans ma poitrine et un verre à vin m'échappa quand je reconnus l'écriture fine de Laura. D'un seul mouvement, ma fille et moi nous précipitâmes au sol, rassemblant les bris d'une main tremblante.

— J'aimerais qu'on parle de ça, chuchota-t-elle, comme si c'était un secret honteux. Du livre.

— Cecilia, c'est…

— Tu m'as dit qu'on pouvait parler.

Je me redressai et jetai les morceaux de verre dans la poubelle. Je m'appuyai contre le plan de travail et pris une profonde inspiration. J'avais promis à ma fille de faire un effort et, d'après ma thérapeute, c'était un chemin douloureux mais nécessaire.

Je n'avais retenu que le mot *douloureux*.

— Alors ? Bon ou mauvais souvenir ? m'encouragea-t-elle.

— Bon. Très bon…

Même en lui tournant le dos, je distinguai le sourire ravi de ma fille. Mon regard se porta sur la poêle. Malgré moi, je sentis des larmes monter, comme si j'étais brutalement propulsé quinze ans en arrière, avec Laura à mes côtés. Pendant longtemps, j'avais été bercé par les souvenirs marquants de notre vie de couple : notre rencontre, notre mariage, l'achat de la maison en ruine. Maintenant, c'étaient les anecdotes du quotidien qui me bouleversaient : la cuisine, cette chanson, son gilet.

Je finis par me tourner vers ma fille.

— Ta mère a toujours été une horrible cuisinière. Trop cuit, pas assez, trop salé, trop liquide… Elle n'y arrivait pas. Un jour, elle a voulu m'impressionner et elle a passé sa journée en cuisine pour préparer un chili.

— Tu aimes le chili ? s'étonna ma fille.

— Pas plus que ça. Mais elle avait trouvé cette recette… Elle y tenait vraiment. Je crois que c'était lors de notre dernière semaine dans notre appartement.

— Je pensais que vous aviez toujours vécu ici.

— On a vécu quelques mois dans un appartement, avant d'acheter cette maison. Donc, je suis rentré et elle m'a demandé de m'installer à table. Et elle a servi le chili.

— À quel point c'était infâme ?

— Ça ne l'était pas. Ça m'a surpris. J'ai complimenté ta mère, j'ai mangé le chili. J'étais impressionné. Alors j'ai demandé à ta mère quel était le secret de cette incroyable… recette.

Ma voix trembla et je me cramponnai plus fort au plan de travail. J'avais l'impression que mon corps tout entier s'effritait doucement, chaque fibre de mon être revivait chaque détail, chaque mot de cette soirée.

Je relevai les yeux vers ma fille. Elle me fixait intensément, dévorant chacun de mes mots. Sa curiosité et son impatience me permirent de me reprendre. Je m'éclaircis la gorge et soupirai lourdement.

— Et ? Quel était son secret ?

— Toi, murmurai-je.

— Moi ?

— Elle était enceinte. De toi.

Je vis les larmes couler sur les joues de ma fille. Elle restait pourtant devant moi, immobile, comme pétrifiée par ce que je lui racontais. Mes jambes tremblaient d'émotion et mon cœur battit douloureusement dans ma cage thoracique. La gorge serrée, je surmontai la sensation d'étouffement et le chagrin qui menaçaient de m'engloutir. Afin de me reprendre et d'être en mesure de terminer mon récit, j'arpentai la cuisine. Du regard, je fixai le livre de recettes, craignant le pire si jamais je l'ouvrais.

— Et ensuite ? reprit ma fille.

Du coin de l'œil, je la vis essuyer ses larmes d'un revers de la manche.

— Le lendemain, nous avons été faire nos premiers

achats. Nous étions si heureux, on ne voulait pas attendre. Laura... ta mère, voulait... Elle trouvait qu'une maman devait savoir faire la cuisine, alors elle a acheté ce livre, persuadée que ça l'aiderait.

Ma fille me rejoignit et, d'une main peu assurée, elle ouvrit l'ouvrage. Elle s'arrêta sur les recettes que Laura avait annotées. Au fur et à mesure de sa grossesse, ma femme avait testé les recettes, dans l'ordre, résumant en un seul mot le résultat de ses travaux.

— Elle n'a jamais réussi aucune de ces recettes, souris-je en voyant le mot *fiasco* barrer une photo de tarte aux pommes.

— Ça t'ennuie si je le laisse ici ? J'aimerais... essayer.

— Tu veux cuisiner ?

— Je suis peut-être plus douée que maman.

— Tu ne peux certainement pas faire pire, plaisantai-je en enroulant le bras autour de ses épaules.

Je l'attirai contre moi et déposai un baiser sur le haut de sa tête. Comme Laura, ma fille savait me calmer. Je m'étonnai qu'elle puisse si facilement encaisser notre conversation. Elle avait démontré tant de curiosité, tant de peine, que sa sérénité et sa résolution soudaine de cuisiner me stupéfièrent. Elle feuilletait le livre, imperturbable.

— Donc, aucun mauvais souvenir ? demanda-t-elle.

Mes yeux se promenèrent sur les pages et les photos. De loin en loin, je reconnus l'écriture fine de ma femme. Puis, à la page 152, après la recette du pain de viande, sa trace disparut. Mon sourire attendri s'effaça aussi subitement.

— Elle n'a pas fini ?

Elle revint en arrière, vérifiant à quel moment les notes de sa mère cessaient. Le pire souvenir de mon existence resurgit à cet instant. Cecilia dormait dans son cosy, nous avions déjeuné de cet horrible pain de viande, trop sec et trop cuit. Puis nous avions été chez le médecin.

Ensuite, morceau par morceau, comme dans une lente et inexorable torture, j'avais vu mon monde s'effondrer et notre bonheur s'évaporer.

— Elle était trop mauvaise. Elle a fini par arrêter.

Les pages défilèrent et ma fille pointa l'index sur la recette du chili. Elle m'adressa un sourire heureux, qui dissipa en partie mes pensées sombres.

— Aucun mauvais souvenir, assurai-je. Elle serait ravie que tu le gardes.

— Je te ferai du chili !

— Avec plaisir.

Malgré tous mes efforts, mon sourire ne fut pas aussi convaincant que ce que j'imaginais. Ma fille pivota et enroula les bras autour de ma taille pour m'étreindre avec force. Surpris, je reculai avant de la serrer contre moi.

— Je vais rester, murmura-t-elle.

Je l'étreignis plus fort, aussi fort que possible.

Pour la première fois depuis presque huit ans, mes larmes n'avaient rien à voir avec le chagrin. Notre étreinte dura longtemps et c'est l'alarme du four qui finit par nous séparer. Cecilia prépara nos assiettes, pendant que je fixais d'un œil vide le livre de cuisine de Laura. Cet objet, que je détestais parce qu'il résumait ma relation avec Laura, avait réussi à faire rester ma fille à la maison.

Peut-être que Laura veillait sur nous, finalement.

— À table ! cria ma fille.

— J'arrive.

Je me levai du fauteuil en cuir marron et me dirigeai vers la fenêtre.

— Ma question vous dérange, Cooper ?

Je pivotai vers ma thérapeute et enfonçai les mains dans mes poches. Lisa Lewis avait été une des premières personnes à qui j'avais parlé de Laura après sa mort. Pendant près de un an, elle m'avait écouté parler de ma femme, de la maladie, de ma solitude et de ma colère. Au fur et à mesure, et en fonction de ma charge de travail, j'avais progressivement annulé nos entrevues, avant de rompre tout contact.

Au retour de nos vacances d'été, et après ma dernière rencontre avec Julianne, j'avais de nouveau ressenti le besoin de parler à quelqu'un et de démêler mes émotions. Surtout, je voulais préserver ma relation avec ma fille. Lisa me fixait, assise dans son fauteuil, avec un regard bienveillant.

— Est-ce que vous étiez heureux pour eux ? Pour Mark et Maggie ?

— Pourquoi ne le serais-je pas ?

— À vous de me le dire. Quand deux amis proches annoncent qu'ils vont se marier, c'est plutôt une bonne nouvelle.

— J'ai été surpris, avouai-je. J'ai découvert leur relation quelques secondes avant leur annonce de mariage. Ensuite... Ensuite, j'ai ressenti de la colère.

— Pour quelle raison ?

— Parce qu'ils craignaient de me le dire, ils avaient peur de ma réaction.

Je revins m'asseoir, face à elle, et passai une main nerveuse dans mes cheveux. J'étais fatigué de ma semaine et agacé de devoir mettre des mots sur ce que je ressentais. Pendant longtemps, j'avais tout enterré sous une couche épaisse de tristesse. Pudiquement, mes proches disaient que j'étais en deuil. Honnêtement, ce que je ressentais était plus proche de la colère.

— Depuis quand des amis ont peur de vous ? Ça n'a pas de sens.

— Beaucoup de gens ont peur de la mort et de ce qu'elle implique, expliqua Lisa d'une voix neutre.

— Je sais. C'est juste que... Je ne sais pas...

— Dites-moi, Cooper. Je ne pourrai pas vous aider si vous gardez tout pour vous.

— Personne ne devrait avoir honte d'être heureux. Surtout pas eux. Ce qu'ils vivent est tellement incroyable.

— Et vous ?

— Quoi moi ?

— Vous avez honte d'être heureux ?

— Je ne suis pas heureux.

J'attendis que ma thérapeute prenne le relais et me pose une nouvelle question, mais seul le silence me répondit. Je m'enfonçai dans le fauteuil, ravalant ma colère.

— Pas comme eux, ajoutai-je. Je ne suis pas heureux comme eux. Et parce que je l'ai été… Je crois que je les envie, d'avoir ce que je n'ai plus. Laura me manque. Et elle manque à ma fille.

— Comment va votre fille ?

— Bien. Je crois. Elle… Elle… On parle de Laura.

Lisa esquissa un sourire et noua les mains sur ses cuisses. Elle hocha la tête, m'encourageant à poursuivre.

— C'est douloureux de parler d'elle, mais, avec Cecilia, c'est différent. Parce qu'elle n'a pas le même regard que les autres et qu'elle ne juge pas.

— Vous pensez que les autres vous jugent ?

— Ils sont constamment désolés pour moi. Annah me protège comme un enfant, ma mère me surveille, mon associé, lui, est en colère parce que je refuse d'en parler. Dès que les gens apprennent que je suis veuf, leur attitude change.

— Comme je vous l'ai dit, Cooper, chacun a sa façon d'appréhender la mort et ses conséquences. Dans le cas de votre fille, elle a surtout besoin de connaître son histoire, et lui parler sera bénéfique pour elle comme pour vous.

Je retins difficilement un sourire. J'attendais la suite, j'attendais le moment où elle me dirait qu'il fallait que je refasse ma vie, que je retrouve ma vie d'homme.

— Pourquoi souriez-vous ? demanda-t-elle.

— Parce que je sais ce que vous allez me dire.

D'un geste de la main, elle me fit signe de poursuivre. À son tour, elle s'enfonça dans son fauteuil, semblant s'amuser de la situation.

— Vous allez me dire que ma période de deuil doit prendre fin et que je dois tourner la page et rencontrer d'autres femmes.

— Ça vous plairait ? De rencontrer quelqu'un ?

Un nouveau sourire mutin orna ses lèvres. Lisa Lewis avait certainement quinze ans de plus que moi, mais je ne pouvais nier qu'elle avait du charme. Élégante et professionnelle, elle parvenait toujours à me faire dire ce que j'aurais préféré taire.

— Je me concentre sur ma fille pour le moment. Elle a besoin que je sois plus présent. Il y a suffisamment de fantômes dans cette maison.

— Vous n'avez pas vraiment répondu à ma question.

— J'ai ma fille et j'ai le cabinet. J'ai suffisamment d'occupations et…

L'image fugace de Julianne, dans sa robe humide et tachée de sable, souriante et enthousiaste, surgit et me coupa dans ma tirade. Je secouai la tête, me souvenant avec amertume qu'elle avait disparu de ma vie aussi vite qu'elle y était entrée.

— Et ?

— Rien. Je ne sais pas si je pourrais avoir une

relation avec une femme. Je suis un peu… vous savez… bancal. Mal rafistolé. Je ne sais pas si je pourrais rendre une femme heureuse.

— Tout le monde a un passé, Cooper.

J'arquai un sourcil dubitatif, pendant que Lisa se levait et contournait son bureau. Je vérifiai l'heure sur ma montre, constatant que ma séance finissait dans cinq minutes. Je me redressai à mon tour et enfilai ma veste.

— Je vous encourage à continuer à parler à votre fille, Cooper. C'est votre meilleure thérapie, dit-elle en riant.

— Je ne vais donc plus venir vous voir ?

— Ne rêvez pas, je ne vous laisserai pas filer aussi facilement. Mais j'aimerais vous proposer de participer à un groupe de parole.

Je reculai aussitôt et secouai la tête. Parler ici, avec elle, en tête à tête me convenait. C'était difficile, mais j'y parvenais. Parler en public de ce que je ressentais me paraissait insurmontable. Je ne voulais plus voir de regards tristes ou des visages désolés. Je refusais d'être assis, au milieu d'autres, en faisant mine d'ignorer la boîte de mouchoirs en papier.

— Je ne crois pas que…

— Je crois au contraire que c'est tout à fait approprié.

Elle dénicha une carte de visite de son tiroir et contourna à nouveau son bureau pour me faire face. En temps normal, j'écoutais son avis et ses conseils. Mais cette fois, je n'en avais aucunement l'intention.

— C'est un groupe que j'anime, des personnes, qui, comme vous, ont connu la perte d'un proche. J'aimerais que vous veniez, au moins pour les écouter.

Elle me tendit la carte et attendit avec patience que je la prenne.

— Cooper, ce que vous avez vécu est profondément marquant. Maintenant, j'aimerais que vous et moi travaillions sur ce que vous allez vivre. Ça fait partie de la phase de deuil. Cecilia, en vous demandant de parler de sa mère, a entrouvert une porte.

— Et vous voulez que je laisse la porte ouverte ?

— Par exemple.

Je jetai un coup d'œil à la carte, qui mentionnait plusieurs créneaux horaires, dans une salle au huitième étage de l'immeuble. J'hésitai. C'était aux antipodes de mon caractère. Mes émotions, mes sentiments, mon chagrin n'appartenaient qu'à moi. J'avais du mal à m'imaginer en pleine introspection avec un public qui hocherait silencieusement la tête.

— J'anime un groupe dans trente minutes. Si cela ne vous convient pas, vous pouvez quitter la séance quand vous le souhaitez.

— Et vous me ferez votre regard noir ?

— Non. Je sais que vous ne partirez pas. Ce groupe est très riche et nous avons quelques nouvelles têtes. Cooper, j'ai toujours été très honnête avec vous et je connais votre histoire ; je pense vraiment que ces échanges en groupe vous feront du bien. Le deuil, par essence, isole. En parlant avec d'autres, vous briserez cette solitude.

J'opinai, incapable de dire quoi que ce soit. Mon téléphone vibra et ma fille m'informa qu'elle restait chez sa meilleure amie pour la nuit.

— Je passerai.

— Je compte sur vous. Notre séance de lundi vous convient toujours ? demanda-t-elle en m'accompagnant jusqu'à la porte de son bureau.

— Toujours.

Elle me tendit la main et m'adressa un sourire chaleureux.

— À tout à l'heure, Cooper.

— À tout à l'heure.

Pendant les trente minutes qui me séparaient du groupe de soutien, je jouai nerveusement avec la carte de visite, tout en buvant un café. Je consultai mes mails, repoussant l'envie de fuir qui me tenaillait. Je rejouai le film de ma séance avec Lisa. Une question me revenait sans cesse : avais-je honte d'être heureux ?

Sûrement.

À y réfléchir, dernièrement, hormis le travail et ma nouvelle relation avec ma fille, peu de choses me satisfaisaient. J'étais dans une routine facile et confortable : le cabinet, Cecilia, ma prise de somnifères, mon sommeil agité et le retour au travail. Un cycle continu, qui me convenait mais qui ne me rendait pas heureux. Mes derniers vrais moments de joie remontaient à plusieurs années, quand Laura était encore là. Sans elle, cela ne fonctionnait pas. Sans elle, le moindre fou rire devenait culpabilisant.

Je fixai la porte de l'immeuble et, après un énième soupir, je décidai de rejoindre le groupe de soutien.

À mon arrivée dans la salle, je retrouvai une dizaine d'autres personnes, ainsi que Lisa. Loin du cliché que j'avais fantasmé, l'endroit était chaleureux et garni de fauteuils et de canapés moelleux et confortables. Une thermos de café et deux bouteilles de jus de fruits trônaient dans un coin et quelques conversations emplissaient la pièce.

— Bonsoir à tous ! Nous allons nous installer.

Aussitôt, six femmes et quatre hommes prirent possession des canapés. Je m'installai dans l'un des fauteuils, à l'écart. Je voulais observer, rester silencieux et voir si participer à ce groupe me convenait.

— Aujourd'hui, nous accueillons Cooper, commença Lisa. Cooper, pouvez-vous vous présenter au groupe ?

— Euh… oui. Qu'est-ce que je dois dire au juste ?

— Ce que vous voulez.

— Je m'appelle Cooper, j'ai trente-huit ans. J'ai une fille de quatorze ans, Cecilia. Je suis architecte.

Je m'arrêtai net, sentant le regard des dix personnes sur moi. Naturellement, j'évitai le plus évident et renonçai à évoquer les raisons de ma présence ici. Je présumai qu'ils finiraient par deviner : je n'avais pas fait part de mon statut, ni de ma femme. À leurs mines contrites, je sus qu'ils avaient tous compris.

— La dernière fois, nous avons parlé des difficultés du quotidien après les funérailles. Ce soir, j'aimerais qu'on explore tous ensemble l'avenir, les moments de la vie qui vous font comprendre que vous êtes heureux, malgré tout.

Les membres du groupe se lancèrent des regards consternés, comme si Lisa venait de chanter une chanson paillarde décorée d'insultes.

— Mary, allez-y, ajouta-t-elle.

La pauvre Mary semblait perdue dans ses vêtements trop grands. Ses mains tremblaient et, à sa silhouette, on devinait qu'elle avait perdu beaucoup de poids. Ses cheveux noirs étaient tirés dans un chignon et elle se mordillait nerveusement le pouce.

— Je ne sais pas si… Après le suicide de Thomas, j'ai mis des semaines à entrer de nouveau dans sa chambre. Il y avait encore sa guitare, ses T-shirts étaient étendus sur le fil. Toute ma vie s'était mise en pause et je n'y arrivais plus. Ma fille, sa sœur, est retournée à l'université après l'enterrement. Pendant des mois, j'ai traîné ce chagrin, cette colère contre lui. Je lui en voulais tellement que pendant des semaines je n'ai pensé qu'à ça.

— As-tu trouvé une lettre ? demanda sa voisine.

— Rien. Ce qui me rendait encore plus en colère. Le soir, il mangeait avec nous et au matin… Je l'ai trouvé suspendu à la tringle de son placard.

Sa voix dérailla et sa voisine posa une main sur la sienne. Une chape de plomb s'abattit sur nous tous et je me surpris à relativiser mon propre sort.

— C'est terrible, fit une femme près de moi.

— Terrible, oui, approuvai-je, la gorge serrée.

— Ma fille est rentrée de l'université. J'étais déconnectée du monde, je n'avais aucune idée du mois, du jour. Mon frigo était vide, je survivais tant bien que mal, les factures s'empilaient. J'étais… je ne peux même pas dire que j'étais une ombre, car j'étais…

— Vous étiez dans le chagrin, Mary, intervint Lisa. Le chagrin d'avoir perdu votre fils de façon brutale et sans signe avant-coureur. Vous n'avez pas à culpabiliser de votre deuil.

— C'est ta fille qui t'a aidée ?

— Sans qu'elle le sache vraiment. Elle… Elle m'a annoncé qu'elle avait trouvé un poste ici, le genre de poste qu'on ne refuse pas. J'étais contente, elle a sorti du champagne et on a fêté ça. Et pendant quelques minutes, oui, j'avoue, j'ai été heureuse. J'ai oublié ma peine.

L'ensemble du groupe hocha la tête, y compris moi. Je comprenais ce qu'elle avait ressenti. À voir son visage, je compris aussi que la culpabilité avait dû ensuite la ronger. La culpabilité vous rongeait toujours. Être en deuil, pleurer un être cher vous interdit moralement d'être heureux à nouveau.

— Et maintenant ? poursuivit Lisa.

— Et maintenant, c'est compliqué. Mon mari et moi avons finalement divorcé, et ma fille m'a proposé d'aller vivre avec elle. Je pensais que m'éloigner de la maison où mon fils s'était suicidé me ferait du bien, mais j'ai l'impression de l'avoir abandonné. Mais je vais mieux. Je surmonte mon chagrin, je... j'essaye d'être heureuse.

Mary se tourna vers moi comme si elle tentait de me passer le flambeau. Je lui adressai un sourire compatissant. Si son histoire ne ressemblait en rien à la mienne, il y avait quelque chose dans son chagrin qui me parlait.

Un homme sur ma droite prit la parole et raconta à son tour son histoire. Pendant une heure, j'écoutai ces inconnus raconter leur deuil, parler de leur culpabilité, relayer les reproches de leur famille. Une histoire différente à chaque fois et pourtant je me retrouvais dans chacun d'eux et je les admirais de pouvoir en parler si facilement.

— Merci à tous de vos témoignages. Je vous propose de nous revoir la semaine prochaine, à la même heure.

Dans un brouhaha général, l'ensemble du groupe se leva et récupéra ses affaires. J'aperçus quelques accolades, des poignées de main, parfois une étreinte. Mon voisin me gratifia d'une claque amicale dans le dos, me signifiant ainsi que nous étions tous dans la même galère.

J'approchai de Lisa et lui tendis la main pour la saluer.

— Vous êtes resté, commenta-t-elle avec un sourire.

— Je suis resté.

— La prochaine fois, vous pourriez essayer de parler de Laura.

Elle prit ma main dans la sienne et couvrit notre poignée de main de son autre main. C'était inhabituel de sa part, et je l'interprétai comme un encouragement à revenir.

— Vous avez le droit d'être heureux, Cooper.

— C'est le devoir à effectuer pour la prochaine séance ?

— Ce n'est pas moi qui l'ai suggéré ! Mais essayez, Cooper, essayez. Vous verrez, c'est une sensation géniale d'être heureux.

Elle libéra ma main et jeta un coup d'œil à sa montre. Je vérifiai mon téléphone, m'assurant de n'avoir aucun message de ma fille.

— Bonne soirée ! lançai-je à la cantonade en sortant de la salle.

Je remontai le long couloir du huitième étage, perdu dans mes pensées, songeant à tous ces gens endeuillés qui m'avaient autorisé à être spectateur d'un morceau de leur vie. J'appelai l'ascenseur et, quand celui-ci s'ouvrit, je me retrouvai nez à nez avec Julianne. Aussi stupéfaits l'un que l'autre. Les portes manquèrent se refermer sur nous. Je glissai la main pour les retenir et Julianne sortit de la cabine.

— Salut ! lança-t-elle avec son enthousiasme caractéristique. C'est… C'est surprenant !

Soudain, elle m'offrit une étreinte, si furtive que je n'eus pas le temps de répondre à son geste. Elle réajusta la bandoulière de son sac à main avant de croiser les bras sur sa poitrine.

— Tu travailles ici ? demanda-t-elle.

— Non. Je… Autant être honnête, je consulte une thérapeute et je viens justement de finir. Est-ce que tu voudrais prendre un verre ?

Elle jeta un coup d'œil nerveux aux alentours, avant de secouer la tête. Elle ramena ses cheveux en arrière et j'eus toutes les difficultés du monde à accrocher son regard. Automne oblige, Julianne avait abandonné sa robe légère pour un jean noir déchiré au genou gauche, et un pull en laine gris clair. Elle tira sur les manches de sa courte veste en cuir, puis, enfin, me regarda.

— Tout dépend si tu es pressé ou non ? Je… J'ai un rendez-vous et je serai disponible ensuite.

— Je peux t'attendre. J'ai attendu trois mois ! Et puis, ça me laisse le temps de trouver un endroit où aller danser, plaisantai-je.

Un sourire s'épanouit sur ses lèvres, mais, à son regard, je compris tout de suite que je n'avais pas la Julianne impétueuse et drôle que j'avais apprécié côtoyer. Malgré cela, elle restait séduisante et je ressentais toujours cette attirance pour elle, quelque chose d'indéfinissable — un mélange envoûtant entre force et fragilité — qui me fascinait.

— Cooper, tu me fais des propositions indécentes ?

— Pas avant le troisième rendez-vous.

Cette fois, un rire lui échappa et elle sembla se

détendre peu à peu. L'ascenseur s'ouvrit à nouveau et j'hésitai à monter à l'intérieur.

— Il y a un café, au coin de la rue, dit-elle.

— Je croyais qu'on devait laisser faire le hasard ?

— Après trois rencontres fortuites, on peut estimer que le message du destin est passé, non ? Et, honnêtement, je n'aimerais pas te louper et louper notre troisième rendez-vous.

— Donc, tu tiens à moi ? demandai-je avec une vague fierté.

— Je tiens à ta proposition indécente.

Nous nous sourîmes et Julianne tourna la tête vers le couloir. Pendant un court instant, un doute m'étreignit. À cette heure-ci, il restait peu de bureaux ouverts et je me souvenais encore du visage de cendre de Julianne au moment de l'ouverture de l'ascenseur.

— Jolie cravate, me complimenta-t-elle en réduisant l'espace entre nous.

— Joli rouge à lèvres.

— Aurai-je le plaisir de te la retirer encore ce soir ?

— Tout dépend. Aurai-je le plaisir de te le retirer encore ce soir ?

Elle ouvrit la bouche, prête à répondre, avant de se raviser. Elle désigna le couloir derrière elle, tout en jouant nerveusement avec la bandoulière de son sac.

— Il faut que j'y aille. On se voit dans une heure ?

Elle prit ma main dans la sienne et la pressa

doucement, m'assurant ainsi, sans en dire plus, qu'elle viendrait. Elle se dirigea vers le couloir et m'adressa un dernier regard avant de disparaître. Je restai immobile pendant plusieurs secondes, toujours surpris d'être tombé sur elle ici. Elle avait surgi de nulle part, telle une apparition, au moment même où ma thérapeute m'enjoignait d'essayer d'être heureux.

En étant un peu honnête avec moi-même, je ne pouvais pas nier qu'en présence de Julianne ma douleur s'estompait et laissait place à une délicieuse légèreté.

Je rejoignis le café, m'installai près de la plus grande des fenêtres et attendis patiemment que l'heure passe. Après plus d'une heure trente, ma patience était épuisée. Je réglai mon addition et me levai. Si Julianne s'en remettait au destin, je me doutais qu'un rendez-vous pris à la va-vite ne lui conviendrait pas.

— Alors ? On prend la fuite ? fit la voix de Julianne pendant que j'enfilais ma veste.

— J'allais partir. Le café ferme de toute façon, expliquai-je en désignant le serveur qui empilait les chaises sur les tables.

— Désolée, ça a pris plus de temps que prévu.

Malgré moi, je sentis une vague de mauvaise humeur prendre le dessus. Peut-être était-ce le fait d'attendre, peut-être était-ce la contrariété de voir mes plans modifiés. Mais, par-dessus tout, ce qui m'agaçait, c'était le mystère qui entourait ce fameux rendez-vous tardif. J'avais été franc sur la raison de ma présence dans l'immeuble et j'en espérais tout autant de sa part.

— Bonne soirée, lançai-je, un peu amer.

Je sortis du café et marchai d'un pas vif jusqu'à ma voiture garée trois rues plus loin. Julianne me suivit pendant quelques mètres avant de s'arrêter net et de crier mon prénom dans l'air automnal pour que je m'arrête.

— Pourquoi es-tu en colère contre moi ?

Je pivotai, légèrement essoufflé. Julianne me fixait, perdue, et ce n'est qu'à cet instant que je remarquai ses yeux cerclés de rouge. Je demandai :

— Que faisais-tu là-bas ?

— Et toi ? Que faisais-tu là-bas ?

— C'est un peu trop facile ! Tu passes ton temps à apparaître, puis disparaître de ma vie. Nous ne sommes plus dans un rendez-vous imaginaire, on ne danse plus.

Elle riva les yeux au sol et posa les mains sur les pans de ma veste. Lentement, elle se pencha vers moi et appuya le front contre mon torse.

— C'est compliqué, murmura-t-elle.

— Pas avec moi. Tu peux me parler.

— Et tu peux me parler aussi.

J'enroulai le bras autour de ses épaules et la serrai contre moi. Julianne se détendit et, peu à peu, ma colère se dissipa. J'avais conscience que j'avais exagéré. Me mettre en colère alors que je la connaissais à peine, espérer qu'elle se livre à un quasi-inconnu : j'en attendais trop. Pourtant je savais à quel point certaines émotions, certains sentiments n'étaient pas partageables.

— Allons boire un verre, proposai-je en nous menant à ma voiture.

Elle hocha la tête et passa une main sur son visage pour tenter d'en effacer les dernières traces de larmes. En silence, je déverrouillai la voiture et laissai Julianne s'y installer.

— Tu nous amènes où ?

— Chez moi, répondis-je en refermant la porte derrière elle. Autant parler à l'abri des regards !

Le trajet dura à peine trente minutes, mais l'éternité m'aurait paru moins longue. Julianne, le visage appuyé contre la vitre, ne décocha pas un mot de tout le voyage. La radio resta en sourdine et je ne fis rien pour lancer la conversation. Je me garai dans l'allée et Julianne ouvrit la portière avant que je puisse même couper le contact.

À proximité du lac, la température était plus fraîche. Je ne fus pas surpris de voir Julianne frissonner et frictionner ses bras.

— Par ici, dis-je en lui indiquant la porte d'entrée.

— Tu vis ici ?

— Oui. Pourquoi ?

— C'est… immense.

Je franchis le seuil et fis entrer Julianne. La faire venir ici était une décision impulsive et guidée en partie par ma volonté de la protéger. Maintenant que nous étions ici, seuls, je me demandais si le malaise entre nous n'allait pas se creuser un peu plus. La femme enthousiaste et enjouée n'était qu'un masque pratique pour cacher ce qu'elle ressentait. Je jetai mes clés sur le bar, retirai ma veste et allumai les lampes. J'ouvris le réfrigérateur.

— Tu veux manger quelque chose ? J'ai du riz sauvage et un reste de poulet.

Julianne hocha la tête, avant de déambuler dans la grande pièce à vivre. Elle regardait partout : les cadres impersonnels au mur, les livres, les fauteuils. Elle revint vers moi, contourna le bar, sourit en voyant le vieux poste cassette et s'arrêta devant le livre de cuisine.

— Il est à ma fille, expliquai-je en préparant nos assiettes.

— Tu as une fille ? s'étonna-t-elle.

— Depuis quatorze ans, oui.

— Je peux ?

Sa main resta suspendue au-dessus du radio-cassette, attendant mon autorisation. Je hochai la tête, prêt à surmonter une nouvelle vague de souvenirs douloureux. Pourtant, la musique permit de combler le silence et d'amoindrir la sensation de malaise dans la pièce.

Julianne continua son exploration, retournant dans le salon. Elle retira ses chaussures et enfonça ses pieds nus dans le tapis épais et moelleux, de couleur écru, qui longeait la baie vitrée. Elle contempla la vue longuement, avant de relever les yeux vers le plafond.

— La baie vitrée va jusqu'au plafond ?

— Jusqu'au toit en fait. On a abattu totalement le mur pour le remplacer par du verre. La vue est tellement belle.

Je pris nos deux assiettes réchauffées et les posai sur la table à manger. Je rejoignis Julianne, me postant derrière elle, admirant la vue. Pendant des années, j'étais passé devant cette baie vitrée sans m'arrêter.

— C'est qui « on » ? demanda Julianne dans un murmure à peine audible.

Je m'immobilisai net. Une douleur aiguë transperça ma poitrine et s'intensifia au souvenir de Laura. Cette vue, c'était elle qui l'avait voulue, c'était elle qui avait suggéré l'idée de la baie vitrée monumentale, c'était elle qui aimait se perdre dans la contemplation du lac. Elle se plaçait très souvent devant le lac, contemplant silencieusement la vue. J'envisageai brièvement de répondre par le discours habituel d'une phrase « je suis veuf ». Mais Julianne, parce qu'elle était la première femme à se poster ici depuis Laura, parce qu'elle me rendait heureux à chacune de nos rencontres, méritait une véritable explication.

C'était ce que j'avais tenté de lui soutirer dans la rue ; il aurait été injuste de ma part d'éluder le sujet.

— Ma femme et moi. Elle est morte, il y a huit ans.

— Je suis désolée.

Mon aveu me coupa le souffle. Je refoulai une

nouvelle vague de tristesse et repoussai mon amertume. Si Julianne méritait la vérité, elle ne méritait pas que je m'effondre devant elle. Depuis notre rencontre dans l'ascenseur, mon intuition m'indiquait qu'elle avait, elle aussi, un passé lourd et caché. Je posai les mains doucement sur ses épaules et elle se tendit immédiatement. Je pressai les pouces contre sa nuque et, en silence, la massai. Julianne se tourna vers moi et m'adressa un sourire compatissant.

— Comment s'appelait-elle ?

— Laura. On peut en parler autour de la table si tu veux.

— Tu veux en parler ?

La stupéfaction dans sa voix me fit sourire. Ma proposition tenait plus d'une tentative de détourner la conversation que d'une réelle envie de parler de Laura. Cependant, qu'elle s'en étonne me fit comprendre immédiatement qu'elle avait pensé pour moi.

À ma place, elle n'en parlerait pas.

À ma place, elle ne m'aurait pas fait venir chez elle.

Je tirai galamment sa chaise et la laissai s'installer. La première chanson de la cassette se termina et une nouvelle chanson débuta. Julianne mangea en silence et elle accepta le verre de vin que je lui proposai pour accompagner notre dîner tardif.

— C'est une belle maison, me complimenta-t-elle.

— C'est mon métier de construire de belles maisons. Je suis architecte.

— Impressionnant ! C'est toi qui as cuisiné aussi ?

— Non. Ça, c'est Myra. Elle me prépare à manger pour la semaine pour que je puisse réchauffer les plats ensuite.

— Ça me rassure. Pendant une seconde, j'ai cru tomber sur le sosie du prince charmant. Tu n'es donc pas parfait.

— J'ai quelques défauts, admis-je en piquant un morceau de poulet. Comme la curiosité : Lisa Lewis est ta thérapeute ?

— Oui, soupira-t-elle après un court silence.

Elle but une gorgée de vin, s'essuya la bouche et me fixa avec intensité. Elle se pinça les lèvres et prit une profonde inspiration. Elle donnait l'image d'une femme prête à monter sur le ring pour affronter son adversaire, sans être certaine de l'issue de la confrontation. Pourtant, c'était pour ça que je l'avais fait venir ici, pour découvrir la Julianne qui se cachait derrière nos danses improvisées.

— C'est au troisième rendez-vous qu'on se raconte ce genre de choses ? demanda-t-elle.

— Quoi donc ?

— Le côté obscur ? Les mauvais souvenirs, les états d'âme, les antécédents familiaux de maladies dégénératives.

— C'est pour ça que dîner ici, dans l'intimité, me semblait plus approprié. Cela étant, tu fais ce dont tu as envie. Si tu veux m'en parler, je serai honoré d'écouter.

— Cooper ? Est-ce que tu me dragues ?

Elle éclata de rire et en une seconde dissipa le

malaise qui s'était abattu sur nous depuis qu'elle avait déboulé dans le café. Je ris à mon tour, pesant ma réponse.

— Possible. Est-ce que je suis si mauvais pour que ça te fasse rire ?

— Je trouve ça très touchant, en fait.

— Je débute.

— Tu n'as pas dragué ta femme ?

Le combat commençait. Julianne ne se livrait pas. J'avais lancé les hostilités en parlant de Laura. À vrai dire, j'avais lancé les hostilités à l'instant même où j'avais décidé d'embrasser Julianne dans un couloir sombre. Nous nous étions revus, nous avions parlé et dansé, et maintenant Julianne était ici, dans cette maison, ramenant un peu de lumière dans ma nuit perpétuelle. Repenser à ma rencontre avec Laura me faisait mal à en hurler, mais je devais le faire. Je devais dissiper les fantômes de cette maison.

Julianne me fixa, attendant ma réponse, attendant un signe. Ce dîner n'était pas qu'un simple dîner.

— Tu ne veux peut-être pas en parler, dit-elle finalement. Je… Pardon, tu avais juste l'air à l'aise et…

— J'ai donné un mot à un ami qui a fait l'intermédiaire. J'avais quinze ans. Ensuite, je l'ai épousée.

Il y eut un silence d'incrédulité : je n'arrivais pas à croire que j'avais réussi à parler de ça devant une femme que je connaissais à peine ; Julianne, elle, semblait sous le choc de ma révélation. Je camouflai ma douleur dans mon verre de vin et fuis le regard de Julianne.

— J'aurais adoré qu'on me donne un mot quand j'avais quinze ans. Mais j'avais cet horrible appareil dentaire et j'étais habillée comme un sac. Je n'avais aucune chance !

Je lui étais reconnaissant de dévier la conversation.

— C'est pour ça que tu fabriques tes tenues ?

— J'essaye, en effet.

Elle mangea un peu, en silence, avant de relever les yeux vers moi. Elle posa sa fourchette et noua les mains sous son menton.

— Tu commences ou je commence ?

— Je ne t'ai pas amenée ici pour te forcer à me dire quoi que ce soit, répondis-je, un peu gêné.

— Non. Tu m'as amenée ici pour me draguer effrontément devant un morceau de poulet. Vue sur le lac, lumière tamisée, musique d'ambiance. Je suis totalement conquise, plaisanta-t-elle.

— Je n'y suis pour rien dans la musique.

— J'étais conquise dès le premier rendez-vous. Du moins, le vrai rendez-vous, sur le toit de l'hôtel.

Je lui adressai un sourire timide. Si elle était si conquise, pourquoi avoir pris la fuite lors de notre dernière rencontre sur la plage ?

— C'était totalement improvisé, fanfaronnai-je.

— C'est ce que j'ai aimé à chacune de nos rencontres : tu n'as jamais rien fait pour me séduire. Et autant te le dire tout de suite : tu es un très mauvais danseur.

J'éclatai de rire et hochai la tête en signe d'assentiment. Julianne porta son verre à ses lèvres, dardant son regard noisette dans le mien. J'étais épaté par sa capacité à changer d'humeur si facilement, à passer de la mélancolie à la bonne humeur en un clin d'œil. Amèrement, je songeai que je n'avais pas cette capacité. J'avais la sensation que mon abattement était un habit si confortable que je ne pouvais plus m'en séparer.

— Je ne danse que si ma vie en dépend, m'excusai-je.

Elle manqua de s'étouffer et reposa son verre avec précaution.

— Je vais prendre ça comme un compliment.

— C'en est un. Pour notre premier rendez-vous, je voulais prolonger le moment. J'avais adoré discuter avec toi. Comme une personne normale.

— Et pour le deuxième ?

— Je voulais juste te rendre le sourire. Tu es très belle quand tu danses. Tu n'as plus ce visage… triste que tu arbores parfois.

— Que dois-je espérer pour ce troisième rendez-vous alors ?

— Le meilleur, j'en suis sûr. Je pousserai le canapé pour faire un peu de place, proposai-je pour détendre l'atmosphère.

— J'ai aussi aimé parler avec toi. Comme une personne normale. Ça n'était pas arrivé depuis des mois.

La légèreté de notre conversation disparut aussitôt.

Je m'en voulus immédiatement de l'avoir amenée à se confier si ouvertement à moi. C'était sûrement trop tôt dans notre relation, qui restait encore à définir. J'avais mis des années à pouvoir parler de Laura — et encore seulement à quelques personnes que je connaissais —, je réalisais à quel point cela pouvait être difficile pour Julianne de me parler de son passé.

— Écoute, tu n'es pas obligée de…

— Si. Je… Il faut que je t'en parle. C'est trop important pour que je ne t'en parle pas. J'ai… J'ai emménagé à Portland, il y a trois ans, après mon divorce. J'habite un appartement minuscule dans un immeuble délabré et je… je consulte Lisa depuis mon arrivée ici.

Sa voix vacilla un peu, mais elle se redressa et s'éclaircit la gorge. Elle faisait ce que je faisais toujours : prendre sur soi, se composer un visage sans aucune trace d'émotion en espérant qu'après la vague notre cœur ne soit pas à nouveau en miettes.

— J'étais en train de peindre la chambre du bébé quand j'ai eu des douleurs et des contractions. Je perdais du sang, alors j'ai appelé Thomas, mon mari, pour qu'il me conduise à l'hôpital.

Les larmes perlèrent, mais elle cligna des yeux pour les retenir. Instinctivement, je pris sa main et la serrai dans la mienne. Je frissonnai, revoyant Laura et son ventre rond, imaginant la terreur qu'avait dû ressentir Julianne.

— Les médecins m'ont expliqué que le placenta

était partiellement déchiré et que le bébé était en détresse. Je ne sais pas pourquoi, j'étais obsédée par l'idée que la chambre n'était pas terminée. Ils m'ont dit qu'il fallait provoquer l'accouchement, mais je ne voulais pas. C'était trop tôt, c'était dangereux et… et cette stupide chambre n'était pas prête.

Elle renifla lourdement et laissa les larmes prendre finalement le dessus. Elle était triste, mais, dans sa voix, je décelai surtout une forme de culpabilité. Elle s'en voulait. Je reconnaissais la culpabilité dans un regard : c'était une compagne familière chez moi aussi, de celles qui restent quand les autres — la peine, la douleur, l'amertume — finissent par s'estomper.

— Julianne, tu n'es pas responsable de tout ça, dis-je doucement.

Elle évacua ma remarque d'un revers de la main. Son visage restait impassible, comme si elle récitait une histoire apprise par cœur. Je savais pourtant qu'il ne s'agissait que de protection, une façon d'endiguer les émotions.

— Ils ont déclenché l'accouchement. J'ai eu des contractions pendant des heures. Thomas m'a tenu la main. Je me souviens que nous avions peur, mais que nous étions heureux. Je me souviens de Thomas m'assurant que tout allait bien se passer. Je me souviens même du néon qui a grillé et de l'homme d'entretien qui nous a fait rire.

Elle risqua un fragile sourire, avant de fermer les yeux pour replonger dans ses souvenirs douloureux.

À la façon dont elle serrait ma main, je compris que le plus dur était à venir.

— L'infirmière avait installé le monitoring et d'un coup tout s'est affolé. Les alarmes ont sonné, j'ai vu mon mari blêmir, les infirmières se sont précipitées dans ma chambre. J'ai tout de suite vu à leur visage que quelque chose n'allait pas. Et j'ai su tout de suite que ça se passerait mal. Le médecin a fait sortir Thomas, ils ont allongé mon lit et j'ai été changée de salle à toute allure. J'étais paniquée et j'avais mal.

— Julianne, tu n'es pas obligée de…

— Si je te le dis, c'est parce que ça changera tout.

— Tout ? Non, je ne crois pas.

— Susan ne respirait pas. Son cœur ne battait pas. Elle n'a pas crié. Elle était juste… Les médecins n'ont pas pu la réanimer. Elle était trop petite, trop fragile.

— Je suis désolé, Julianne. Vraiment désolé.

Les larmes coulaient sur ses joues. Elle resta assise, sans rien dire. Il n'y avait pas de colère, pas de sentiment d'injustice. Elle était trop submergée par sa tristesse pour se révolter. Elle noua les doigts autour des miens et, de son autre main, essuya ses larmes.

— Est-ce que tu as pu la voir ? demandai-je.

— Oui. Ils me l'ont mise dans les bras et ils m'ont demandé le prénom. Thomas m'a rejointe. Tout le monde est parti et nous avons pleuré. Tellement pleuré, jusqu'à ce que mes yeux me brûlent, jusqu'à ce qu'on vienne me la reprendre. Je ne me suis jamais sentie aussi vide, aussi misérable, aussi malheureuse de toute ma vie.

— Je comprends. Quand Laura est morte, j'ai eu la sensation qu'on m'arrachait le cœur. Quand j'ai rempli les formulaires, je me suis dit que ma vie se résumait désormais à une série de cases qu'on coche : j'étais veuf, avec un enfant et, oui, je connaissais les dernières volontés de ma femme.

Nous nous dévisageâmes tous les deux. Dans le regard de Julianne, je voyais la même douleur que celle qui m'accompagnait depuis huit ans, les mêmes regrets, la même culpabilité.

— Lisa m'aide à surmonter tout ça. Mon mariage n'a pas survécu à la mort de notre enfant. J'ai sombré, je me suis laissé happer par mon chagrin. Il y a eu l'enterrement. Thomas a repris sa vie, comme si rien ne s'était passé. Je lui en ai beaucoup voulu, je ne le comprenais pas. Avec le divorce, j'ai espéré tourner la page. J'ai changé de vie. Tu sais cette expression « refaire sa vie », c'est exactement ça.

— Je suis vraiment… vraiment désolé de ce qui est arrivé à ta fille et à toi. Je n'ose imaginer ce que c'est que de perdre un enfant.

— Ça me fait toujours aussi mal d'en parler. Peut-être que ça passera avec le temps.

— Julianne, Laura est morte il y a plus de huit ans, et j'ai toujours mal d'en parler. Ce n'est pas le temps qui cicatrise ça. C'est… C'est les rencontres fortuites sur une plage ou sur un toit d'hôtel. Mais je voulais t'en parler… Sur la plage, je voulais t'en parler.

Je pressai à nouveau sa main et, pris d'une impulsion, me levai de table, la main toujours fichée dans celle de Julianne.

— Qu'est-ce que…

— On va danser, lançai-je avec assurance.

— Quoi ? Maintenant ? !

Elle trébucha pendant que je l'entraînais au milieu du salon. Je repoussai le canapé et fis glisser la table basse vers la cheminée. Je plaçai Julianne au milieu.

— Donne-moi une seconde, dis-je en retournant vers la cuisine.

Julianne me suivait du regard, médusée. Ma tactique portait ses fruits : sa mine triste et mélancolique avait disparu. Ses pieds nus enfoncés dans le tapis, elle m'observait, se laissant distraire de sa tristesse. J'augmentai le son du poste radio. Les enceintes craquèrent et je ravalai un grognement.

Les premières notes de guitare de *My Girl* des Temptations résonnèrent dans le salon. J'eus un moment d'arrêt, fixant le poste avec nostalgie. J'avais choisi cette chanson en espérant que Laura comprenne qu'elle me manquait et que je voulais la retrouver. J'avais tellement de souvenirs dans cette seule chanson.

— Ça va ? s'inquiéta Julianne.

Je me tournai vers elle et opinai. Ça allait. J'avais l'esprit saturé de souvenirs et d'amertume, mais cette danse était pour Julianne, pour panser ses plaies pendant deux minutes et trente secondes, pour l'aider à oublier sa peine.

Je la rejoignis au milieu de la pièce et l'enlaçai. Ma main gauche trouva sa main droite, pendant que je la serrais étroitement contre moi. Son autre main trouva mon épaule et, lentement, je nous fis danser.

— Ma femme a chanté cette chanson à Barview.

J'entendis Julianne retenir un rire, pendant que nous oscillions de gauche à droite dans un rythme lent. J'appuyai la main plus fermement dans le bas de son dos. Parler à Julianne sans voir son visage me paraissait plus simple. Je replongeai dans mes souvenirs, la serrant contre moi, en espérant qu'elle étouffe la douleur. Elle y était parvenue lors de nos dernières rencontres. Mais ici, dans cette maison, la douleur était partout, lourde et collante. Je devais faire un effort supplémentaire pour surpasser mes souvenirs, je devais sentir le parfum de Julianne pour avoir la force de parler.

J'eus une pensée furtive pour Lisa Lewis : Julianne était sûrement ma meilleure thérapie ici.

— Elle a pris ma bouteille de bière pour mimer un micro. Elle a chanté avec Maggie et… bon sang, ce que nous avons ri. C'étaient nos dernières vacances avant… avant la leucémie. Elle était enceinte de Cecilia, c'est comme ça qu'elle a appris qu'elle était malade.

Julianne tenta de se libérer. Je savais ce qu'elle voulait faire. Elle voulait plonger son regard dans le mien, me dire qu'elle était désolée et compatir. Je n'avais pas besoin de sa compassion, je ne voulais pas voir dans son regard ce que je voyais dans le regard de tous les autres. Je la retins contre moi encore plus fort, à lui faire mal.

— Elle s'est battue pendant six ans et un jour. J'ai compris qu'elle ne restait que pour moi, qu'elle souffrait pour moi. Alors, je lui ai dit qu'elle pouvait fermer les yeux et se laisser… partir, que j'étais là pour notre fille, que je l'aimerais toujours et que j'aimerais notre fille pour nous deux. J'ai pris sa main et nous avons fredonné Cecilia en nous souvenant des belles choses que nous avions vécues.

Julianne pressa les doigts contre mon épaule, puis se dégagea et noua les mains autour de ma nuque.

— Au milieu de la nuit, elle a pris ma main et l'a serrée aussi fort qu'elle le pouvait. Elle était si épuisée, si frêle. Elle ne ressemblait plus en rien à la Laura que j'avais rencontrée. Elle m'a souri et elle m'a promis que tout irait bien, que je devais… que je devais être heureux, soufflai-je en ravalant un sanglot. Et c'était fini.

— Je suis désolée…

— Tu es la première à qui j'en parle. Même Lisa n'est pas parvenue à me faire parler du jour où Laura est morte.

— Pourquoi le faire maintenant alors ?

— Parce que… quelle que soit notre relation, je me sens proche de toi. Alors, ça me semblait normal de te le dire, même si ça ne m'aide pas à me sentir mieux. Quand je te regarde, quand je suis avec toi, je me sens heureux.

Elle recula et ses yeux trouvèrent les miens. J'étais soulagé de n'y voir rien d'autre que de la compréhension. Julianne esquissa un sourire et reprit :

— Je suis honorée d'avoir pu t'écouter.

Nous dansions si lentement que nos mouvements étaient presque imperceptibles. La chanson touchait à sa fin et Julianne joua avec les cheveux sur ma nuque.

— Est-ce que tu me dragues ? demandai-je.

— Plus ou moins. J'applique nos rituels.

Elle se hissa sur la pointe des pieds et, furtivement, caressa mes lèvres des siennes. Elle hésita un court instant, puis réitéra son geste, appuyant plus fortement sa bouche contre la mienne. Mes mains glissèrent de ses hanches au bas de son dos et je répondis finalement à ses lèvres. Sa langue vint à la rencontre de la mienne et notre baiser s'intensifia. La musique s'arrêta dans un bruit sec qui nous fit sursauter.

Nos regards se dirigèrent vers le vieux poste cassette et nous rîmes, comme deux adolescents surpris par nos parents.

— Trouble-fête, ronchonnai-je.

Julianne tourna le visage vers moi, les mains toujours nouées autour de mon cou. Sans attendre, je repris ses lèvres et la soulevai contre moi. Mes mains parcoururent ses fesses, puis ses cuisses. Elle entoura ma taille de ses jambes et s'accrocha à moi. Mon cœur s'emballa dans l'instant, et j'écartai la culpabilité qui me rongeait et le deuil qui me hantait. Il n'y avait plus que Julianne, plus que ses lèvres chaudes et douces contre les miennes, que son corps frissonnant et frêle, plus que ses mains cramponnées à mes cheveux comme si l'air lui manquait.

Je l'entraînai vers le canapé et m'y assis, conservant Julianne sur mes cuisses. Ses paumes parcoururent ma nuque, puis mes joues, avant de saisir ma cravate et de la desserrer. Je quittai ses lèvres et embrassai la ligne de sa mâchoire. Un petit gémissement lui échappa quand j'atteignis le lobe de son oreille.

— J'ai retiré ton rouge à lèvres…

— Je vais donc devoir te retirer ta cravate.

Elle tira d'un geste sec sur le tissu et m'en débarrassa. Je m'enfonçai sur le canapé et contemplai le sourire de Julianne.

— Tu es très belle quand tu souris.

Elle arqua un sourcil, entre surprise et incompréhension. Je me redressai et, prenant son visage en coupe, je la forçai à me regarder.

— Tu es très belle. Je l'ai pensé à l'instant où je t'ai rencontrée et je le pense toujours maintenant. Tu es enthousiaste. Tu es forte, bien plus que la plupart des gens.

J'agrippai son pull et le passai par-dessus sa tête. Sa poitrine était enserrée dans un soutien-gorge en dentelle blanche.

— Et tu es très sexy, ajoutai-je en libérant son visage.

Elle exhala un soupir à l'instant où mon index parcourut sa gorge. J'effleurai ses clavicules, avant d'atteindre le sillon entre ses seins. Sa poitrine se souleva de plus en plus et elle se cambra légèrement. Je frôlai son nombril et elle se tendit brutalement et essaya de chasser ma main.

— Ce n'est pas…

— C'est très beau. Tu as un ventre de maman.

Mes doigts galopèrent sur sa peau, avant de remonter le long de son dos. Au passage, je dégrafai son sous-vêtement et le retirai. Elle frissonna et je l'attirai contre moi pour un nouveau baiser. J'étais nerveux et j'avais la sensation de faire l'amour à une femme pour la première fois. Depuis Laura, ma vie sexuelle avait été inexistante. Julianne s'agitait sur mes cuisses et le désir que je ressentais pour elle était à la fois évident et inédit. La relation que j'avais avec Julianne ne ressemblait en rien à celle que j'avais eue avec Laura : une ombre de mystère persistait autour d'elle et j'avais de plus en plus envie de la connaître.

Julianne s'écarta de moi et entreprit de déboutonner ma chemise. Mon cœur battait à une allure folle et mon érection me faisait un mal de chien. Je basculai la tête en arrière et fermai les yeux. Julianne écarta les pans de ma chemise, les tira de mon pantalon d'un geste décidé, puis elle posa la main contre mon cœur. Ce simple contact fit affluer une nouvelle vague de souvenirs.

C'était douloureux, pénible, mâtiné de nostalgie et de peine. Pourtant, je lui étais presque reconnaissant d'avoir posé la main sur mon tatouage, d'avoir refait le même geste que Laura à l'époque.

Une façon comme une autre de tourner la page, d'accepter une autre femme dans ma vie.

— C'est joli. Les pieds de ta fille ?

— Oui. J'ai récupéré les empreintes de son dossier médical.

Je soulevai une paupière et découvris le sourire attendri de Julianne. Elle se pinça les lèvres et dessina le contour du motif du bout des doigts. Je poussai un soupir, me retenant de fuir et de reculer, comme lors de notre première rencontre. Mais l'attirance que je ressentais pour Julianne et l'électricité crépitante lors de nos échanges surpassaient mon chagrin.

— Redresse-toi, me demanda-t-elle.

Je m'exécutai et elle me retira ma chemise avec douceur, promenant ses paumes sur mes épaules et mes bras.

— Sportif ?

— Squash.

— Les murs en verre, c'est vraiment ton truc alors ?

J'éclatai de rire avant de la prendre dans mes bras. Elle eut un petit cri surpris, quand je l'allongeai sur le canapé. Sentir sa poitrine contre ma peau était une sensation nouvelle et très agréable. Sa peau était chaude et douce et se parait de chair de poule au hasard de mon exploration.

Je plongeai le visage dans son cou et l'embrassai pour rejoindre la courbe de son épaule. J'atteignis le creux entre ses clavicules, remontai sur son menton et étouffai un rire dans un nouveau baiser.

— J'ai l'impression d'avoir quinze ans.

— Est-ce que ta mère risque de surgir ici ?

— Aucune chance.

— Donc, tu n'as pas quinze ans.

Elle déposa un baiser sur mes lèvres avant que je me redresse totalement. Je la fixai une courte seconde et elle se mit à rougir. Cela scella ma décision. Sa timidité, son hésitation, sa façon même de me regarder, comme si elle venait juste de se rendre compte de ce que nous étions en train de faire… Je voulais cette femme. Je voulais sa joie, ses doutes, ses sourires, son corps. Tout.

— Où vas-tu ?

— Salle de bains. Je n'ai pas quinze ans, lui rappelai-je.

Je me levai et traversai toute la maison pour rejoindre ma salle de bains. J'ouvris un des tiroirs du meuble principal, retrouvant la boîte de préservatifs que Jackson m'avait donnée l'an dernier.

Je me souvenais encore de son avertissement : « Un jour ou l'autre, tu me remercieras. »

Cela me fit sourire et je triturai nerveusement la boîte. Avec Laura, nous en avions mis au tout début de notre relation. Nous étions vierges tous les deux, et notre première tentative pour enfiler la protection avait viré au gag. Un autre bon souvenir. Près de vingt ans plus tard, j'étais toujours aussi nerveux.

Quand je retournai au salon, Julianne était toujours allongée, seins nus, divine et délicieusement excitante. Elle se redressa sur les coudes en m'entendant, puis elle fronça les sourcils.

— Cadeau de mon associé, expliquai-je.

— Tu as parlé de moi à ton associé ?

— Je n'ai parlé de toi à personne. Je te garde pour moi, chuchotai-je en couvrant mon corps du sien.

— Ta réputation de vieux chaste est préservée alors.

— On en reparle demain matin, si tu veux.

Mes mains crochetèrent sa taille, mais très vite elles divaguèrent sur ses hanches, avant de s'aventurer vers le bouton de son jean. Je trouvai son regard, m'assurant qu'elle en avait toujours envie. Je n'y vis aucune peur, ni aucune volonté de fuir. Au contraire, Julianne m'attira encore plus étroitement contre elle et elle m'embrassa avec passion.

J'ouvris le bouton de son jean et glissai la main dans l'ouverture. Elle se cambra dans la seconde et sa respiration devint très lourde. Elle retint son souffle quand mes doigts la caressèrent par-dessus sa culotte. Elle se cramponna à mes épaules, refusant de s'abandonner totalement.

— Je suis… rouillée aussi, admit-elle entre deux soupirs.

— Tout ira bien.

Je bougeai les doigts doucement, devinant son sexe humide sous le tissu. Mon érection, comprimée dans mon jean, me faisait de plus en plus mal. J'appuyai un peu plus sur son sexe, scrutant avec attention le visage et les réactions de Julianne. C'était nouveau pour nous deux, sans l'être vraiment, comme quelque chose que vous redécouvriez, d'anciennes sensations enfouies qui resurgissent avec douceur et en vous tirant un sourire heureux.

Je me redressai et tirai sur le jean de Julianne, puis lui enlevai sa culotte. Pendant la manœuvre, elle se tortilla en gloussant. Quand je voulus me rallonger au-dessus d'elle, elle me repoussa et, à son tour, ouvrit les boutons de mon pantalon. Je réprimai un soupir de soulagement et soufflai quand sa main frôla mon sexe tendu.

Cela ne l'arrêta pas et elle passa la paume dessus, fichant son regard mutin dans le mien. Une intense vague de chaleur et de désir nous engloutit. Plus rien d'autre n'existait que cette envie pressante d'unir nos corps. Nous oubliions nos passés douloureux, effacions nos craintes et nous allions de l'avant. Ensemble. Julianne serra mon sexe dans sa main et un grondement de désir s'échappa de ma poitrine. Elle saisit la boîte de préservatifs au sol, l'ouvrit et déchira un étui.

Le cœur battant et envoûté par le désir que je ressentais pour elle, je la regardai, pendant qu'elle déroulait la protection sur mon sexe. Puis elle retrouva mes lèvres pour un baiser et m'attira contre elle sur le canapé.

— On aura un quatrième rendez-vous après ça ? demanda Julianne.

— J'y compte bien.

Mon sexe caressa le sien, et elle ferma les yeux, perdue dans son plaisir. J'embrassai sa gorge, devinant son pouls palpitant, puis, lentement, je m'enfonçai en elle. La sensation de son sexe brûlant contre le mien embrasa tout mon corps. J'en eus le souffle coupé et je restai de longs instants immobile, tétanisé.

Julianne avait livré son plus profond et pénible secret. Maintenant, elle m'offrait son corps. Le souffle court, elle rouvrit les yeux et trouva mon regard. Un sourire coquin s'étira sur ses lèvres gonflées et elle remua des hanches.

— Tu as vraiment tout oublié ? plaisanta-t-elle.

— J'ai de beaux restes, je t'assure. C'est…

— La sensation. Oui, je sais. C'est nouveau pour moi aussi.

Je bougeai à mon tour, allant et venant en elle, appréciant chacun de ses soupirs, admirant sa poitrine se gonfler peu à peu. Elle releva les jambes et les crocheta autour de ma taille. D'une main, je m'appuyai près de sa tête pour maintenir mon équilibre, pendant que l'autre empaumait son sein et jouait avec la pointe tendue.

Ses gémissements s'accentuèrent et ses hanches vinrent à la rencontre des miennes. Après notre danse lascive, nous ondulions maintenant l'un contre l'autre, sensuellement enchevêtrés. Mon sexe se tendit un peu plus. Je me contenais, cherchant les signes d'orgasme sur le visage de Julianne. Le cœur au bord de l'implosion, je pressai le front contre le sien, nos souffles erratiques se mêlèrent et nos lèvres se frôlèrent sans jamais vraiment se toucher.

J'allais et venais de plus en plus vite, me fiant au rythme de sa respiration. J'abandonnai son sein et repoussai les quelques mèches de cheveux qui barraient son visage. Un cri de plaisir lui échappa, puis un deuxième et son corps se tendit brutalement. À bout de souffle, je jouis en elle, tandis que son corps se détendait peu à peu.

Pendant un court moment, il n'y eut que le bruit de nos respirations sifflantes. Je me retirai d'elle, enlevai le préservatif, m'en débarrassai en le nouant, puis me rallongeai près d'elle contre le dossier du canapé.

Entièrement nus et encore pris dans les restes de notre orgasme, nous nous regardâmes en riant, comme deux enfants qui auraient commis une bêtise, sans se faire prendre. Ce qui nous liait était bien plus fort que le lien physique habituel entre deux personnes. Elle connaissait ma douleur, je comprenais son chagrin. Il y avait eu du réconfort dans notre étreinte : nous connaissions nos secrets et nos vieux démons, nous nous battions régulièrement avec et, ce soir, ici, pendant quelques minutes, nous avions gagné contre eux.

— Alors ? À quoi je ressemble ? demandai-je.

— Un presque vieux chaste. Et moi ?

— Toujours aussi désirable. Encore plus sans la robe de demoiselle d'honneur.

Mes doigts suivirent la courbe de sa silhouette, du bombé de sa poitrine à la courbe de ses fesses. Elle eut un petit frisson et se lova un peu plus contre moi. Elle s'intéressa de nouveau à mon tatouage, passant le doigt dessus. Je savais qu'elle pensait à sa fille, je le voyais à la pointe de douleur qui hantait son regard noisette.

Je capturai sa main et la portai à mes lèvres. Son sourire effaça sa peine et elle ferma les yeux pendant que j'embrassais chacun de ses doigts.

— Tu me fais oublier… ça, avoua-t-elle finalement. La culpabilité, la tristesse, les images désagréables.

— J'en suis ravi.

— J'en suis ravie aussi. C'est juste inhabituel et ça me fout un peu la trouille. Je me suis confiée à toi, nous avons fait l'amour sur ce canapé et…

— Et nous avons dansé. Et c'était génial. Tu devrais laisser l'analyse à Lisa.

— Tu ne veux pas en parler ?

— Non. En parler me fera culpabiliser et je ne veux pas me sentir coupable de ce que nous avons fait. J'en avais envie et je refuse de me dire que c'était mal. Parce que ça ne l'était pas. Pas du tout.

— D'accord.

— Et t'inviter dans ma chambre n'est pas mal non plus. C'est juste…

— Pragmatique ?

— Oui. Et plus confortable, grimaçai-je en retirant un coussin coincé sous mes fesses.

Je le lançai à travers la pièce et Julianne se dégagea, avant de se lever du canapé. Elle rassembla ses affaires éparpillées au sol. Je me redressai à mon tour, inquiet. Il y avait une forme d'urgence dans ses gestes, comme si, malgré notre conversation, sa culpabilité la rattrapait et lui faisait regretter ce que nous venions de faire.

— Qu'est-ce que tu fais ? demandai-je.

— Tu m'as bien parlé d'une chambre, n'est-ce pas ?

— En effet.

— Et si tu me faisais visiter ?

— Maintenant ? hésitai-je pendant qu'elle me tournait le dos pour se rhabiller.

— Tu as mieux à faire ?

J'arrachai mon regard à ses belles fesses et à ses jambes fines, tandis qu'elle renfilait sa culotte et son T-shirt. Je me levai à mon tour et remis mon caleçon. Le changement d'ambiance me perturbait et je me demandais si elle était en train de fuir une conversation sérieuse ou si elle était vraiment intéressée par la visite de la maison, à minuit passé.

— Donc, le salon ? reprit-elle, pour m'encourager.

— Le salon, la vue sur le lac et la terrasse extérieure.

— C'était une grange, avant ?

— Une grange en ruine. On a dessiné les plans

avec… avec Laura. Elle savait exactement ce qu'elle voulait, elle n'a malheureusement pas eu le temps d'en profiter vraiment.

Julianne glissa la main dans la mienne et la serra aussi fort que possible. Ce nouvel encouragement me sortit de mes pensées lugubres et je lui adressai un faible sourire.

— Tu n'as jamais songé à déménager ?

— Non. J'ai déjà perdu ma femme une fois, je ne tiens pas à la perdre à nouveau. Cette maison, c'est elle.

Julianne hocha la tête. La plupart des gens n'auraient pas compris. Ils m'auraient trouvé dix bonnes raisons de partir d'ici. Avec Julianne, il n'y avait pas de regard désolé, ni de besoin pressant de me dire que j'avais tort, que je m'enfermais dans mon deuil. J'avais besoin d'être ici, besoin de sentir la présence de Laura autour de moi.

Du bout des doigts, elle suivit le contour d'un cadre. Je retins mon souffle en réalisant que c'était un des derniers cadeaux offerts par Cecilia lors de la fête des Mères. Composé essentiellement de sable et de fleurs peintes maladroitement par ma fille, ce cadre était suspendu à ce mur depuis des années. Voir Julianne le toucher me retournait inexplicablement l'estomac. Quand elle tenta de le retirer de son emplacement, je m'interposai :

— La cuisine, indiquai-je d'un geste de la main.

Elle fronça les sourcils et, dans son regard, je vis une pointe de suspicion briller. J'aurais aimé lui fournir une explication, mais aucune ne me venait. Pour être franc, je préférais ne pas y attacher d'importance.

Après la cuisine, nous remontâmes le couloir vers l'escalier. J'entraînai Julianne derrière moi jusqu'à l'étage.

— La chambre de Cecilia est là.

Je désignai une porte sur la gauche, sans l'ouvrir.

— Son prénom, c'est pour la chanson ?

— Oui, répondis-je sans m'attarder plus.

Je bifurquai sur la gauche et, au fur et à mesure que nous nous rapprochions d'une nouvelle porte, je sentis ma gorge se serrer. Mon enthousiasme apparent ne compensait pas la tristesse que je ressentais. Cette chambre conservait à elle seule plus de souvenirs que toute la maison réunie. En abandonnant cette pièce, j'avais aussi mis derrière moi mon mariage avec Laura. Je l'avais fermée à double tour, hermétiquement, solidement. Un symbole comme un autre de la fin de ma vie de couple avec ma femme.

— Mon ancienne chambre.

— Avec ta femme ?

— Avec Laura, corrigeai-je un peu sèchement.

J'étais étranglé par l'émotion et je serrai la main de Julianne tellement fort que je fus surpris qu'elle ne s'en dégage pas.

— Cooper, tu n'es pas obligé de faire ça.

— Je sais. Julianne, tu es la première femme avec qui je...

Elle se fendit d'un sourire franc, avant d'éclater de rire. À mon embarras succéda la surprise. Elle posa la main sur ma joue et la caressa doucement avant de plonger son regard dans le mien.

— La boîte de préservatifs toute neuve me l'avait fait comprendre.

Sa plaisanterie m'aida à me détendre et à me faire oublier pendant une toute petite seconde où nous étions. Je portai sa main à mes lèvres et l'embrassai avec tendresse. Son rire s'éteignit et son regard s'éclaira d'une lueur inédite.

— Tout va bien ? demandai-je.

— Oui. Je... Je me disais qu'on aurait peut-être dû être plus habillés pour ce genre de moment.

— Quel genre de moment ?

— Le genre où tu me dis quelque chose d'important et où je fais semblant de ne pas être aussi émue que toi. Ce que je veux dire, c'est... c'est que c'est important aussi pour moi, que tu me fasses visiter ta maison, que tu m'acceptes ici.

— Pourquoi en doutais-tu ?

— Parce que tu sais ce qui me ronge. Et que quand les gens savent ils finissent par me regarder différemment, comme si j'étais un de ces tissus à la maille irrégulière qu'on écarte et qu'on vend moins cher.

— Autant être honnête : je te regarderai toujours différemment. Mais uniquement parce que tu me fais me sentir... différent. En mieux. En beaucoup mieux.

Sa tristesse s'évapora et son visage s'éclaira de soulagement. Je pris une profonde inspiration et déverrouillai la porte de mon ancienne chambre. Les gonds grincèrent, pendant que j'entrais prudemment dans la pièce. L'odeur âcre de renfermé nous percuta et j'allumai la lumière en grimaçant. Tout était toujours là, à la même place, figé dans le temps.

Les murs blanc cassé, les meubles en bois clair, les voilages légers qui se gonflaient au vent, le lit et le couvre-lit en patchwork réalisé par la mère de Laura, les cadres photo et leur couche de poussière, le bureau où Laura révisait parfois les plans du cabinet, le paravent que nous avions acheté dans une brocante, l'armoire où étaient enfermés ses vêtements. J'avais tout juste trouvé l'énergie de vider sa penderie pour remiser ses affaires au grenier. Le reste — ranger les livres, évacuer sa coiffeuse, vider le bureau — avait été trop éprouvant. J'avais abandonné avant même de commencer. Julianne lâcha ma main et erra dans la pièce. Elle s'arrêta devant le miroir en pied et, du bout des doigts, effleura les deux colliers que Laura y suspendait.

Je restai sur le seuil, le souffle court, le cœur battant à m'en faire mal à la poitrine. J'aurais pu m'effondrer de chagrin ou pleurer de colère, mais la seule présence de Julianne suffisait à canaliser mes souffrances. La voir ici, dans cette pièce, limitait les souvenirs et mon amertume. Pourtant, en la regardant effleurer le foulard en soie que j'avais offert à Laura quelques jours avant d'emménager ici, une douleur nouvelle apparut, semblable à celle que j'avais ressentie dans le salon. C'était supportable, loin de la douleur aiguë habituelle. C'était plus sourd, plus lancinant, et cela m'empêchait de respirer normalement.

— Très joli, dit Julianne en faisant glisser le foulard entre ses doigts.

— Est-ce que... Repose-le, s'il te plaît.

Julianne obtempéra et je la sentis se fermer. Elle continua sa visite mais le malaise entre nous était présent et semblait même grandir à mesure que le silence s'épaississait. Je lui adressai un sourire de façade, qui cachait mal mes émotions dispersées.

— On peut sortir si tu veux, proposa-t-elle.

— Non, non. Ça va, je t'assure. Je veux que... Je veux que tu visites.

Ma réponse sonna comme un mensonge et, dans le regard de Julianne, je vis une ombre voiler ses iris mordorés. Je me cramponnai au chambranle, encaissant un à un, avec une force de plus en plus grande, les souvenirs qui m'attaquaient. Julianne parvenait à en chasser certains ; aussi, je décidai de me concentrer sur elle, de fixer sa silhouette pour tenter de penser à autre chose.

— C'est difficile pour toi de me voir ici ? demanda-t-elle finalement.

— C'est difficile. Toi, une autre, même moi. Dans cette pièce, tout est difficile.

— Tu n'as jamais pensé à la refaire ?

— La redécorer ? Non. J'ai encore du mal à faire un pas à l'intérieur.

— Est-ce que ta fille est déjà venue ?

— Une fois. Annah, ma sœur, l'a amenée, l'hiver dernier. Annah cherchait de vieilles photos et elle a pensé qu'elle pourrait en trouver ici.

— Après la mort de Susan, je n'ai jamais mis un pied dans la pièce qui aurait dû être sa chambre. La maison a été vendue, mon mariage a fini en cendres. Je n'ai plus rien.

— C'est peut-être mieux.

— Peut-être. En tout cas, c'est une très belle chambre. J'imagine que la vue doit être superbe.

— Le soleil donne l'après-midi sur toute la pièce.

Julianne avança jusqu'à la baie vitrée et l'ouvrit. Elle sortit sur le petit balcon qui surplombait le lac, laissant l'air frais s'engouffrer dans la pièce. Je fixai sa silhouette frêle, renonçant à analyser ce que je ressentais. La joie se mêlait à la colère, la douleur cédait la place au calme.

Incertain, je rejoignis Julianne sur le balcon, frissonnant au contact glacé des lames de bois qui ornaient le sol.

— Je n'ai pas entendu un tel silence depuis que je suis arrivée à Portland.

Délicatement, je posai les mains sur sa taille. Elle sursauta, avant de tourner le visage vers moi.

— On devrait finir la visite.

— Ça va, mentis-je.

— Cooper, je sais voir quand quelque chose

ne va pas. Et je crois que nous avons fait assez de nouvelles expériences pour ce soir.

Elle prit ma main dans la sienne et, sans rien dire, me ramena dans le couloir. Elle ferma la porte derrière nous et je m'autorisai enfin à respirer normalement.

— Et maintenant, allons à ta chambre !

Nous redescendîmes l'escalier. J'espérais laisser le fantôme de Laura derrière moi. Si Julianne devait passer la nuit ici, je ne voulais pas la voir gâcher par mon deuil. Nous gagnâmes ma chambre. Comme dans les autres pièces, Julianne déambula quelques secondes en silence, s'attardant sur des plans en attente, des livres, des vieux dessins de ma fille. Elle finit par s'asseoir sur le lit et, de l'index, elle me fit signe d'approcher.

— Les préservatifs sont dans le salon, murmurai-je.

— Tu m'as prise pour une débutante ?

Elle souleva son T-shirt et je remarquai la boîte de protection coincée dans l'élastique de sa culotte. Elle rampa sur le lit au fur et à mesure que j'approchais, se retrouvant allongée, pendant que je la surplombais. Elle tira la boîte de préservatifs et la posa sur la table de chevet. L'instant suivant, mes lèvres étaient sur les siennes et je lui retirai son T-shirt pour profiter du contact de sa peau contre la mienne. Elle se cambra et laissa échapper un gémissement quand mon érection se pressa contre sa cuisse.

J'avais envie de la remercier, de lui dire à quel

point j'étais ravi qu'elle ait déboulé dans ma vie au moment où je m'y attendais le moins ; j'aurais aimé lui dire à quel point elle comptait pour moi, à quel point nos rencontres fortuites m'avaient permis de revenir parmi les vivants. J'espérais que le désir que je ressentais pour elle parlerait suffisamment pour moi. J'abandonnai ses lèvres et Julianne enroula les bras autour de ma nuque avant de murmurer à mon oreille :

— En tout bien, tout honneur.

— En tout bien, tout honneur, répondis-je en la faisant rouler sur le lit.

Je tirai la couette sur nos deux corps entrelacés et l'embrassai à nouveau, jusqu'à me perdre en elle.

À mon réveil, j'étais seul. Julianne avait apparemment déserté la maison à l'aube. Je frottai mon visage pour me réveiller, ravalant une vague d'agacement. De toute évidence, Julianne était une spécialiste de la fuite, se faufilant entre mes doigts dès lors que je pensais pouvoir la retenir.

Je me tournai et trouvai un mot griffonné sur un morceau de papier froissé. Je me redressai et me surpris à sourire en découvrant l'écriture de Julianne.

— « Jusqu'à la prochaine rencontre au hasard », murmurai-je.

Je triturai la feuille en tous sens, en vain : aucune adresse, aucun numéro de téléphone. Une fois de plus, Julianne m'abandonnait, sans possibilité de la retrouver. Mon incompréhension première s'estompa pour laisser place à un élan de joie. Je savais parfaitement ce que je devais faire pour que Julianne reste dans ma vie et je savais déjà où la retrouver… par hasard.

PARTIE 4

Cecilia

Emma toqua doucement à ma porte avant d'entrer dans mon bureau. Je relevai le nez de mon écran et éclatai de rire en découvrant la tenue de mon assistante. À la liste de ses multiples talents, je pouvais ajouter le potentiel créatif de ses tenues. Elle se pinça les lèvres, partagée entre envie de rire et sursaut d'orgueil. Rire avec moi, c'était admettre le ridicule de la situation.

— C'est la couleur, me justifiai-je. Le...

— Kaki. C'est kaki, déclara Emma en avançant vers mon bureau.

— C'est assez... surprenant.

Elle tira sur le tissu de sa chemise de bowling. Elle était trop grande et très mal ajustée, et mon assistante donnait la sensation de flotter à l'intérieur. Je m'enfonçai un peu plus dans mon fauteuil et repris la conversation :

— Vous en êtes à quel rendez-vous au juste ?

— Le dixième.

— On compte encore les rendez-vous à ce stade ?

— Plus ou moins. Mais ce soir, j'ai l'honneur d'être présentée aux amis.

Elle se tritura nerveusement les doigts, puis attrapa un fil sur sa chemise pour l'arracher.

— Quel est le problème ? demandai-je.

— La présentation aux amis, c'est compliqué.

— Compliqué ? Sur quelle échelle ? Pour moi faire cuire un gâteau au chocolat est du domaine de l'impossible.

Ma blague eut le mérite de détendre légèrement Emma. Je l'invitai à s'asseoir, mais elle refusa et resta debout, juste devant le fauteuil.

— Je suis certaine que vous exagérez.

— Presque autant que vous. Vous allez faire un bowling, boire quelques bières et passer un excellent moment, cela me semble tout à fait faisable.

— Vous envisagez ça comme une soirée comme une autre ? !

— J'envisage ça comme une soirée au bowling, dis-je en riant. D'ailleurs, ça fait une éternité que je n'y suis pas allé.

— Je vais être interrogée, scrutée, examinée à la loupe. On me posera des questions sérieuses, d'autres moins. Je devrai être drôle, sans en faire trop, montrer ma culture, avec parcimonie, et la jouer détendu quand ma tension fera une pointe à 18. Ce n'est pas une simple soirée au bowling.

— Un peu stressée, non ? plaisantai-je.

Cette fois, Emma me lança un regard noir.

— Vous n'avez aucune idée de la pression que

je subis ! Le bowling, c'est une vraie épreuve. On va jouer en équipe : si je suis trop douée, ils vont me détester ; et si je suis mauvaise, ils vont aussi me détester !

— Emma, ils vont vous adorer. Restez vous-même. Vous savez gérer mon agenda, nous aider sur nos projets farfelus, vous saurez parfaitement gérer des joueurs de bowling !

Mon téléphone portable vibra sur mon bureau. Le nom de Mark s'afficha et me tira un sourire. Je savais parfaitement de quoi il voulait me parler. Je rejetai l'appel, pour finir ma conversation avec mon assistante.

— Emma, vous allez être sensationnelle, j'en suis certain. Honnêtement, c'est eux qui vont y gagner à vous connaître.

— Merci, murmura-t-elle, sans être vraiment convaincue par mon compliment.

Elle recula vers la porte et m'adressa un petit signe de la main. Sa nervosité était toujours présente et elle manqua de se cogner contre un meuble. Elle serra un peu plus fort sa queue-de-cheval et je l'interpellai une dernière fois avant de la laisser partir :

— Emma, si ce type préfère ses amis à votre sens du sacrifice en chemise kaki, envoyez-le-moi ! Je lui apprendrai comment parler aux dames.

— Rappelez-moi depuis combien de temps vous n'avez pas « parlé aux dames » ?

— C'est comme le vélo, ça ne s'oublie pas. Et

je suis adepte des méthodes traditionnelles, vous savez, fleurs et chandelles.

— Je vous souhaite une bonne année 1978, ironisa-t-elle en quittant la pièce dans un rire.

— Bon strike, Emma !

Elle rit à nouveau et je me félicitai d'avoir pu lui changer les idées pendant quelques secondes. Je me levai de mon bureau, desserrai ma cravate, déboutonnai le haut de ma chemise et me postai devant la fenêtre, regardant le flot de circulation de l'avenue au pied de l'immeuble. Je songeai furtivement à Julianne, à sa remarque sur le bruit de la ville. Je relevai les yeux vers les immeubles, passant en revue les fenêtres des appartements.

Julianne était quelque part, ici, toute proche, mais je n'avais aucun moyen d'entrer en relation avec elle. Je soupirai, râlant intérieurement sur le principe même de hasard. Je récupérai mon téléphone sur mon bureau et composai le numéro de Mark. Notre conversation finirait par chasser Julianne de mes pensées.

À moins, au contraire, qu'elle n'en devienne le centre.

Au son enjoué de la voix de Mark, je compris qu'il s'agirait de la seconde option. De toute évidence, l'ultime question de mon dernier mail avait piqué sa curiosité.

— Je la connais ? demanda-t-il après les politesses d'usage.

— Non. C'est…

Nouveau ? Non. Ce n'était pas nouveau. Curieusement, j'avais la sensation que ma relation avec Julianne — qui se résumait à quelques rencontres et une nuit — n'était pas si récente. L'expliquer à Mark aurait pris trop de temps et trop d'énergie. Je me pinçai l'arête du nez et pris une profonde inspiration.

— C'est nouveau.

— C'est génial, Coop. Vraiment génial ! Où l'as-tu rencontrée ?

— Lors d'une soirée d'architectes.

— Oh ! une consœur ?

— Pas vraiment, non. C'était le hasard, ajoutai-je en retenant un rire.

Julianne serait si fière de moi. Elle ferait gonfler ses biceps en hurlant qu'elle était la meilleure à notre petit jeu. De toute évidence, elle avait gagné : j'étais seul ici et elle était celle qui avait le plus d'indices pour me retrouver.

— Le hasard, c'est redoutable, commenta Mark. Regarde, Maggie et moi.

— Vous vous connaissez depuis presque vingt ans !

— Exactement. Et c'est pourtant en la croisant au restaurant que j'ai compris. Elle attendait sa mère et j'attendais…

Il y eut une longue pause, avant qu'il éclate d'un rire sonore.

— Bon sang, je ne me souviens même pas de son prénom ! Bref, cette blonde n'est jamais venue et j'ai fini par dîner avec Maggie et sa mère. Le hasard donc !

— Si tu m'expliquais plutôt pourquoi vous avez avancé la date du mariage ?

— À cause du frère de Maggie. Il est en permission courte, avant de repartir pour six mois en Afrique. On a voulu profiter de sa présence.

— Pendant un instant, j'ai cru que tu avais fauté et que le pasteur de père de Maggie vous forçait à convoler.

— Disons qu'officiellement on préfère profiter de la présence de son frère. J'espère que ça ne change rien pour toi ? Tu es toujours mon témoin ?

— Je ne manquerais ça pour rien au monde !

— Et donc tu viendras avec…

— Ma fille.

— Ne joue pas au plus malin avec moi. Comment s'appelle-t-elle ?

— Julianne, soufflai-je, comme si je lui révélais un lourd secret. Elle s'appelle Julianne.

— Julianne. C'est noté.

Il y eut un silence, comme si nous réalisions tous les deux l'énormité de notre conversation. J'eus une pensée attendrie pour Emma et sa chemise kaki. À ma façon, j'affrontais aussi une épreuve dans ma relation avec Julianne : la confrontation à ceux qui avaient connu Laura, à ceux qui la compareraient, à ceux qui me souriraient avec compassion.

— Cooper, c'est vraiment génial. Laura n'aurait jamais voulu que tu finisses seul.

Je devais être le seul, désormais, à percevoir toute l'ironie de cette remarque. Laura n'aurait jamais voulu tomber malade, elle n'aurait jamais voulu mourir, elle n'aurait jamais voulu laisser une fillette de six ans derrière elle. En tout état de cause, Laura n'aurait effectivement jamais voulu que je finisse seul.

— Maggie et moi sommes vraiment heureux pour toi. Quand arrives-tu à Barview ?

— Vendredi prochain.

— Super. On ira se boire un verre ?

— Suis-je censé organiser ton enterrement de vie de garçon ?

— Inutile, je n'ai pas besoin d'excuse pour descendre des bières. Je dois te laisser, appelle-moi quand tu es ici.

— Sans faute.

Il coupa la communication et je rangeai mon téléphone dans la poche de ma veste. Je jetai un coup d'œil à ma montre, avant de porter le regard vers Portland. Julianne me manquait. Et maintenant, il fallait que je la retrouve pour faire honneur à l'invitation de Mark et Maggie.

— Bien joué, Cooper : lui proposer d'aller à un mariage pour honorer une invitation, grimaçai-je à voix haute. Aucune chance qu'elle accepte ! Où es-tu ? murmurai-je.

— Si tu parles du dossier Thomson, il est là, il est complet et Thomson va enfin signer ! s'écria Jackson en entrant dans mon bureau.

— Bonne nouvelle !

Il jeta le dossier sur mon bureau, puis s'effondra dans l'un de mes fauteuils, bras ballants, la tête en arrière. Il étendit les jambes sur la table basse et j'arquai un sourcil surpris en constatant que Jackson ne portait pas de chaussettes.

— Collection d'été ? dis-je.

— Ta sœur, répondit-il en soulevant une paupière fatiguée. Mesure de rétorsion.

— Elle t'a piqué tes chaussettes ?

— Je n'ai pas de caleçon non plus !

Je retins un rire pendant que Jackson se redressait, un air dépité sur le visage. Il dénoua sa cravate et poussa un soupir.

— Qu'as-tu fait pour mériter son courroux ?

— Bon sang, Coop, tu ne peux pas parler comme un homme de ce siècle ?

— Je peux. Mais ça t'énerverait moins.

— Tu la joues solidaire avec ta sœur ?

— Totalement. Mais j'aimerais quand même savoir ce que tu as fait, répétai-je en m'installant derrière mon bureau.

Je me saisis du dossier Thomson et commençai à le feuilleter. Jackson darda son regard sur moi, comme s'il pesait le poids de son aveu, puis soupira lourdement.

— J'ai annulé son rendez-vous avec un autre homme.

Je relevai les yeux vers lui et haussai un sourcil interrogateur. Je ne pouvais pas croire qu'il en était arrivé là. Le stade de la taquinerie était largement dépassé. Telle que je connaissais ma sœur, elle devait mitonner une vengeance bien plus féroce que l'histoire des chaussettes.

— Tu veux mon avis ? demandai-je.

— Pas vraiment.

— Tu l'auras quand même : honnêtement, tu as de la chance d'être en vie ! Pourquoi as-tu fait un truc pareil ?

— La jalousie. Je ne peux même pas dire que je l'ai fait pour son bien ou par accident. J'étais juste jaloux et j'ai annulé le rendez-vous en disant au type qu'Annah m'avait refilé une MST.

— Tu as fait quoi ? !

— Tu as parfaitement entendu.

— Tu es un parfait crétin.

— Il faut que tu m'aides… Ta sœur ne veut même pas dîner avec moi !

— Après ça, tu auras de la chance si elle t'adresse à nouveau la parole. Présente-lui des excuses. Fleurs, larmes, prières. Fais ce que tu veux mais je refuse que votre… truc rejaillisse sur le fonctionnement du cabinet.

— Cooper…

— Et je ne veux pas choisir entre ma sœur et toi. Donc, résous ce problème !

Si leurs petites anicroches me faisaient habituellement sourire, cette fois, Jackson était allé trop loin. Je n'avais pas encore cerné les contours exacts de leur relation, mais, de toute évidence, en intervenant dans la vie de ma sœur, Jackson avait franchi la ligne rouge.

Mon associé se redressa péniblement, mécontent de ma réaction. Je retournai au dossier Thomson et adressai une dernière remarque à mon associé :

— Chocolat au lait, tulipes, le bleu, Van Gogh, Salinger, l'intégrale d'Indiana Jones, Madonna, et elle pleure systématiquement devant les documentaires avec les bébés animaux.

— J'en étais encore à hésiter entre italien et chinois.

— Essaye encore, l'encourageai-je en consultant la dernière version du plan du bâtiment.

— Indien ?

— Fais travailler ton imagination !

Je refermai le dossier et Jackson m'adressa un dernier regard désolé avant de quitter mon bureau. Je fixai la porte un long moment, mes pensées déviant automatiquement vers Julianne. Je n'avais aucune idée de ses préférences en termes de chocolat.

Je rentrai chez moi sous une pluie battante à la nuit tombée. Je fus surpris de voir ma fille dans le salon, installée devant la télévision. Elle l'éteignit précipitamment, puis se redressa. Elle se drapa dans le gilet de Laura et m'adressa un sourire incertain.

— Tout va bien ? demandai-je.

— Oui. Ça va. Je… Je regardais un film.

J'attirai ma fille dans mes bras et nous nous étreignîmes quelques secondes. Elle enroula les bras autour de moi, pendant que j'embrassais le sommet de son crâne.

— Ça se passe bien en cours ?

— Oui. Je... Lee m'a... enfin...

— Qui est Lee ?

— Un garçon du lycée.

Je fronçai les sourcils pendant que ma fille reculait d'un pas, arborant cette délicieuse moue d'adolescente contrariée. Je croisai les bras sur ma poitrine, attendant un début d'explication.

— Papa, tu n'as pas besoin de me faire un laïus sur les fleurs et les abeilles.

— Je comptais plutôt t'enseigner quelques méthodes efficaces d'autodéfense.

— Papa !

— Donc, Lee ?

— Il m'a invitée à aller au cinéma la semaine prochaine, tu es d'accord ?

— Si c'est un soir de semaine, c'est hors de question.

— C'est vendredi.

— C'est d'accord si je le rencontre et qu'il te ramène pour 22 heures.

— Papa ! râla-t-elle, alors que je me dirigeais vers la cuisine. Le film ne sera sûrement pas fini à 22 heures !

— Tu as quatorze ans, c'est 22 heures et c'est non négociable ! m'entêtai-je en ouvrant la porte du réfrigérateur.

— Avec maman, tu sortais beaucoup plus tard !

Je me figeai avant de prendre une bouteille d'eau. Refermant la porte du réfrigérateur, je pivotai lentement vers elle. Avoir un père célibataire offre une arme de choix à l'adolescent exigeant : la culpabilité. En une seule phrase, Cecilia venait d'anéantir ma minuscule autorité de père de famille. Je me forçai à réfléchir une seconde : qu'aurait dit ou fait Laura dans ce type de situation ?

Je retournai au salon et pris la télécommande. Peut-être que finir la soirée devant un film finirait par clore le débat. En tout cas, je parviendrais ainsi à l'éviter. En allumant l'écran, j'oubliai instantanément le sujet.

Laura était là, rayonnante dans sa robe de mariée, les cheveux relevés en un joli chignon dans lequel était accroché un voile. Le regard de ma fille sembla me vriller la nuque. Je m'enfonçai sur le canapé, les larmes aux yeux, pendant que ma femme crevait l'écran.

— C'était dans le carton…

— Je me doute.

Mon cœur se serra quand je vis ma femme rire aux éclats, tout en serrant son bouquet de fleurs sauvages dans la main.

— Chocolat noir, iris, le jaune, Klimt, Harrison, murmurai-je, ému.

Ma fille vint s'asseoir près de moi. Après une seconde d'hésitation, je l'accueillis dans le creux de mon bras, sa tête délicatement posée contre ma poitrine.

— Le père de Laura a filmé.

— Un bon souvenir ? demanda ma fille.

— Le meilleur. Je te souhaite d'avoir un souvenir comme celui-là.

— Avec Lee ? plaisanta-t-elle en gloussant.

— J'ai dit que je te souhaite de l'avoir, pas que je voulais que tu l'aies avant la fin du lycée. Ta mère était si belle.

Une boule familière se forma au creux de ma gorge. Voilà à quoi ressemblait mon chagrin : à une boule épaisse et piquante enfouie au fond de moi-même et qui refaisait son apparition à la moindre occasion. Les scènes sur l'écran se succédaient : l'arrivée devant l'église, la remontée de l'allée par Laura et son père, sa main dans la mienne au moment où le prêtre nous accueillait. Chaque détail me revenait avec une force décuplée. Laura me manquait.

Je serrai plus fortement Cecilia, écoutant Laura réciter ses vœux avec une assurance étonnante.

— Épouser ta mère a été la meilleure des décisions de toute ma vie. Elle avait répété ses vœux pendant des heures. Elle était sidérante, tellement sûre d'elle.

— C'est pour ça que tu restes seul ?

La question me fit l'effet d'une gifle et me sortit de mes souvenirs cotonneux. Je me tendis et tentai de me concentrer sur la vidéo : la sortie de l'église, les pétales de fleurs, Annah émue aux larmes, ma mère et mon père étroitement enlacés.

— Je t'ai toi, je ne suis pas seul.

— Ce n'est pas ce que je voulais dire. Tu n'es jamais… Enfin, tu pourrais rencontrer quelqu'un.

Je restai silencieux. Ma nuit avec Julianne était la réponse au questionnement de ma fille. J'avais effectivement rencontré quelqu'un, j'avais de nouveau eu la sensation d'être vivant et entier, j'avais ressenti une bulle de bonheur en sa compagnie. Mais, tandis que je voyais Laura sur l'écran, une forme de culpabilité resurgissait.

— Comment as-tu demandé maman en mariage ?

— À Barview, sur la plage. Il faisait chaud et je revenais d'une baignade. Ta mère était allongée sur sa serviette, sur le ventre. Pour l'agacer, je me suis allongé sur elle.

Les épaules de ma fille s'agitèrent, signe qu'elle riait de ma mauvaise blague. Je replongeai dans mes souvenirs. En me concentrant, je pouvais imaginer la brûlure du soleil sur mon dos et le goût de sel de la peau de Laura.

— Tu préparais ça depuis longtemps ?

— Ma demande en mariage ? Honnêtement, à l'instant où j'ai vu ta mère, j'ai su que je voulais l'épouser.

À l'écran, je nous vis échanger nos alliances. Je tremblais comme une feuille en soulevant le voile pour lui voler son premier baiser en tant que Mme Garisson. Puis, l'instant suivant, les applaudissements retentirent et l'image se figea sur ma mère, écrasant une larme au coin de l'œil.

— Et après t'être allongé ?

— Elle a crié de surprise, elle a dit que j'étais un crétin, qu'elle allait être pleine de sable. Et tout de suite après, je lui ai dit que je serais le crétin le plus heureux du monde si elle acceptait de m'épouser.

— Et elle a dit oui, finit ma fille pour moi.

— Et elle a dit oui.

Les images défilèrent, réveillant de nouveaux souvenirs : le discours du père de Laura, le gâteau, notre première danse. Avec le recul, j'avais la sensation de ne pas en avoir assez profité, de ne pas avoir assez savouré chaque instant avec elle. Pendant longtemps, j'avais envisagé la maladie comme une punition qu'on m'infligeait, comme si, avant, nous avions été trop heureux.

— Ça avait l'air sympa, commenta ma fille.

— Ça l'était. Ma vie avec ta mère était très sympa.

La vidéo se termina et se figea sur la dernière image : Laura et moi saluant nos proches alors que nous quittions les festivités pour partir en lune de miel. Le nœud que j'avais dans la gorge se serra plus fort encore, à m'en paralyser sur le canapé. Ma fille se redressa. Son regard croisa le mien et nous nous étreignîmes à nouveau, cachant nos sanglots. Je n'avais pas pleuré depuis des années pour Laura. J'avais parfois été ému, parfois versé une larme, mais jamais pleuré au point d'en oublier le reste.

— Allez, tu devrais aller dormir, dis-je finalement.

Ma fille déposa un baiser sur ma joue et son sourire s'élargit.

— Ma vie ici est très sympa, papa.

— J'essaye en tout cas. Je veux que tu te sentes bien, ici.

— Et moi, j'aimerais que tu te sentes bien, tout court. Tu n'as pas à rester seul ici avec moi, déclara-t-elle en se levant du canapé.

— Tu veux absolument me caser ? Avoue, tu veux te débarrasser de ton père pour passer tes soirées avec Lee.

Elle eut la politesse de rougir, avant de baisser les yeux. Je savais ce que faisait ma fille. Après un été avec ma mère, elle était certainement convaincue de l'urgence de « refaire ma vie ». Je ne voulais rien refaire. Je voulais juste la poursuivre et faire en sorte que Julianne y participe.

— Écoute, si je le rencontre, c'est d'accord pour 23 heures.

Elle releva son visage angélique et m'adressa un sourire lumineux. Je redevenais un père idéal à ses yeux et j'étais parvenu à chasser le nuage de tristesse qui s'était abattu dans cette maison.

— Merci, murmura-t-elle.

— Mais je veux le voir.

— Aucun problème !

Elle bouillait d'excitation et d'enthousiasme comme rarement je l'avais vue. Son attitude me tira un rire. Du coin de l'œil, j'aperçus le visage souriant de Laura. Elle devait approuver, c'était certain.

— Tu sais, j'étais sérieuse : ça ne me dérangerait pas si tu allais toi aussi au cinéma avec quelqu'un. Tu… Enfin… Tes vœux disent jusqu'à ce que la mort nous sépare, maman ne t'en voudrait pas de... de sortir avec quelqu'un.

— Je connais mes vœux, dis-je d'une voix neutre. Mais je ne suis pas le même homme que dans cette vidéo. De toute façon, je t'ai toi, et il n'y a que ça qui compte.

— Un jour, je partirai d'ici, papa, et le réfrigérateur sera rempli de plats cuisinés.

— Il faut donc que je trouve une femme qui sache cuisiner ?

— Si tu ne le fais pas pour toi, fais-le pour ma tranquillité d'esprit ! Bonne nuit, papa !

— Bonne nuit, chérie.

Elle sautilla jusqu'au couloir et je ris encore. J'avais toujours imaginé que parler de Laura à Cecilia serait compliqué et douloureux, je réalisais maintenant que ces conversations nous avaient rapprochés et m'avaient appris à canaliser mon chagrin. Il était toujours là, mais n'occupait plus une place dominante dans ma vie.

— Au fait, papa, j'ai donné ton nom pour l'organisation de la soirée de fin d'année.

— Tu as fait quoi ?

Elle haussa les épaules, sans cacher son sourire mutin.

— Tu tiendras le bar. Et ma prof de mathématiques sait cuisiner !

— Au lit ! lui ordonnai-je pour couper court à la conversation.

Un petit rire lui échappa. Elle était fière de son

guet-apens. Je décidai sur-le-champ de ne plus la laisser parler avec ma mère. De toute évidence, cette dernière avait une très mauvaise influence sur ma fille. Cecilia grimpa l'escalier jusqu'à sa chambre et mon regard se dirigea de nouveau vers l'écran.

Je me renfonçai sur le canapé et saisis la télécommande. Mon pouce flotta longuement au-dessus des touches, avant que je me décide.

— Bonne nuit, Laura, dis-je en éteignant l'écran.

PARTIE 5

Can't Take My Eyes off You

— Cecilia continue de me poser des questions sur sa mère… et sur notre histoire.

— Cela vous dérange-t-il ?

Lisa Lewis me fixait avec attention, tout en griffonnant quelques mots sur son carnet de notes. Le souvenir de ma conversation avec ma fille était encore frais et douloureux. En rapportant ce carton de souvenirs à la maison, je n'avais pas réalisé qu'il recelait autant d'objets en lien avec ma vie avec Laura. De petits objets, des miettes de notre vie, qui devenaient, au fur et à mesure, des petits cailloux semés au gré de notre relation.

Je me levai du fauteuil et me dirigeai vers la fenêtre. Une pluie fine et froide tombait sur Portland depuis deux jours. Je tentai de démêler mes sentiments, en vain. Le chagrin avait tendance à obscurcir tout le reste, comme si rien d'autre n'existait. Seule Julianne avait réussi à soulever le voile et à me faire ressentir autre chose. Cela faisait maintenant dix jours que j'étais sans nouvelles. Je n'avais aucune idée d'où en était notre histoire — était-ce seulement une histoire — mais je lui étais au moins reconnaissant pour ça : m'avoir fait goûter à autre chose que la mélancolie.

— Non. Je pense même que j'aurais dû le faire plus tôt. C'est curieux : j'ai toujours tout fait pour éviter le sujet et je dois pourtant admettre qu'en parler avec ma fille… C'est comme si Laura était là.

— Cela fait maintenant presque neuf ans, Cooper.

— Le temps panse les blessures ? C'est ça ? ironisai-je.

— Ce n'est pas ce que je voulais dire. Votre douleur n'appartient qu'à vous. Je m'interrogeais plus sur l'élément déclencheur de ces conversations avec votre fille.

Je pivotai et enfonçai les mains dans mes poches.

— Cecilia voulait savoir. La maladie l'a privée de sa mère, je n'avais pas le droit de le faire aussi. Elle doit savoir à quel point j'aimais sa mère plus que tout, à quel point elle me manque et à quel point elle lui ressemble.

— Vous pouvez aussi garder un jardin secret.

— Je le fais. Je ne veux pas qu'elle porte une part de ma tristesse, ça serait injuste pour elle.

— Cooper, vous devez comprendre que votre fille connaît aussi un deuil. Il est différent du vôtre, mais il existe.

— Je sais. Je le vois à chaque fois qu'elle me regarde. Ça me tétanise, je ne sais pas quoi faire pour effacer ça. J'ai peur de la décevoir, peur qu'elle voie que je ne suis pas l'épaule réconfortante qu'elle attend.

J'esquissai un sourire, avant de me rasseoir dans le fauteuil face à Lisa.

— Quand elle était petite, elle adorait que je la fasse voler à travers la maison. À ses yeux, j'étais une sorte de héros. J'aimerais bien revenir à cette époque-là, dis-je avec nostalgie. Je n'avais jamais songé qu'elle puisse... Je ne l'ai pas regardée grandir. J'ai fui ma fille, j'ai fui cette maison, j'ai fui tout ce que je pouvais fuir, je n'étais pas heureux, jusqu'à...

— Jusqu'à quoi, Cooper ?

Je passai une main sur mon visage et poussai un soupir agacé. Parler avec Lisa me faisait du bien, j'exorcisais mes démons et je m'ouvrais à elle comme à personne. Mais, ce soir, en lui parlant, en la sentant m'encourager à me confier, je ne pensais qu'à Julianne. Je devinais sa main presser la mienne, je voyais son regard noisette, je sentais sa peau douce glisser contre la mienne.

— Jusqu'à quoi ? Cooper ?

— Vous allez trouver ça... dingue.

— Je suis psychologue, Cooper, je doute que vous puissiez me surprendre sur ce point.

— J'ai rencontré une femme.

Le sourire de Lisa s'élargit, et d'un geste de la main elle m'encouragea à poursuivre. Je ne savais pas par où commencer : notre rencontre, notre nuit ensemble, nos deuils respectifs. Je ne comprenais toujours pas ce qui nous liait, mais c'était là, impalpable et puissant. Julianne appelait ça le hasard, je préférais dire qu'il s'agissait du destin.

— Ça n'a rien de dingue.

— Elle… Elle est incroyable et, avec elle, je ne ressens pas cette tristesse habituelle. Elle sait, ajoutai-je après une courte pause.

Lisa opina, ravie de constater que je m'ouvrais enfin à une autre femme. Après presque six ans de thérapie, je savais deviner quand elle était satisfaite de ce que je lui disais.

— Elle sait parce qu'elle a vécu la même chose.

— C'est-à-dire ?

— C'est Julianne. Je sais qu'elle est une de vos patientes, je l'ai croisée la semaine dernière après la séance en groupe.

— Que ressentez-vous avec elle ?

— De la compréhension. Du lien. Quelque chose d'indescriptible, qui fait que nous n'avons pas besoin de nous parler pour connaître nos pensées. C'est… Je ne sais pas. C'est différent d'avec Laura. Et Julianne a décidé que notre… euh… relation doit être liée au hasard.

Lisa retint un rire, puis referma son bloc-notes. Elle jeta un coup d'œil à sa montre et se leva de son fauteuil, signe que notre séance était terminée. Elle se glissa derrière son bureau et consulta son agenda.

— J'aimerais beaucoup pouvoir la joindre, continuai-je.

Lisa leva les yeux vers moi, mais resta silencieuse.

— Je n'ai même pas un numéro de téléphone pour

l'appeler. Si vous pouviez me donner son adresse, ça m'aiderait à…

— Je n'ai pas le droit de faire ça, Cooper. Julianne est une de mes patientes, ça ne serait pas très déontologique.

— Je veux juste lui parler.

Je mentais. Je voulais la toucher, la déshabiller, la toucher, l'embrasser, la sentir. Lui parler, aussi, mais après. Julianne me rendait heureux, Julianne m'attirait. Revoir Julianne, c'était m'offrir la chance de ressentir à nouveau du désir pour elle, un désir si fort qu'il m'empêchait même de penser rationnellement.

— Cooper, je comprends, mais je ne peux pas. Si Julianne avait voulu vous revoir, elle vous aurait laissé de quoi la contacter, dit-elle en tournant les pages de son agenda.

— Je vous ai vue sourire quand j'ai parlé du hasard.

Lisa eut une seconde d'arrêt, avant de relever les yeux vers moi. Elle posa les mains à plat sur la table et prit une profonde inspiration.

— Cooper, que diriez-vous de refaire une séance, disons, au hasard, demain soir ?

— J'ai une réunion qui risque de s'éterniser, je ne pense pas que…

— *Au hasard*, Cooper. 20 heures ? Tâchez d'être à l'heure, c'est important, continua-t-elle en notant le rendez-vous sur son agenda.

— Vous en êtes sûre ?

— Certaine. Vous vous sentirez bien mieux ensuite, je pense.

Elle m'adressa un sourire entendu, puis désigna la porte de son bureau de la main droite. J'enfilai ma veste, un peu embarrassé. Si mon instinct était bon, Lisa Lewis venait de m'arranger une rencontre fortuite avec Julianne. Je ne savais pas ce qui me perturbait le plus : que ma thérapeute prenne mon parti ou que ma prochaine rencontre avec Julianne soit prévue.

J'étais incroyablement nerveux. Je n'avais aucun doute sur mon initiative : je voulais revoir Julianne et je voulais la garder auprès de moi. En une journée, j'avais eu le temps de penser à ce que j'allais lui dire et à la façon dont j'allais contourner ses réticences. Surtout, je voulais éviter de provoquer une fuite définitive.

Je me tenais donc devant la porte de l'immeuble du cabinet de Lisa Lewis. Il était près de 20 h 15 et je me demandais si son rendez-vous n'avait pas été simplement annulé. Je poussai un soupir en sentant des gouttes de pluie s'écraser dans mes cheveux.

La lourde porte battante s'ouvrit dans un grincement et mon cœur s'emballa aussitôt, avant de se calmer aussi vite.

— Bonsoir, me salua le concierge de l'immeuble.

— Bonsoir.

J'ignorai son sourire entendu et refermai mon manteau noir en laine plus fermement.

— Vous voulez entrer vous abriter ?

— Ça ira. Savez-vous si le Dr Lewis a quitté son cabinet ?

— C'est elle que vous attendez ?

Derrière lui, je vis les portes de l'ascenseur s'ouvrir, laissant apparaître Julianne, éclairée par une dizaine de spots jaunes. Elle enfila une petite veste par-dessus son chemisier à manches courtes, puis enfonça les mains dans les poches de son jean bleu foncé.

— Non, c'est elle.

Le gardien tourna la tête vers Julianne et, machinalement, poussa la porte pour la laisser sortir de l'immeuble. En me découvrant, Julianne éclata d'un rire sonore et chaleureux. Le gardien s'engouffra à l'intérieur de l'immeuble, nous laissant sous la pluie.

— C'est le hasard, dis-je en tentant de ne pas rire.

— Le hasard t'a fait venir au pied de cet immeuble, à cette heure-ci avec ce bouquet de fleurs ?

— Des roses rouges.

— Rappelle-moi le nombre d'habitants à Portland ?

— Environ six cent mille, répondis-je avec un large sourire. Comme tu le disais, le hasard fonctionne toujours.

Je lui tendis le bouquet et elle plongea le nez dans les roses avec une joie non dissimulée. La pluie s'intensifia et un frisson glacé courut sur mon échine.

— Le hasard aurait pu fonctionner encore mieux si tu m'avais donné tes coordonnées.

Elle releva les yeux vers moi et arqua un sourcil

amusé. Ma nervosité s'estompait peu à peu, mais je devais admettre que j'étais suspendu à ses lèvres. Nous avions passé une seule nuit ensemble, une nuit, qui, à mes yeux, avait de l'importance. Je me demandais maintenant si cela en avait aussi pour elle.

— Et qu'aurais-tu fait de la magie de l'instant ? s'enquit-elle. Les roses, la pluie, le hasard, toi… Ne pas te donner mon numéro a été la meilleure des idées. Ça a transformé un moment banal en moment merveilleux.

— J'ai dû me rendre coupable de collusion avec Lisa.

— J'ai toujours eu un faible pour les *bad boys*. Le tatouage est un vrai plus.

— Tu t'en souviens donc ?

— Je me souviens de chaque détail de cette nuit-là, Cooper.

Elle marqua une pause et m'adressa un sourire timide.

— Pour la première fois depuis très longtemps, je me suis sentie… complète.

— Que dirais-tu d'aller boire un verre ?

Elle hocha la tête, pendant que je soulevais mon manteau pour nous y abriter tous les deux. Julianne entoura ma taille de son bras et se lova contre moi, tête baissée. Nous traversâmes l'avenue en courant, slalomant entre les voitures et les flaques d'eau. Julianne étouffa un cri quand une voiture nous frôla et rinça le bas de nos jambes.

En entrant dans le bar, nous étions à bout de souffle et trempés. Le bas de mon pantalon gouttait désagréablement, pendant que Julianne fixait ses ballerines d'un air désolé. Elle décida de les enlever, puis se dirigea vers une table près de la vitre. Elle déposa son bouquet de roses sur la table, puis s'assit.

— Que veux-tu boire ?

— Mon empire pour un chocolat chaud, répondit-elle en claquant des dents.

Elle tritura nerveusement le raphia qui maintenait les tiges entre elles, avant de diriger son regard vers moi.

— J'aurais vraiment aimé que tu restes, dis-je en hélant une serveuse.

— J'ai hésité longuement. J'ai pensé à ta fille, je me suis dit que ce n'était pas très correct de débarquer au petit déjeuner.

— J'aurais pu m'en accommoder.

— Peut-être.

— Deux chocolats, s'il vous plaît, commandai-je à la serveuse. Est-ce que… Est-ce que tu regrettes que nous ayons…

— Regretter ? Non absolument pas ! Je te l'ai dit, je me souviens des moindres détails de cette nuit. L'attirance et le désir ne sont pas des choses qui se contrôlent.

— L'attirance ?

— L'attirance. Tu es très attirant. Physiquement bien sûr, mais aussi… Je ne sais pas. Tu dégages quelque chose qui dit « approchez sans crainte ».

Tu me comprends et tu ne me regardes pas comme une pauvre chose fragile.

Ses lèvres viraient lentement au bleu, malgré la chaleur du bar. Je me levai et glissai mon manteau sur ses épaules, en faisant en sorte que les zones humides ne la touchent pas. Elle m'adressa un sourire qui me réchauffa mieux que n'importe quel chocolat et elle se décala sur la banquette, m'autorisant ainsi à m'asseoir près d'elle.

— Et pour être tout à fait honnête, je n'avais pas ressenti ça depuis des années. Alors, non, je ne regretterai jamais une nuit qui m'a rendue heureuse et m'a fait comprendre que j'étais toujours désirable.

— Tu l'es. Tu es une femme très désirable et, si tu n'as rien à faire de ta nuit, je serai ravi de te frictionner le dos dans un bain bien chaud, murmurai-je à son oreille.

— Parce que tu crois qu'un bouquet de roses et un chocolat suffisent pour m'attirer dans ta baignoire ?

Sa bouche n'était qu'à quelques millimètres de la mienne. Tout mon corps se tendit, pendant que l'air crépitait brutalement autour de nous. Elle avait effectivement raison : le désir — le puissant désir — que je ressentais actuellement ne se contrôlait pas. C'était en elle : dans sa façon de me regarder, dans sa façon de me sourire, dans sa façon de prendre le contrepied de tout ce que je disais. Julianne était un défi à elle seule et je comprenais seulement maintenant qu'elle autorisait peu de personnes à la connaître vraiment.

— Tu es une femme très exigeante.

— Oui, soupira-t-elle. C'est ce qu'on m'a répété une bonne partie de la journée.

Je fronçai les sourcils, sans comprendre. Notre serveuse déposa devant nous nos chocolats fumants. Aussitôt, Julianne entoura la tasse de ses mains et respira profondément l'odeur du cacao.

— J'ai démissionné le mois dernier de mon job de commerciale pour… voler de mes propres ailes, expliqua-t-elle.

— Tu ouvres ta boîte ?

— Pour l'instant, j'en suis au stade où je cherche un local pour travailler. Depuis quelques mois, une collègue m'héberge et je me sers de son salon comme d'atelier, mais je pense qu'elle en a assez de slalomer entre des mannequins en plastique et des rubans de tissu.

— Couture, donc.

— Robes de mariée et robes de cocktail. C'est mon truc, le tulle, le satin, l'organza. J'aime l'idée de créer une robe qui ne sera portée qu'une seule fois. Bref, j'ai longuement hésité avant de me lancer mais, maintenant que c'est fait, j'ai l'impression que la terre entière me met des bâtons dans les roues.

Elle but une gorgée de son chocolat et sembla se réchauffer peu à peu.

— Cette semaine, j'ai visité tout un tas de lieux possibles, mais ça ne va pas : trop petit ou trop cher. Ou sans aucune fenêtre.

— Tu devrais me dire ce que tu cherches exactement, je suis certain que je peux te trouver un local adapté parmi mes contacts.

— Vraiment ?

— Vraiment. Je construis des immeubles et certains ont peut-être ce que tu cherches.

Julianne me dévisagea avec perplexité, puis reprit une gorgée de sa boisson. Je décelai immédiatement un de ses automatismes : prendre la fuite dès que la situation devenait trop sérieuse.

— Ça me ferait vraiment plaisir de t'aider à trouver quelque chose.

— Bien. Alors j'ai besoin de… disons un appartement avec au moins deux chambres. Je transformerai l'une des chambres en atelier et je pourrai y stocker mes tissus. Lumière du jour, bien sûr, et dans le centre-ville. C'est plus simple pour que les clientes viennent essayer.

De ma poche, je sortis mon stylo et pris quelques notes sur la serviette en papier glissée sous ma tasse. Mentalement, je faisais déjà le tour de mes contacts, en particulier ceux qui me devaient une faveur.

— Autre chose ? demandai-je.

— J'ai l'impression de faire ma liste au Père Noël !

— Je ne promets rien, mais je peux essayer. Franchement, ça me donne enfin une bonne raison de te demander ton numéro de téléphone. On va pouvoir faire ce truc incroyable : fixer des rendez-vous !

— Mon agenda est très rempli…

— Je peux prendre des rendez-vous très tard. Ou très tôt, au petit déjeuner.

— Quelle abnégation ! Je suis admirative !

— Et moi je suis sous le charme. D'ailleurs, j'ai une proposition à te faire.

Je repliai la serviette et la glissai dans ma poche. J'enroulai les bras autour des épaules de Julianne et respirai son parfum épicé mêlé à l'odeur âcre de la pluie. Elle posa la tête sur mon épaule et pendant un court instant il me sembla que l'univers tout entier se mettait sur pause. Je me sentais heureux et enfin apaisé. En présence de Julianne, mes tempêtes et questionnements intérieurs se taisaient. Peut-être était-ce une des choses qui me manquaient le plus chez Laura : sa capacité à apaiser mes tourments.

— À quel point est-ce indécent ? demanda finalement Julianne.

— Ça ne l'est pas.

Elle se redressa et, portant la tasse à ses lèvres, plongea son regard noisette dans le mien. Aussitôt, mon cœur s'emballa. Julianne me couvait des yeux, avec bienveillance et impatience.

— Que fais-tu samedi prochain ? demandai-je.

— Je n'ai rien de prévu, pourquoi ?

— Je veux un rendez-vous. Un vrai.

— Avec… avec moi ?

Je pris sa main dans la mienne et l'embrassai avec douceur. Un délicieux frisson la parcourut, et elle retint son souffle. J'embrassai chacun de ses doigts, satisfait de la voir se pincer les lèvres à chaque nouveau baiser.

— Le désir, ça ne se contrôle pas, chuchotai-je.

— Je croyais que tu étais un vieux chaste ?

— Oui, j'étais. Alors, ce rendez-vous ?

— Mais… Enfin… Je ne sais pas, c'est bizarre, non ? Je veux dire, on a déjà… Enfin, tu me connais bibliquement maintenant, je ne suis pas certaine que nous ayons besoin de repasser par l'étape rendez-vous.

— Bien sûr que si. Ça s'appelle créer des souvenirs. C'est très agréable, tu verras. Je peux venir te chercher samedi, vers 14 heures ?

— 14 heures ? !

— 14 heures. Nous avons un peu de route. Cecilia sera avec nous.

Elle secoua la tête et posa son mug sur la table. Je m'inquiétais. Peut-être avais-je été trop confiant. Concernant Cecilia, je n'avais envisagé que le point de vue de ma fille et j'étais parti du principe qu'elle serait ravie de me voir avec quelqu'un. Je n'avais pas anticipé la réaction de Julianne.

— Tu vas me présenter à ta fille ? m'interrogea-t-elle.

— Elle fait partie de ma vie et, logiquement, si tu souhaites faire partie de la mienne, il faut que vous appreniez à vous connaître.

— Mais… Cooper, je suis vraiment touchée, mais tu n'as pas l'impression d'aller trop vite ?

— Je ne veux plus perdre de temps. Ta présence

me fait du bien. Tu me fais du bien, je ne vois pas pourquoi je devrais attendre. Je ne vois pas pourquoi nous devrions attendre.

Elle tenta de répondre, mais les mots restèrent coincés dans sa gorge. Les mains serrées autour de son mug, elle fixait la table, partagée entre affolement et incompréhension. Elle devait sûrement réaliser, aussi, qu'elle perdait le contrôle de nos rencontres et de notre relation. Le hasard, qu'elle chérissait tant, était désormais remplacé par moi.

— Et si je veux être vraiment franc avec toi, je pense que quand je dis que je suis sous le charme je suis très loin de la vérité. Je suis en train de tomber amoureux de toi, Julianne. Et ça non plus, ça ne se contrôle pas !

Elle cacha le visage dans ses mains et y étouffa un soupir. Progressivement, elle me laissa voir ses yeux, puis son sourire et enfin tout son visage. Mon inquiétude grandit. Je venais de lui dire ce que j'avais sur le cœur, de lui avouer ce que je ressentais pour elle et elle semblait sonnée. Je poursuivis, incertain :

— Dis-moi que tu…

Elle hocha la tête, essayant, sans y parvenir, de retenir son enthousiasme et sa joie.

— C'est d'accord, dit-elle d'une voix étranglée.

— Pour samedi ?

Nous avions l'air de deux adolescents perdus dans leurs premiers émois. À nos âges, nous aurions dû être rationnels, sous contrôle, calmes. Mais ce que nous ressentions était trop puissant et trop inattendu pour être canalisé. Mon cœur, plus du tout habitué à ressentir ce genre d'émotion, me faisait mal et semblait vouloir bondir hors de ma poitrine. À l'inquiétude succéda la joie brute et entière.

— Pour samedi, répéta-t-elle. Pour le rendez-vous.

Je la pris dans mes bras un peu maladroitement, gêné par la banquette et la table. Ses cheveux humides caressèrent mon visage, pendant que je plongeais le nez dans son cou. Je l'embrassai doucement et je l'entendis exhaler un soupir heureux. J'étais tenté de la ramener chez moi, de lui faire l'amour dans ma chambre ou dans la baignoire, de l'aimer jusqu'à l'oubli mais je voulais respecter mon plan.

Quand Julianne s'écarta, elle prit mon visage entre ses mains et posa délicatement sa bouche contre la mienne. Sa langue flirta avec mes lèvres et notre baiser devint plus profond et langoureux. Julianne me retint contre elle jusqu'à ce que le souffle lui manque.

Elle souda le front contre le mien, hors d'haleine et les lèvres gonflées. En riant, elle passa le pouce sur les miennes.

— Rouge à lèvres.

— Vertu préservée, répondis-je automatiquement.

— Vraiment ? Je suis un peu déçue.

— Je vais te raccompagner chez toi. Avec un baisemain. Mais je me réserve le droit de t'embrasser à nouveau.

— D'accord.

Nous finîmes nos boissons d'un trait. Je réglai

l'addition et me levai de la banquette. Je tendis la main vers Julianne, l'aidant à s'en extirper. Elle réajusta mon manteau sur ses épaules et nos doigts s'entremêlèrent. Julianne prit son bouquet de roses de l'autre main et nous quittâmes le bar, constatant que la pluie avait eu le bon goût de cesser. Nous rejoignîmes ma voiture, garée deux blocs plus loin.

— Tu n'y couperas pas, tu vas devoir me dire où tu habites.

Un petit sourire flotta sur ses lèvres. Elle hocha la tête et me donna les premières indications. Notre conversation se limita à ça : Julianne me renseignant sur la direction à prendre et moi, qui la faisais parfois répéter. Ce n'est qu'au bout de quinze minutes de dédales dans Portland que je compris pourquoi le sourire de Julianne persistait.

— Nous avons tourné en rond, constatai-je en revenant à cent mètres du bar que nous avions quitté.

— Tu avais l'air tellement content de me raccompagner.

— Je suis surtout content de voir où tu habites.

Je me tordis le cou pour admirer son immeuble. Avec mon œil d'architecte, je décelai rapidement qu'il avait été construit dans les années 1970, dans un style plutôt banal, loin des exigences environnementales actuelles.

— Je te raccompagne à ta porte.

Je me garai tant bien que mal, me réfugiant derrière la très pratique excuse du « cinq minutes, pas plus ». Je descendis de ma voiture et, galamment, courus ouvrir à Julianne. À nouveau, je pris sa main et la laissai me guider jusque chez elle, mon manteau toujours calé sur ses épaules.

— J'habite au troisième, m'expliqua-t-elle quand nous fûmes devant la porte de l'immeuble.

Lentement, elle recula contre le mur puis libéra ma main, mais je suivis le mouvement, hypnotisé par son regard mordoré et chaud. J'appuyai la main à côté de sa tête, constatant que la poitrine de Julianne se soulevait de plus en plus vite. Nos bouches se frôlèrent et Julianne sembla s'abandonner à moi, alanguie contre le mur. Du dos de la main, je caressai sa joue et descendis lentement le long de sa gorge, jusqu'à atteindre le haut de sa poitrine. Elle exhala un soupir impatient et ferma les yeux.

Ma bouche trouva la sienne et je pressai mon corps contre le sien. Nos langues bataillèrent l'une contre l'autre, muées par un désir violent et réciproque. Julianne lâcha son bouquet de roses, qui s'écrasa à nos pieds, et enroula les bras autour de ma nuque. Chacune de ses courbes épousait mon corps et un désir brûlant nous enveloppa. Il n'y avait rien de chaste, ni de contrôlé dans ce baiser : il n'était qu'excitation, que contact, qu'envie de rester l'un avec l'autre.

— Monte, murmura-t-elle, comme une supplique.

— Non. Je… Je te vois samedi.

J'étais hors d'haleine, tourmenté par notre baiser, par le désir et par ma volonté de me tenir à mon plan. Julianne m'embrassa à nouveau, pour me convaincre. Mon manteau glissa au sol et mes mains passèrent sous son chemisier pour caresser son dos. Elle se cambra contre moi et une de mes mains parcourut son ventre pour remonter lentement vers sa poitrine gonflée.

— Je veux te sentir contre moi, souffla-t-elle.

Ses mains caressèrent mon torse. Je vacillai en avant, me maintenant avec le bras. Julianne en profita pour embrasser mon cou, puis ma nuque, me faisant douter de ma décision.

— S'il te plaît, gémit-elle.

— Je dois rentrer.

Il me fallut réunir toute ma volonté éparpillée entre Julianne et moi pour reculer. Le souffle court et le sexe en érection, je parvins à faire deux pas en arrière pour m'arracher à la tentante proposition de Julianne.

— On se voit samedi.

— Tu es coriace, dit-elle en riant.

— Je ne crois pas. J'essaye de trouver une bonne raison de refuser de monter au troisième étage. Si tu peux m'aider…

— L'ascenseur est en panne, mon lit est très inconfortable, mon réfrigérateur est vide.

J'éclatai de rire, pendant que Julianne s'agitait devant moi, réajustant son chemisier sur sa poitrine. La regarder et deviner ses courbes anéantissaient ses maigres arguments. Je ramassai mon manteau et lui rendis ses fleurs.

— À samedi, murmurai-je en lui volant un ultime baiser.

— À samedi.

Je m'éloignai à contrecœur, mais persuadé d'avoir pris la bonne décision. Julianne composa son code d'entrée et je me souvins d'une question qui m'avait hanté toute la journée.

— Julianne ?

— Oui ?

— Chocolat noir ou chocolat au lait ?

Elle se figea une seconde, surprise par ma question.

— Lait, avec des noisettes.

Nous échangeâmes un dernier sourire et je retournai à ma voiture, m'assurant que la lumière éclairait bien le troisième étage de l'immeuble. Mon manteau était imprégné du parfum de Julianne. Je le portai à mes narines et me maudis à nouveau : pourquoi avais-je refusé de la suivre dans cet appartement ?

Le lundi suivant, je retrouvai ma fille en cuisine, s'affairant devant un plat de crevettes à l'ananas. Le livre de cuisine de sa mère était ouvert devant elle et, de l'index, elle suivait les indications de la recette, sourcils froncés et tablier noué autour du cou.

Je plongeai un doigt dans la sauce et récoltai aussitôt une tape sur l'avant-bras.

— C'est prêt dans quelques minutes, protesta-t-elle.

— Ça sent tellement bon, je n'ai pas pu m'en empêcher.

Je déposai un baiser sur son front, puis retirai ma veste et ma cravate. Je consultai le courrier sur le plan de travail, observant ma fille du coin de l'œil. Depuis plusieurs jours, je reculais le moment où j'allais devoir lui parler de Julianne. Je refusais de la mettre devant le fait accompli samedi et je voulais m'assurer qu'elle était d'accord.

Si Cecilia faisait preuve de réticence, j'annulerais mon rendez-vous avec Julianne. Je m'en étais fait la promesse. J'avais tellement eu peur de perdre ma fille que je refusais maintenant de prendre le moindre risque.

— Quoi de neuf au collège ? demandai-je.

— Rien de particulier. Il fait un froid de canard, car le chauffage a lâché dans toute une partie du bâtiment.

Elle remua les crevettes avant d'allumer le gaz sous le wok. Elle y versa des légumes et d'un geste étonnamment souple elle les fit sauter avec un trait de sauce soja.

— Tu es douée, la complimentai-je.

— J'aime ça, en fait. Je ne sais pas si c'est à cause du livre de maman ou…

— C'est toi. Même en suivant ce livre, ta mère ne parvenait jamais à faire un truc mangeable. Quant à moi, je n'ai même jamais essayé !

Je sortis des assiettes et des couverts et les installai sur le bar. Je me servis un verre de vin blanc et m'assis sur le tabouret, cherchant un moyen d'aborder le sujet Julianne. Je fis naviguer mon regard dans la pièce et tombai sur le fameux carton donné par ma mère à Cecilia.

Je me relevai et lançai le lecteur de cassette, sous le regard surpris de ma fille. Le son grattant de la cassette combla le silence et les voix de Simon et Garfunkel emplirent la cuisine.

— Il reste des objets dans le carton ? demandai-je en me dirigeant vers le carton en question.

— Non. J'ai tout vidé. Il restait des livres, une écharpe et un collier. J'ai tout mis dans ma chambre, cela ne t'ennuie pas ?

— Absolument pas. C'est bien que tu gardes ces souvenirs.

Je soulevai le carton et entrepris d'en rabattre les pans pour le jeter à plat dans la poubelle. Lorsque je le pliai une photo glissa au sol. Je la ramassai et revins au bar, découvrant ce qui avait été une de nos premières photos familiales. Ma fille goûta sa sauce pour les crevettes, jeta des nouilles dans le wok et me rejoignit pour regarder la photo qui me fascinait depuis quelques minutes.

— C'est toi, dans les bras de ta mère, à la maternité, expliquai-je.

Jackson, Annah, mes parents, nos amis et moi, nous étions installés autour du lit de Laura qui tenait notre fille tout juste née dans le creux de ses bras. Une infirmière avait eu la gentillesse d'immortaliser le moment avant de nous flanquer dehors, estimant qu'être vingt dans la chambre d'une femme avec son nouveau-né n'était pas vraiment acceptable.

— C'est Jackson ? demanda-t-elle en riant.

— Oui. C'était avant qu'il coupe ses cheveux. Il revenait d'un périple en Inde, je crois.

Mon associé, la mine bronzée, avait le bras autour de ma sœur, qui souriait largement. Mes parents, de l'autre côté, couvaient Cecilia du regard. J'eus un instant de tristesse en réalisant que mon père était décédé quelques semaines après, foudroyé par une attaque cardiaque. Nos amis étaient étalés sur le lit, hilares. Au vu de leurs têtes, il était facile de deviner que la photo avait été prise tard dans la nuit.

Nous rayonnions tous de bonheur.

Pourtant, dans les yeux de Laura, on voyait clairement une pointe d'inquiétude, mal masquée par un sourire forcé. Ce regard ne l'avait plus quittée jusqu'au jour de sa mort.

— Là c'est Mark et Maggie, dis-je en les montrant sur la photo. Thomas, Jenn, Sean, Diane. Ils sont tous venus. Ta mère a eu des contractions alors que nous étions dans cette maison, à choisir la couleur du papier peint de ta chambre. Elle a perdu les eaux et nous avons rejoint la maternité en voiture, aussi vite que possible.

Ma voix s'éteignit, comme si je réalisais que cette chevauchée automobile avait représenté nos derniers moments heureux et insouciants. Laura avait été d'un calme olympien pendant que je m'étais cramponné au volant et avait méprisé une bonne partie du code de la route. Elle m'avait demandé si j'étais nerveux. En fait, j'étais juste terrifié.

— Nous étions impatients de te rencontrer, expliquai-je d'une voix étranglée à ma fille.

Elle fronça les sourcils et décela immédiatement mon demi-mensonge. La naissance de Cecilia avait marqué la fin des souvenirs exclusivement heureux.

— Mauvais souvenir ? demanda ma fille.

— Ta naissance est un très beau souvenir. Ta mère a été héroïque, pendant que j'ai fait comme tous les pères : j'ai paniqué. Tu es née à 21 h 14, ça je m'en souviens parfaitement. L'infirmière t'a posée sur la poitrine de ta mère et je me suis dit que jamais je ne l'avais autant aimée.

Les yeux de ma fille s'embuèrent de larmes et elle les tamponna du bout des doigts. De l'index, je dessinai le contour du visage de Laura. Je revoyais sa main prévenante sur le crâne de notre fille, la douceur de son regard, l'apaisement de son visage.

— Ensuite, dis-je en reniflant, nous nous sommes disputés sur le prénom que nous allions te donner.

Cecilia laissa échapper un gloussement et son visage triste se fendit d'un sourire complice.

— Nous n'avions pas réussi à trouver un prénom. Je crois que ta mère prenait un malin plaisir à refuser toutes mes propositions. Dans la voiture qui nous amenait à la maternité, il y avait cette chanson, expliquai-je en désignant le lecteur de cassette. Je savais que Laura adorait cette chanson, alors nous t'avons appelée Cecilia.

Ma fille me sourit et dodelina de la tête au son de la chanson. Cette musique avait toujours su me mettre de meilleure humeur, loin des difficultés du deuil et de ma tristesse. J'avais un attachement particulier à cette musique.

— Et ensuite ?

— Ensuite… Nous avions découvert la leucémie de ta mère au cours des examens du troisième mois. Les analyses étaient mauvaises et les médecins auraient souhaité interrompre la grossesse pour soigner au mieux ta mère.

Cecilia s'assit près de moi et prit une profonde inspiration. Je serrai ma main dans la sienne et posai la photo à plat, entre nos deux assiettes installées.

— Ta mère avait refusé en promettant de commencer le traitement après ta naissance. Ta naissance a marqué la fin du sursis. Désormais, nous étions forcés d'affronter le problème. Après cette photo, Laura a été voir un oncologue pour commencer le protocole de soin.

Cecilia me fixa avec intensité. Elle réfléchissait à ce que je venais de dire. Elle reprit la photo entre ses mains et se concentra sur le visage de Laura. Ce jour-là, notre vie avait basculé deux fois : nous avions été ivres de bonheur, puis nous avions appris à quel point Laura devrait se battre. Sur la photo, on décelait les deux émotions : le sourire et les cernes bleutés.

— Mais si maman avait décidé de suivre son traitement dès le départ…

Sa phrase resta en suspens, comme autant de suppositions et de « et si » que j'avais moi-même formulés. Et si elle n'avait pas été enceinte ? Et si elle avait choisi de commencer ce traitement ? Et si elle avait été diagnostiquée plus tôt ? Et si j'avais su voir les premiers symptômes ?

— Ôte-toi ce genre de question du crâne. D'après les médecins, ta mère était malade depuis longtemps. Interrompre la grossesse lui apparaissait comme une punition supplémentaire.

Je pris ma fille dans mes bras, espérant que mon étreinte étoufferait ce début de culpabilité. Cecilia n'avait pas à se sentir coupable, elle était la récompense à toutes nos souffrances.

— Tu sais danser ? demandai-je dans un élan spontané.

— Non. Et j'ai vu la vidéo, papa, je sais que tu danses très très mal !

Je l'entraînai vers le salon et, sur les dernières notes de Simon et Garfunkel, nous esquissâmes quelques maladroits pas de danse. Ma fille retrouva son sourire lumineux et je parvins à chasser la boule de chagrin qui m'étouffait. Je trébuchai sur le tapis, Cecilia se cogna dans un des guéridons, mais son rire éradiqua les dernières bribes de tristesse de notre conversation. J'avais toujours été un mauvais danseur, mais, avec ma fille — comme avec Julianne — je réussis à coordonner mes membres.

— Depuis quand n'as-tu pas dansé ? demanda

finalement ma fille alors que nous nous réinstallions au bar de la cuisine.

— C'est récent. C'était à Barview.

— Avec Mark et Maggie ?

— J'ai conservé une certaine dignité et je danse sans aucun témoin. Non, j'ai dansé avec une femme.

Ma fille retourna à ses préparations et en coupa la cuisson. Elle prit nos assiettes et nous servit copieusement. Dans ma poitrine, mon cœur manqua un battement. J'étais prêt à tout dire à Cecilia, mais j'appréhendais sa réaction. Elle déposa les assiettes sur le bar et en un regard m'encouragea à poursuivre.

— C'est une femme que j'ai vue plusieurs fois et… Enfin, la semaine dernière, je lui ai proposé de se joindre à nous pour le week-end.

— À Barview ?

— Je n'ai pas vraiment été précis sur l'objet du week-end. Elle a accepté.

— Comment s'appelle-t-elle ?

— Julianne. Elle crée des robes et… Bref, je l'apprécie vraiment beaucoup et…

— Papa, tu es en train de rougir et tu tripotes nerveusement ton verre. Elle te plaît ? Je veux dire, vous… comment dit-on à ton âge ? Vous vous… voyez ?

J'encaissai la remarque sur mon âge avec plaisir. Cecilia ne semblait pas le moins du monde choquée par mon aveu et s'avérait friande des détails de ma vie amoureuse. Elle piqua une crevette au bout de sa fourchette, me fixant avec avidité.

— On se voit. Donc, pour ce week-end, ça ne t'ennuie pas ?

À mon tour, je piquai quelques légumes, attendant avec fébrilité la réponse de ma fille.

— M'ennuyer ? Non ! J'ai même hâte de voir la tête de grand-mère quand elle va te voir avec elle.

Je stoppai mon geste aussitôt. Mon plan parfait connaissait déjà sa première faille : affronter ma mère et faire en sorte qu'elle reste calme et mesurée en présence de Julianne. Mission impossible.

— Je veux voir ça, poursuivit ma fille en tendant un index menaçant vers moi. Et je veux te voir danser aussi.

— Merci de me donner le coup de grâce. Et en plus ton plat est délicieux ! Tu es sûre d'avoir suivi la recette ?

— À la lettre.

Elle pressa la main contre la mienne et me sourit chaleureusement.

— Parle-moi d'elle, m'encouragea ma fille. Comment est-elle ?

— Belle, drôle, intelligente, insaisissable. Imprévisible… Imprévue.

— Tu rougis encore !

— Encore une remarque et j'annule toutes tes sorties jusqu'à nouvel ordre !

— Je ne dis plus rien ! Mais j'ai hâte d'être à ce week-end !

Son enthousiasme me fit sourire. Je m'inquiétais cependant des implications de ce rendez-vous avec Julianne. J'étais resté volontairement flou pour ne pas la faire paniquer. Maintenant, c'était moi qui paniquais : je n'avais pas anticipé les réactions disproportionnées de ma mère et je les redoutais.

Toute la semaine, je m'évertuai à ne pas trop penser à Julianne. Pourtant, chaque matin, un peu avant 11 heures, je tentais d'imaginer son visage heureux. Je savais qu'elle finirait par comprendre ce que je mijotais.

En fin de semaine, je bouclai ma valise et m'assurai que Cecilia avait bien fait la sienne. Lee l'avait ramenée à une heure décente le vendredi soir et il me donnait la sensation d'être un jeune homme plutôt sérieux.

Du moins, jusqu'à ce que je découvre un T-shirt des Sex Pistols plié sur le lit de ma fille.

— C'est à Lee, avait-elle expliqué, les yeux brillants.

— Je me doute. Ma question est : comment ce T-shirt est-il arrivé ici ?

— Il me l'a donné.

— J'ai besoin d'un peu plus d'explications : est-ce qu'il te l'a vraiment donné ou est-ce qu'il a décidé de le retirer devant toi pour te le donner ?

— Papa ! Il me l'a juste donné ! Qu'est-ce que tu imagines ?

— Je sais comment le cerveau d'un adolescent

fonctionne. Je sais que ça va te paraître bizarre, mais j'ai été un adolescent, moi aussi.

— Papa, je suggère que… que tu ne poses pas ce genre de question. Et je ferai la même chose avec Julianne et toi.

— Julianne et moi sommes des adultes.

— Tu expliqueras ça à Myra qui m'a fait tout un discours sur la découverte de la vie sexuelle après avoir trouvé un emballage de préservatif coincé sous un coussin du canapé !

Elle avait croisé les bras sur sa poitrine et avait attendu patiemment un début d'explication. Mon silence avait parlé pour moi et j'avais battu en retraite. J'allais donc devoir faire comme si Lee n'avait pas de pensées déviantes pour ma fille. Et plus jamais je ne regarderais Myra dans les yeux !

Le samedi, Cecilia m'informa qu'elle allait à Barview avec Jackson et Annah. Apparemment, il était bien plus « fun » de faire la route avec eux et en voiture de sport, plutôt que de m'accompagner en berline. Je la soupçonnais surtout de vouloir me laisser seul avec Julianne pour affronter les deux heures de route.

— Je serai chez grand-mère quand tu arriveras, me rappela-t-elle sournoisement.

— Bien. Je te dépose chez Jackson ?

— S'il te plaît.

Son sourire s'élargit et je vis clairement qu'elle avait comploté avec ma sœur et mon associé. Dans cette famille, garder un secret — tenter de le préserver en tout cas — était impossible.

J'abandonnai Cecilia devant l'immeuble de Jackson. Après m'être assuré qu'elle était bien avec lui, je demandai au chauffeur de rejoindre le centre-ville de Portland. J'étais pressé de revoir Julianne et d'avoir son sentiment sur la semaine qui venait de s'écouler.

J'indiquai au chauffeur de se garer dans la rue et m'assurai que les derniers détails de mon plan étaient sous contrôle avant d'aller sonner à la porte de son immeuble. Une fenêtre s'ouvrit au-dessus de ma tête et Julianne apparut, rayonnante, pinçant ses lèvres rouge vif pour faire adhérer le maquillage. J'avais tout de même en tête la perspective de le lui retirer d'une manière ou d'une autre.

Quelques minutes plus tard, elle se matérialisa devant moi, époustouflante dans une robe fleurie et légère, en total désaccord avec la saison.

— Salut, lança-t-elle. Joli smoking !

Elle se hissa sur la pointe des pieds et déposa un baiser à la commissure de mes lèvres. J'enroulai le bras autour de sa taille et la retins contre moi pour un vrai baiser.

— Salut, murmurai-je contre sa bouche. Tu es très jolie.

— Faite spécialement pour l'occasion.

Elle tourna sur elle-même, me laissant entrevoir ses jambes quand la robe voleta autour d'elle. Avec un air malicieux, elle sortit une rose, dont elle avait coupé la tige, de son sac. Elle la glissa dans ses cheveux et arqua un sourcil conquérant.

— J'ai compté, il y a bien eu cinq bouquets. Et le dernier était vraiment… indécent.

— C'était le but.

— Et les roses sont mes fleurs préférées, c'était vraiment touchant. Même si j'ai dû racheter des vases pour les mettre partout dans l'appartement. On y va ?

— Il faut que tu fasses une valise.

Son enthousiasme retomba comme un soufflé, mais elle ne posa pas plus de questions et retourna à son appartement en chaloupant des hanches. Elle revint quelques minutes plus tard, avec un sac de voyage. Je le lui pris aussitôt et, une main dans le bas de son dos, je la conduisis à la voiture.

— Tu n'as pas peur d'avoir froid ? demandai-je alors qu'elle retirait son gilet.

— Tu me prêteras ton manteau et j'avais vraiment envie de mettre cette robe. Maintenant, si tu me dis que tu m'amènes faire de la randonnée en montagne, je vais tout de suite troquer mes talons pour des chaussures adaptées.

— Non, rassure-toi. C'est un vrai rendez-vous, pas un traquenard.

— Je n'y crois pas une seule seconde, dit-elle en riant.

Elle s'arrêta net devant la voiture et son rire s'intensifia. Elle regarda partout autour d'elle, avant d'étouffer son rire violent dans le creux de sa main.

Quand enfin son regard se porta sur moi, je ne vis que de l'admiration, rehaussée de désir. À cause de ce seul regard, j'aurais pu tout fiche en l'air et la ramener chez moi pour le week-end.

— Tu as loué une limousine ?

— Oui. Uniquement jusque chez moi, où je reprendrai ma voiture. La limousine n'est pas adaptée pour les longs trajets.

— Et où va-t-on exactement ?

— À notre premier rendez-vous. Je te promets que ça sera aussi bien que ce qu'on avait imaginé.

J'ouvris la portière de la limousine et Julianne s'installa avec ce rire nerveux qui semblait ne plus vouloir la quitter. Elle lissa sa robe avec précaution, et je m'assis à mon tour, face à elle. Normalement, le trajet jusque chez moi ne devait pas prendre plus de vingt minutes. Toutefois, j'avais demandé au chauffeur de nous balader dans la ville pour faire durer l'expérience une heure.

Je nous versai du champagne dans deux flûtes et entrechoquai nos verres. Julianne me dévisageait avec curiosité, perdue dans ses réflexions. La voiture démarra et notre promenade dans Portland débuta.

— J'essaye de me souvenir de tout ce qu'on s'est dit ce soir-là, m'expliqua-t-elle finalement. Les roses, la limousine… C'est très frustrant, des détails m'échappent.

— C'est l'inconvénient des rendez-vous imaginaires !

— Je n'y voyais pour l'instant que des avantages :

il n'y a aucune déception dans les rendez-vous imaginaires. Ils sont toujours parfaits !

— Tu penses donc que ce rendez-vous-là ne sera pas la hauteur ?

— Je crains qu'il le soit. Comment vais-je faire pour jouer les effarouchées quand j'ai juste envie de te retirer cette cravate et cette chemise dans cette limousine ?

Je remuai sur mon siège et elle constata ainsi les effets de ces mots sur mon entrejambe. Il y avait quelque chose de profondément sensuel chez Julianne, dans sa façon de décrire exactement ce qu'elle voulait me faire. Je n'avais jamais eu l'occasion de me confronter à ce type de femmes. Avec Laura, j'avais toujours pris les devants ; elle n'était pas le genre de femmes qui exprimait si clairement son désir. Julianne but une gorgée de son champagne, sans jamais baisser les yeux.

— Si tu m'as demandé de faire une valise, c'est que nous allons forcément passer la nuit ensemble.

— Ensemble ne veut pas dire dans le même lit !

Elle eut un nouveau rire, puis leva son verre dans ma direction.

— Et elle apprit ainsi le sens du mot *frustration.* Bien joué, Cooper.

Je sortis du minuscule réfrigérateur sur ma gauche ce que j'avais préparé ce matin même. Julianne posa sa flûte et ouvrit la bouche, sans pouvoir pourtant émettre un son.

— Pique-nique, murmura-t-elle. Ni indien…

— … ni mexicain. Sandwich au saumon fumé et rondelle de pomme verte. Ceux-ci sont au fromage. Du raisin pour le dessert et je dois avoir aussi du chocolat au lait avec des noisettes.

— Personne ne va me croire ! protesta-t-elle dans un rire. De quelle planète viens-tu ?

— J'avais envie de te faire plaisir, envie de te faire comprendre qu'avec toi je n'ai plus envie de fuir ni de me cacher derrière le fameux « c'est une longue histoire ».

Son rire s'éteignit et, soudainement, elle s'installa sur mes genoux, indifférente au plateau de sandwichs qui menaçait de tomber. Émue, elle prit mon visage en coupe et frotta son nez contre le mien avant de murmurer :

— Où étais-tu ? Où étais-tu quand j'étais si triste que j'ai songé à en finir ? Où étais-tu quand me lever le matin était une épreuve insurmontable ?

— Je suis là, chuchotai-je.

Mes mains parcoururent la peau nue de son dos, pendant qu'elle nichait la tête dans mon cou pour une tendre étreinte. Julianne gémit contre ma peau et, aussitôt, une vague de désir naquit dans le bas de mon ventre. La sentir sur moi était érotique et presque insoutenable.

— Touche-moi, m'intima Julianne.

— Pas ici !

— S'il te plaît. Quand tu me touches, j'oublie le reste. Peut-être que tu ne le réalises pas encore, mais dès que tu poses les mains sur moi, je me sens vivante, entière. J'ai besoin que tu me touches.

Sa bouche s'écrasa contre la mienne. Il y avait de l'urgence dans son baiser, un besoin viscéral de sentir mon corps contre le sien. Le désir était là, mais il y avait autre chose : l'envie de se sentir vibrer, le besoin de savourer notre histoire, la sensation de joie pure encore plus appréciable quand vous aviez connu un chagrin insurmontable.

— Touche-moi, répéta-t-elle.

Mes paumes parcoururent son corps, cheminant sur ses reins, ses fesses, puis ses cuisses. Julianne embrassait ma nuque, tout en se débattant avec ma cravate trop serrée. Elle finit par tirer d'un coup sec dessus, puis ouvrit un à un les boutons de ma chemise avec un sourire sexy. Je passai les mains sous sa robe et grognai quand sa cuisse frotta contre mon érection.

— Ne bouge plus ou je vais jouir dans mon pantalon.

Elle se mordit la lèvre, ravie de son effet, avant d'onduler lascivement au-dessus de moi. Puis elle tira sur les pans de ma chemise pour les dégager de mon pantalon et posa les mains sur mon torse, avec l'air ravi d'un conquistador atteignant l'eldorado. La rose coincée dans ses cheveux tomba au sol et quelques mèches de son chignon sophistiqué s'échappèrent de leur carcan.

Mes doigts galopèrent sur sa cuisse nue. Julianne se souleva légèrement, me permettant d'atteindre son entrejambe humide. Je pressai les doigts dessus et la caressai doucement. J'observai ses traits passer de la frustration au soulagement. Ses yeux brillaient d'excitation et son visage rayonnait. Très vite, je l'entendis haleter et nos bouches se retrouvèrent dans un baiser aussi violent que notre désir. Julianne pressa sa paume contre mon cœur. Nul doute qu'elle devait le sentir vibrer et frapper contre sa main. J'étais dans l'oubli, dans ce délicieux moment entre deux personnes qui occultent ce qui les entoure pour vivre dans leur bulle, en faisant taire les douleurs du passé. J'écartai le tissu de sa culotte et ma main se posa directement sur son intimité chaude et trempée.

Elle étouffa un cri dans ma bouche et murmura mon prénom dans une prière. Mon sexe me faisait mal et réclamait du soulagement, mais cette étreinte n'était que pour elle. Mes doigts glissèrent le long de ses lèvres, dans un mouvement doux. Julianne se cambra, gémit longuement, comme si son attente était enfin comblée. J'embrassai sa gorge, le haut de son décolleté. J'enfonçai deux doigts en elle, lui arrachant un râle de plaisir.

— Ça va ? demandai-je.

— À ton avis ?

Elle ondula lentement, le souffle court et un sourire lascif aux lèvres, pendant que mes doigts bougeaient en elle. J'accentuai le rythme, me synchronisant avec le mouvement de ses hanches. Lui faire l'amour dans cette limousine, sans aucune protection, n'était pas possible. J'en étais déçu, mais la faire jouir avec mes doigts, la sentir trembler pour moi me satisfaisait pourtant. Je refoulai la douleur palpitante de mon sexe et me concentrai sur elle.

Mes doigts la pénétraient maintenant de plus en plus vite. Son souffle n'était plus qu'un sifflement. Soudain, elle bascula en avant et souda son front au mien. Elle ferma les yeux un court instant et son corps se tendit comme un arc pendant qu'elle se mordait la lèvre pour retenir un cri. Elle se détendit aussitôt et, hors d'haleine, déposa un baiser sur mes lèvres.

— Et il comprit tout le sens du mot *frustration*, plaisanta-t-elle.

Je me réajustai sur le siège. Mon sexe était comprimé et douloureux. Voir son visage s'apaiser et son air extatique était fabuleux. Savoir que c'était moi qui l'avais fait jouir était un vrai péché d'orgueil.

Je remis sa culotte et sa robe en place. Avec ses joues rouges et sa coiffure défaite, elle donnait l'impression d'avoir commis une effroyable bêtise, comme le chat qui mange le canari sans se faire prendre.

Avec un grand sourire aux lèvres, elle récupéra un sandwich et mordit dedans à pleines dents. Je reboutonnai ma chemise et refis mon nœud de cravate.

— Cooper, il faut qu'on te trouve un défaut. Un truc qui soit si terrible que ça me ramène sur Terre.

— Je suis un acharné de travail. En tout cas, c'est

ce que tout le monde dit. Je n'aime pas parler de ce que je ressens. Oh ! et je cuisine très mal.

— Je parle de vrais défauts, Cooper. Genre l'avarice. Mais vu ce que tu viens de me faire je ne peux même pas tenter de croire que tu es avare, dit-elle en riant.

— Il faudrait peut-être demander à ma fille alors. À son âge, elle a une objectivité toute particulière.

— Je le ferai. Tu ne veux toujours pas me dire où on va ?

— Tu le devineras très vite.

Elle baissa les yeux vers le sol et resta silencieuse de longues minutes. Elle ramassa la rose tombée et la remit dans ses cheveux. En désespoir de cause, elle retira deux épingles de son chignon et laissa cascader ses boucles sur ses épaules.

Je ne me lassais pas de la regarder, de m'attarder sur les petits détails de sa silhouette : ses lèvres pulpeuses, la fossette délicate sur sa joue droite, le grain de beauté sur son épaule, sa façon de croiser les chevilles, comme une jeune fille bien élevée.

— Et donc, après quelques minutes, ils ne surent pas quoi se dire.

— Je me contente de te regarder.

— Et ?

— Et il y a encore des choses que je découvre sur toi.

— Et ?

— Et j'aime chacun des détails que tu me laisses

entrevoir. C'est comme si… comme si tu m'accordais le droit de les découvrir, comme si je les méritais.

— Cooper : une limousine, du champagne, un pique-nique, des roses et un orgasme incroyable… Évidemment que tu le mérites. Mais je ne le ferais sûrement pas si je n'aimais pas la façon dont tu me regardes.

— C'est-à-dire ?

— Comme un homme regarde une femme désirable. Je le sens tout de suite. Même quand tu crois que je ne le vois pas. Ton regard me rend heureuse et le sentir sur moi suffit à me faire sourire. Alors, oui, je te laisse entrevoir celle que je suis, parce qu'il y a de fortes chances que je sois amoureuse de toi, moi aussi.

Elle m'annonçait ça avec un calme incroyable. Elle aurait pu me le dire lors de notre dernière soirée, lorsque je lui avais dévoilé mes sentiments, ou le crier lors de notre étreinte brûlante dans cette voiture. Mais elle avait préféré attendre que la tension entre nous soit apaisée pour me l'annoncer, droit dans les yeux.

Encore une nouvelle facette de Julianne que je découvrais avec bonheur.

— De fortes chances ? répétai-je.

— J'attends de voir le bouquet de demain.

— Où étais-tu ?

— Dans un endroit très sombre. Tu n'aurais jamais pu me trouver, c'est pour ça que j'ai fini par débouler sur le toit de l'hôtel. J'ai décidé de me sauver moi-même.

— Tu m'as sauvé, moi.

Nous échangeâmes un sourire entendu. À nous deux, nous étions parvenus à éloigner les zones d'ombre qui grignotaient nos vies respectives. Évidemment, il restait des cicatrices, mais quand je regardais Julianne j'avais la sensation de revivre.

La limousine sortit de Portland et nous rejoignîmes ma maison. En la découvrant, de jour, Julianne émit un sifflement appréciateur. Les rayons du soleil tombaient sur le lac et faisaient scintiller sa surface. Malgré la température fraîche, la vue sur les forêts environnantes, associée au calme de l'endroit, était fascinante.

— De jour, c'est encore plus impressionnant, commenta Julianne, son sac de voyage à ses pieds. Tu es sûr que nous devons prendre la route ?

— Tu préférerais rester profiter du soleil ici ?

— Je voudrais surtout créer une robe, voire deux ! C'est vraiment magnifique.

— Attends-moi ici, je vais chercher la voiture.

Je déposai un baiser furtif sur ses lèvres, qui la surprit. Elle me lança un regard stupéfait qui s'adoucit quand je l'embrassai à nouveau.

— Nouveau rituel, murmurai-je.

— Nouveau rituel.

***

Le trajet jusqu'à Barview dura un peu plus de deux heures. Au vu des directions que je prenais, Julianne devina vite où nous allions.

Barview avait repris son rythme normal, celui d'un petit village paisible, déserté par les touristes. Les roulettes à glace avaient disparu, les festivités estivales n'animaient plus les rues, les bars locaux avaient remisé leurs tables de terrasse jusqu'à la saison prochaine. Si j'aimais Barview en été, je ne pouvais pas nier que la même ville à l'aube de l'hiver respirait le calme.

Je me dirigeai vers l'église et, au loin, distinguai les silhouettes de mes amis. Mark était habillé d'un costume gris.

— On s'arrête ici ? demanda Julianne.

Elle se tordit le cou, cherchant la cause exacte de notre arrêt dans la vieille ville. Elle enfila son gilet, pendant que je faisais le tour de la voiture pour lui ouvrir. Nous entremêlâmes nos doigts et, d'un pas décidé, je nous dirigeai vers la petite troupe qui patientait devant l'église. Nous avions un peu moins de cinq minutes avant le début de la cérémonie.

— Des gens que tu connais ? m'interrogea-t-elle.

— Deux de mes meilleurs amis se marient aujourd'hui.

— Tu veux dire qu'on va assister à leur mariage ?

— Exactement.

— Mais je ne les connais même pas ! Ce n'est pas… Cooper, non, je ne peux pas faire ça. Je…

Bon sang, combien de filles as-tu présentées à tes proches depuis Laura ?

— Aucune. Tu es la première. Si j'ai de la chance, tu seras aussi la dernière !

Ma réponse eut le mérite de l'estomaquer et de lui faire oublier son moment de panique. Je serrai sa main plus fort et, malgré ses réticences, l'entraînai avec moi vers l'église.

— Ce mariage sera sûrement le plus beau moment de leur vie et j'aimerais le vivre avec toi.

— Mais… Mais pourquoi ?

— Parce que tu comptes pour moi et que ce genre de moment se partage. Mark et Maggie ont hâte de te rencontrer. Et moi, j'ai hâte de te présenter.

Je ponctuai ma dernière phrase d'un baiser furtif sur ses lèvres, la faisant définitivement taire. Mark me fit un grand geste de la main et son visage rond se fendit d'un sourire heureux. Arrivé devant lui, je libérai la main de Julianne et le pris dans mes bras dans une accolade virile.

— Je suis content pour vous deux, lui dis-je, vraiment ému.

— Je dois admettre que je ne suis pas mécontent de moi non plus.

— Et voici Julianne.

J'enroulai le bras autour de sa taille et elle tendit fébrilement la main vers mon ami. Il la salua et se présenta :

— Je suis le marié. Et je suis un peu nerveux. Mais je suis ravi de vous connaître, Julianne.

Son sourire hésitant s'élargit et je lui présentai le reste de mes amis. Sa timidité et son embarras s'estompèrent peu à peu et elle finit par rire d'une vieille anecdote de Thomas à mon propos.

— Alors comme ça, on fricote dans les allées de la bibliothèque du lycée ? me demanda-t-elle dans un murmure.

— En effet. Les femmes étaient bien moins exigeantes à l'époque : pas besoin de limousine, ni de cinq bouquets de roses !

Elle réajusta ma cravate dans un rire et tira doucement dessus. Nos visages se retrouvèrent à quelques centimètres l'un de l'autre et son parfum, mélange de vanille et de reste de sexe, me fit fermer les yeux. J'avais envie de Julianne. Maintenant. Ici.

— En tout bien, tout honneur, murmura-t-elle, comme si elle savait où dérivaient mes pensées.

— Chaste, pure et désirable.

— Papa ?

La voix de ma fille dispersa aussitôt mes pensées érotiques. Julianne s'écarta vivement, manquant presque de trébucher sur le trottoir. Dans ma joie d'être ici, avec elle, j'en avais presque oublié que ma famille — ma sœur, ma mère et ma fille — était aussi invitée. Cecilia portait une adorable robe bleu nuit, qui montrait, à elle seule, à quel point ma fille n'était plus une enfant. Annah m'avait préservé d'un certain nombre d'événements : je n'avais jamais eu à acheter le moindre soutien-gorge, ni à lui expliquer le cycle féminin. Ma fille devenait peu à peu une femme.

— Tu es splendide, chérie.

— Tu me présentes ?

— Tu *nous* présentes ? renchérit ma mère derrière elle.

J'embrassai ma mère sur la joue, puis ma sœur, juste à côté d'elle. Je me décalai et repris la main de Julianne dans la mienne. Affronter mes amis était une épreuve simple, être confrontée aux femmes de la famille était un exercice plus périlleux. J'eus une pensée furtive pour mon assistante, Emma, et me demandai si elle avait déjà eu les honneurs de la présentation à la famille.

— Julianne, je te présente ma mère Beth, ma sœur Annah, et enfin ma fille, Cecilia, mieux connues sous la dénomination des Trois Parques !

Ma sœur m'assena un coup sur l'épaule, pendant que ma mère m'adressait un regard noir.

— Les maîtresses de ta destinée, donc ? fit Julianne. Je suis enchantée de vous rencontrer.

J'observai les réactions de ma fille. Elle se contenta de sourire, avant de détailler la tenue de Julianne. Annah fit de même, avant de me prendre dans ses bras.

— Elle est splendide. Mais je vais te tuer de ne m'avoir rien dit, débita-t-elle, sans se départir de son sourire de façade.

— Sois gentille avec elle, murmurai-je.

— Uniquement si elle est gentille avec toi.

— Très jolie robe, la complimenta ma mère.

— Julianne l'a faite elle-même, c'est son métier, expliquai-je.

— Julianne, si vous le laissez parler à votre place, vous n'aurez jamais le dernier mot avec lui !

Julianne éclata de rire et hocha la tête. Je levai les yeux au ciel. Ma mère avait cette faculté incroyable à socialiser dès la première minute avec les inconnus. Quand, en plus, je devenais le sujet principal de la conversation, elle prenait un malin plaisir à faire de l'humour à mes dépens. Ma mère m'adressa un regard complice, avant de tirer sur sa veste de tailleur gris. Annah, habillée d'une robe longue bordeaux, remit son châle sur ses épaules et, muée par un automatisme, vérifia la coiffure de ma fille.

— J'étais justement venue pour découvrir ses honteux secrets.

— J'espère que vous avez prévu de rester au moins dix jours, répondit ma mère.

Julianne rit à nouveau et elle porta son attention sur Cecilia, qui s'était éloignée pour parler avec le futur marié. Elle la regarda longuement, avec une pointe de tristesse dans le regard. Je passai la main dans son dos, l'encourageant ainsi à revenir parmi nous, loin de sa tristesse.

— Ça va commencer, dis-je. Où est Jackson ?

— Il arrive, il avait un coup de fil à passer, expliqua ma sœur.

La petite trentaine d'invités se dirigeait en effet vers l'intérieur de l'église, dont les cloches sonnaient.

Derrière nous, une voiture approcha et Maggie, resplendissante dans une robe blanche fluide, en descendit. Sa longue chevelure rousse était tressée et elle avait choisi un bouquet de fleurs dans les tons de rouge et de blanc pour éclairer sa tenue. Son frère lui offrit le bras et elle se dirigea vers son futur mari.

— Ils sont beaux, commenta Julianne près de moi.

— Très. Et ils ont l'air si heureux.

Nous entrâmes dans l'église et assistâmes, sourire aux lèvres, à l'entrée de Maggie. Elle remonta l'allée avec des larmes dans les yeux, couvant du regard Mark. Encadré par Julianne et ma fille, à mon tour je me perdis dans mes souvenirs. C'était dans cette église que j'avais épousé Laura, c'était ici que j'avais juré devant Dieu et devant les hommes que je l'aimerais coûte que coûte, jusqu'à ce que la mort nous sépare.

Je n'avais pas réalisé que nous aurions si peu de temps.

Parce que nous nous étions mariés dans cette église, j'avais ensuite refusé d'y célébrer les funérailles. Nous avions opté pour une cérémonie privée, puis j'avais dispersé les cendres de ma femme au-dessus de l'océan. Tout était encore à la même place : le pupitre, les cierges, les quelques peintures religieuses qui ornaient les murs grisâtres.

— Ça va ? me demanda Julianne.

— Ça va. Juste... Je pensais à la dernière fois que j'étais venu ici. J'étais à la place de Mark. Je me souviens qu'il faisait très chaud et que l'ambiance était loin d'être… religieuse. Nous étions surexcités. Quand j'ai dit « oui », il y a eu une ola dans les rangs.

Julianne retint un rire pendant que je revivais la scène comme si elle avait eu lieu hier. Je me souvenais de chaque détail, de la coiffure de ma mère à la robe sertie de perles de Laura, jusqu'à la main de Jackson serrant mon épaule à m'en faire mal. Un sourire s'épanouit sur mes lèvres, et je sentis le regard surpris de Julianne sur moi.

— Je n'ai pas mis les pieds dans une église depuis presque trois ans. La dernière fois que j'ai prié, je n'ai eu qu'un succès d'estime. Depuis, je suis un peu fâchée avec le Tout-Puissant.

— Rassure-toi : nous sommes deux.

Les mariés récitèrent leurs vœux, écrits par chacun d'eux, et le pasteur les déclara mari et femme. Une salve d'applaudissements s'éleva dans la petite église et les mariés s'embrassèrent aussi chastement que possible. Nous quittâmes l'église dans un joyeux brouhaha pour rejoindre, à pied et dans le froid, la salle où Mark et Maggie avaient prévu un cocktail. Sur le trajet, je retrouvai Jackson et l'interrogeai sur l'état de sa relation avec Annah.

— Pour résumer, je dirais que ta sœur est tellement ravie de ma présence dans sa vie qu'elle souhaiterait m'expédier à Guantánamo par le premier vol !

— Je ne t'avais pas demandé d'arranger la situation ?

— J'ai essayé. Mais… C'est encore pire depuis l'autre jour.

— L'autre jour ? Quand tu as annulé son rendez-vous ?

— L'autre jour, quand j'ai enfin réussi à lui parler et quand j'ai tenté de l'embrasser, avoua-t-il. Elle a accepté de venir ici avec moi uniquement parce que c'était Maggie et que Cecilia était avec nous dans la voiture.

— Je ne veux rien savoir de plus, m'écriai-je en levant une main devant moi.

Jackson bougonna et enfonça les mains dans les poches de son manteau. Devant nous, Cecilia et Julianne discutaient avec animation.

— Pourquoi tu ne m'en as pas parlé ? demanda finalement mon associé.

— Parce que c'est quelque chose que je devais gérer tout seul. J'ai toujours des états d'âme et je lutte contre. Je ne voulais pas recevoir les conseils bien intentionnés de tout le monde.

— On aurait juste été heureux pour toi. On est heureux pour toi, rectifia-t-il immédiatement.

— C'est… Nous n'en sommes qu'au début de notre histoire.

Jackson m'assena une bourrade dans le dos, m'assurant ainsi de son soutien. Julianne tourna le visage vers nous à ce moment et me fit un clin d'œil complice.

— Et en plus, elle est jolie. T'es un sacré veinard.

— Je sais.

— Qu'en dirait Laura ? demanda-t-il finalement.

C'était la question que je m'étais le plus posée depuis ma rencontre avec Julianne. L'aurait-elle appréciée ? Auraient-elles pu être amies ? Je n'avais aucune réponse à apporter à Jackson. Lors d'une nouvelle insomnie, j'avais décidé que me tourmenter ne ferait pas avancer mon histoire avec Julianne. J'avais alors fait ce que tout le monde m'avait conseillé pendant ces huit dernières années : j'avais tourné la page. Laura existerait toujours pour moi, une part de moi serait toujours à elle, une part d'elle — Cecilia — serait toujours là avec moi, mais je devais maintenant aller de l'avant.

Et Julianne était là, adorable et frigorifiée, dans sa robe trop légère, chassant mes doutes et mes peurs.

— Elle dirait sûrement qu'il était temps.

— Non, ça, c'est ce que moi, je dirais ! répliqua-t-il en riant. Va la rejoindre, on ne fait pas attendre une fille comme elle.

Je m'exécutai, mais restai derrière Julianne et ma fille, espérant attraper des bribes de leur conversation. J'étais curieux de savoir comment elles faisaient connaissance.

— Il faut que tu m'aides, Cecilia, lança Julianne, conspiratrice, en enroulant le bras autour de ma fille.

— Euh…

— Ton père est un tout petit peu trop… parfait. Je lui cherche un horrible défaut.

Le visage de ma fille se détendit et se fendit d'un

sourire heureux. J'étais presque vexé que cette demande de Julianne la réjouisse.

— Il est… du genre silencieux, dit ma fille avec une vague hésitation. Il ne parle pas beaucoup. Oh ! et il ne cuisine pas. J'espère que tu cuisines.

— Ton père a survécu jusque-là, alors on a qu'à dire qu'il va continuer à survivre, d'accord ?

— Moi, je cuisine, si tu veux.

— J'abandonne, vous êtes aussi parfaits l'un que l'autre, c'est injuste !

Le rire de ma fille redoubla, pendant que je retenais moi aussi un rire nerveux. Julianne libéra son bras et se frictionna. Sa robe était définitivement trop légère.

— En tout cas, je suis contente que tu sois là, continua ma fille un ton plus bas. Papa a l'air mieux.

— C'est gentil. Je suis contente d'être là aussi.

— La seule chose qui m'inquiète c'est que tu fasses danser mon père.

— Oh. Tu n'approuves pas ?

— L'humanité n'approuve pas. Le dieu de la Danse n'approuve pas. Et définitivement, je n'approuve pas ! Mon père t'aime bien. Il était très nerveux quand il m'a parlé de toi.

— Nerveux ?

— Eh bien, tu sais, avec maman… Ça fait longtemps et… je ne sais pas, finit-elle en haussant les épaules.

— Ta mère est encore très présente, non ? Quand ton père en parle, on sent l'amour qu'il a pour elle.

— Il m'en parle, parfois. C'est ce que je voulais dire, tout cela est compliqué pour lui. Alors, si…

Je tendis l'oreille de manière plus attentive. Cecilia croisa les bras sur sa poitrine, cherchant ses mots. Julianne se frictionnait toujours, frigorifiée.

— Papa ne parle pas de ses émotions, il encaisse. Qu'il te fasse venir ici est sa façon à lui de t'accueillir dans la famille. Mais…

— Cecilia, il n'est pas du tout question que je prenne la place de ta mère. Elle aura toujours une place à part pour ton père et pour toi. De toute façon, dès que ton père aura réalisé que je suis d'humeur massacrante tant que je n'ai pas bu trois cafés, il me renverra chez moi.

— Papa est imbuvable sans dix litres de café, rétorqua ma fille dans un rire.

— Et cette révélation marque la fin de cette conversation, intervins-je finalement.

Ma fille et Julianne se fixèrent, ébahies. De toute évidence, elles ne m'avaient pas repéré pendant ma séance d'espionnage. Je retirai mon long manteau en laine et le déposai sur les épaules de Julianne. J'attirai ma fille près de moi et déposai un baiser sur sa tempe. Sa surprise s'accrut et je la sentis se tendre contre moi. Depuis combien de temps n'avais-je pas eu un véritable geste affectueux pour ma fille ?

J'entendis Julianne étouffer un rire. Je pivotai vers elle alors qu'elle secouait la tête en fouillant dans son sac.

— Personne ne va me croire, Cooper. Personne ! Cecilia ?

— Oui ?

— Rouge à lèvres !

Julianne lui lança adroitement le tube, que ma fille attrapa d'une main. Elle appliqua le rouge sur ses lèvres, avant de se les pincer. Je devinai la main glacée de Julianne se faufiler dans la mienne.

— Julianne ? demanda ma fille.

— Oui ?

— Tu accompagnerais mon père au bal de fin d'année ?

— Avec grand plaisir !

— Ah oui ? fis-je en me tournant vers ma future cavalière. Avoue que tu as accepté uniquement pour avoir le plaisir de danser avec moi dans un gymnase décoré de papier crépon !

— Ça. Et la perspective de me faire une nouvelle robe ! Et ta fille m'a dit que tu avais dansé avec elle, je veux voir ça !

— Rappelez-moi de ne jamais vous laisser seules à nouveau ensemble !

Le cocktail se déroula dans une belle effervescence. La salle de réception était haute de plafond et garnie de superbes poutres en bois. Les murs blancs et le parquet ancien donnaient un air chaleureux à l'ensemble. Des lampions colorés décoraient le haut de la pièce, pendant qu'aux murs des bouquets de fleurs étaient suspendus. Le bar et le buffet occupaient tout un pan de la salle et un animateur, dans un coin, se chargeait de l'ambiance musicale. Quelques tables rondes étaient disposées, mais Mark et Maggie avaient opté pour un plan de table nous laissant libres de nous installer où nous voulions, dans des fauteuils confortables en velours beige. Mark se fendit d'un discours très émouvant pour sa femme, et Maggie, hilare, tenta de faire danser son jeune époux.

Je passai une bonne partie de ma soirée à rire avec mes anciens amis. Julianne, au départ mal à l'aise, parvint à se fondre dans notre groupe, comme si elle avait toujours été parmi nous.

Au cours de la soirée, j'aperçus Annah et Jackson en pleine conversation animée. Annah avait toujours été une véritable tête de mule. Quand bien même Jackson aurait été exempt de toute faute, elle aurait trouvé un motif légitime de le repousser. Pendant longtemps, mon deuil avait été son excuse favorite. À ses yeux, être heureuse alors que j'étais au fond du gouffre était un affront. J'espérais que la présence de Julianne aujourd'hui finirait par lui faire comprendre qu'elle n'avait plus à s'inquiéter pour moi.

— Elle est sublime, me chuchota ma mère en s'asseyant près de moi.

Julianne était au bar, attendant patiemment qu'on lui serve deux verres de vin. J'avalai un petit-four, l'observant de loin.

— Et elle a l'air vraiment sympathique, continua ma mère. En tout cas, ça me permet de dire à

Maureen que tu n'as plus besoin d'être présenté à sa fille. Si tu savais comme elle me bassine avec ça !

— Tu transmettras mes amitiés à Maureen, dis-je en souriant.

— Hors de question. Elle va encore me poser tout un tas de questions ! Comment va Cecilia ?

— Mieux. C'est presque grâce à toi.

Ma mère me dévisagea, sans comprendre.

— Le carton avec les quelques souvenirs de Laura. Je… Ça m'a permis de parler avec elle de sa mère. J'y ai même retrouvé cette photo que nous avions prise à la maternité. Nous avons encore un tas de choses à nous dire, mais… on progresse.

— Tant mieux. Je suis contente. Et je suis contente pour toi.

Julianne revint vers nous avec ses deux verres à la main. Elle en déposa un devant moi, avant de s'asseoir face à moi dans un des fauteuils moelleux dispersés dans la pièce. Nous entrechoquâmes nos verres, les yeux rivés dans ceux de l'autre.

— Donc, vous créez des robes ? demanda ma mère.

— Oui. En tout cas, j'essaye. Je cherche un atelier pour m'installer définitivement à Portland.

— À ce sujet, j'ai trouvé quelque chose. On peut visiter demain, si ça te va, lui proposai-je.

— Demain ? Beth, savez-vous que votre fils est vraiment extraordinaire ? Il m'offre des roses, me propose un pique-nique, vient me chercher en limousine et maintenant il me trouve même un endroit pour éparpiller mon imagination en tissus.

— Tu as vraiment fait tout ça ? m'interrogea ma mère, très dubitative.

Julianne éclata de rire et leva un sourcil triomphant. Je savais déjà ce qu'elle allait dire.

— Tu vois : personne ne me croira jamais !

— Disons que ça me change de ce que les profs disaient de toi au lycée : que tu étais insolent et que ton mauvais caractère, hérité de ton père, c'est certain, finirait par te jouer des tours.

— J'adore parler avec ta mère, Cooper.

— Finis vite alors, parce que Maggie va lancer son bouquet et qu'ensuite je t'emmène loin d'ici !

— Je ne veux rien savoir de plus, abdiqua ma mère.

Les quelques filles célibataires dans la salle se levèrent et se placèrent au centre. Du regard, j'encourageai Julianne à les suivre. Elle secoua la tête et cacha le visage dans son verre de vin. Annah déboula derrière elle et, sans lui demander son avis, la tira par le bras.

— Allez, viens ! Voyons ce que tu vaux au corps-à-corps !

— Je crois que Cooper a une idée sur le sujet, rétorqua Jackson en venant s'asseoir près de moi.

— Il est temps que j'aille voir ailleurs, lança ma mère en quittant la table.

— Toujours aussi classe, Jackson.

— Récupère ce bouquet et je t'épouse demain, promit-il à ma sœur avec un sérieux désarmant.

— Merci de m'offrir une parfaite excuse pour le louper, ironisa cette dernière pendant que Julianne se levait péniblement.

— Je ne t'épouserai pas demain, assurai-je à ma cavalière.

— Merci de m'offrir une parfaite excuse pour le louper, dit-elle en riant. Aucune raison de me faire mal !

Annah et Julianne s'éloignèrent et rejoignirent la poignée de femmes déjà au centre de la pièce. Je ne quittai pas Julianne des yeux tandis qu'elle se glissait à la droite du groupe, évaluant la distance qui la séparait du graal. Maggie se positionna dos à elles et pivota plusieurs fois sur elle-même pour mesurer son geste. Enfin, elle jeta son bouquet, qui virevolta dans les airs. Il y eut des cris, des rires, une petite bousculade, et le bouquet finit par atterrir dans les mains de Julianne qui hurla de triomphe. Annah lui offrit une moue faussement boudeuse et la musique remplaça les cris et couvrit les conversations.

Julianne revint vers moi avec un air ravi sur le visage. Elle enroula les bras autour de ma nuque et m'attira contre elle pour un baiser.

— Ta sœur me hait.

— Ma sœur t'adore. Elle finira par venir te voir pour te demander ta technique de réception de bouquet. Allez, viens, on part…

Elle secoua la tête et claqua la langue contre son palais en signe de refus. Je posai les mains sur ses hanches et Julianne recula lentement, nous entraînant vers le centre de la petite piste de danse. Je voyais tout à fait où elle voulait en venir.

— On va danser, me dit-elle, confirmant mes doutes.

— Maintenant ?

— Une danse. Une seule !

Je renonçai à argumenter. Elle avait cette lueur irrésistible dans le regard, celle qui me rendait incapable de lui refuser quoi que ce soit. Je la serrai contre moi et elle cala la tête sous la mienne. La voix de Frankie Valli emplit peu à peu la pièce et je berçai Julianne contre moi. Le rythme était lent, à l'opposé de ce que nous avions déjà expérimenté. Pourtant, mes gestes me semblaient naturels. Autour de nous, je vis d'autres couples se former, avant de remarquer Jackson dansant maladroitement avec ma mère, hilare. Je retins un rire, pendant que mes mains glissaient lentement vers le bas du dos de Julianne. Elle s'écarta légèrement et m'adressa un sourire timide.

— Pour un premier rendez-vous, c'est très réussi. Tu as placé la barre très très haut ! À quand le deuxième ?

— Tu vois que tu me le réclames à cor et à cri !

— Ce parfum d'arrogance ! Je t'ai enfin trouvé un défaut !

— Ce n'est pas de l'arrogance, juste une certitude. Être heureux me rend sûr de moi !

— Être heureux te rend très sexy, renchérit-elle dans un rire. Autant te prévenir tout de suite, je me souviens exactement du deuxième rendez-vous : tu as parlé d'un yacht !

— Soit. Donc, nous aurons notre deuxième rendez-vous, d'ici… environ vingt-cinq ans ?

— Je pourrais t'attendre, tu sais !

— Mais j'espère bien. De toute façon, après moi, il n'y aura plus personne à la hauteur dans ta vie. Tu peux appeler ça de l'arrogance, si tu veux, mais je compte bien te garder et honorer tes engagements !

— Mes engagements ?

— Tu as attrapé le bouquet, lui rappelai-je.

— Cooper ?

— Oui ?

— Partons d'ici !

Sans attendre la fin de la chanson, nous nous éclipsâmes de la piste de danse. Nous allâmes saluer Maggie et Mark, leur adressant à nouveau tous nos vœux de bonheur. Je souhaitai une bonne fin de soirée à mes amis et demandai à ma mère de veiller sur Cecilia. Je récoltai quelques remarques ironiques me donnant la sensation d'être un marin abandonnant son navire et ses acolytes.

Il faisait un froid glacial quand nous sortîmes de la salle. Le vent s'était levé et soufflait désagréablement sur nos visages. Je retirai ma veste et la posai sur les épaules de Julianne. Avec sa robe légère, elle devait être frigorifiée. Une fois que nous fûmes installés dans la voiture, je montai le chauffage au maximum, constatant que Julianne claquait des dents.

— On sera vite rentrés, dis-je en démarrant la voiture.

— J'y compte bien !

Elle m'adressa un de ces sourires entendus qui ne laissaient aucun doute sur ce que nous allions faire, une fois le seuil franchi. Naïvement, je m'étais imaginé pouvoir suivre mon plan : finir sur un baisemain, la faire dormir dans la chambre d'amis et la revoir au petit déjeuner avec la conviction d'avoir agi de la meilleure des façons. Mais ce que je ressentais pour Julianne, ce désir brut et inédit, était trop violent pour être ignoré. J'avais la sensation que mon sang, saturé d'adrénaline, bouillait dans mes veines, m'empêchant même de penser rationnellement. La sentir contre moi était indispensable, parcourir ses courbes était primordial, caresser sa peau devenait une obsession.

Garder Julianne près de moi était maintenant vital. Je l'aimais.

Je me garai à l'arrière de la maison de ma mère et sortis de la voiture pour ouvrir à Julianne. Elle étouffa un rire tandis que nous nous dirigions vers la porte.

— Vous avez un truc avec les maisons originales dans votre famille ?

— Mon père était architecte, il a dessiné cette

maison et il l'a offerte à ma mère le jour où il l'a demandée en mariage.

— Tu sais quoi ? Tu vas oublier ce que je t'ai dit sur ce rendez-vous : ton père est définitivement au-dessus du lot.

— Il m'a appris beaucoup de choses, avouai-je. C'est lui qui… qui m'a dit que Laura était faite pour moi et qui m'a ordonné de l'épouser.

Une ombre voila le regard rieur de Julianne et son sourire s'affaissa légèrement.

— Ta famille adorait Laura, on dirait.

— Ils la connaissaient depuis toujours. Je n'ai jamais eu à la présenter officiellement ou à lui faire visiter la maison. C'était évident, dès le début, que nous devions finir ensemble. Inscrit, presque.

Je haussai les épaules, ne parvenant pas totalement à expliquer ma relation avec Laura.

Ma fille avait raison : je n'exprimais que peu mes sentiments. Je ne savais pas vraiment le faire. De ce point de vue, ma relation avec Laura m'avait considérablement facilité la tâche : elle lisait en moi mieux que personne.

— Laura était à la fois ma femme, ma meilleure amie, ma confidente…

— Ton âme sœur ?

— Mon âme sœur. Oui. Évidemment.

— Évidemment, murmura Julianne près de moi. Que dirait ton père en me voyant ici ?

— Aucune idée. De faire de mon mieux ? C'était

comme ça qu'il m'encourageait : je devais toujours faire de mon mieux.

Je récupérai les clés que ma mère cachait sous un pot de fleurs et déverrouillai la porte. Julianne entra la première dans la maison, pendant que j'allumais une des lampes du grand salon. Ses yeux parcoururent la pièce en silence et elle retira ma veste de ses épaules pour la déposer sur une chaise. Puis elle bifurqua à gauche et entra dans la bibliothèque. Ce n'était pas vraiment une pièce, mais plutôt un couloir que ma mère avait aménagé pour y stocker son impressionnante collection de livres.

Elle s'attarda sur une des rangées de livres et un sourire éclaira son visage.

— Ma mère a aménagé cet endroit.

— Elle a la collection complète de Kerouac. C'est mon écrivain favori.

— Elle l'aime beaucoup aussi.

Elle tira un des livres et le compulsa rapidement, avant de le replacer. Elle sortit de la bibliothèque et je pris sa main dans la mienne pour l'entraîner vers ma chambre. Je fermai la porte derrière nous, tandis que Julianne retirait ses chaussures pour enfoncer les pieds dans le tapis épais. J'allumai la lampe de chevet, puis me tournai vers la femme que j'aimais. Nous nous dévisageâmes de longues minutes, comme si nous réalisions enfin que plus rien ne nous retenait ; aucun regard sur nous et une intimité parfaite.

Sans rien dire, j'effaçai l'espace entre nous, pris

son visage entre mes mains et portai ses lèvres aux miennes. Surprise, Julianne hoqueta, avant de reculer contre le mur près du lit. Je l'embrassai avec passion, libérant le désir que je ressentais pour elle. J'avais encore en mémoire la réaction de son corps lors de notre étreinte dans la limousine. Je voulais revoir cette réaction sur son visage, cette joie intense, ce soulagement précieux et ce désir incandescent dans son regard.

Sa langue batailla contre la mienne, alors que ses mains, sur mon torse, s'acharnaient sur les boutons de ma chemise. Elle dénoua ma cravate, puis tira sur les pans pour repousser ma chemise sur mes épaules. Je quittai sa bouche et dévorai son cou, puis sa gorge. Ma respiration était sifflante et mon sexe déjà tendu, prêt pour elle. Les mains de Julianne agrippèrent mes cheveux, pendant que je cheminais vers sa poitrine. Sa peau était encore glacée, mais, peu à peu, je sentis son corps se réchauffer.

— Tourne-toi, lui demandai-je.

Elle s'exécuta aussitôt, pressant les mains contre le mur face à elle. Je repoussai ses cheveux et retrouvai la courbe de son épaule. Je suçotai durement sa peau, pendant que je défaisais l'attache de sa robe. Je me débarrassai de ma chemise, puis repoussai les bretelles sur ses bras.

— Laisse-moi t'enlever cette robe.

Julianne acquiesça et fit glisser les bretelles le long de ses bras. Son dos était maintenant entièrement nu, seulement masqué par sa chevelure indomptable.

Je tirai sur son vêtement, passant la barrière de ses hanches et découvrant sa culotte blanche.

Je pressai mon torse contre son dos et empaumai ses seins. Elle s'appuya contre le mur, à bout de souffle. Mon cœur frappait violemment dans ma poitrine et le sang pulsait dans mes veines. J'avais envie d'elle, ici, contre ce mur. Je la voulais, je voulais sentir son corps épouser le mien et vibrer contre moi.

La pointe de ses seins durcit, alors que je les maltraitais volontairement. Julianne poussa les fesses contre mon sexe dur, et je sifflai de douleur.

— Touche-moi, murmura-t-elle.

Sa voix trembla de plaisir et j'abandonnai un de ses seins pour descendre entre ses cuisses. Elle étouffa un juron quand ma main se posa sur son sexe humide.

— J'ai envie de toi, ici, lui avouai-je d'une voix rauque.

Elle hocha la tête avec frénésie et j'en profitai pour caresser son sexe brûlant. De mon doigt, je longeai sa fente plusieurs fois, avant de plonger en elle. Elle cria mon prénom dans un râle érotique et se cambra contre moi. Son sein épousa un peu plus la paume de ma main, pendant que mon index allait et venait en elle à un rythme rapide.

— Je n'ai pas de préservatifs, dis-je, dépité. À toi de me dire : soit je te fais jouir comme ça, soit…

— Pas besoin, haleta-t-elle.

— Sûre ?

— Certaine.

— Il n'y a eu que toi.

Elle bascula la tête en arrière et enroula le bras autour de ma nuque. Elle me vola un nouveau baiser, puis, lentement, parvint à se libérer de mon étreinte pour me faire face. Elle posa les mains sur mon torse et déposa un premier baiser sur mes lèvres, suivi d'un second sur mon menton. Sa bouche glissa progressivement sur moi, laissant une trace brûlante sur mon corps déjà en feu. Mes muscles me faisaient mal d'être si tendus. Julianne caressa mes pectoraux des lèvres, embrassa délicatement mon tatouage, puis descendit vers mon estomac. Elle posa les mains sur mes hanches, m'empêchant de bouger.

— Il n'y a eu que toi, chuchota-t-elle contre ma peau.

Elle déboutonna mon pantalon et le fit glisser à mes chevilles. Mon boxer suivit le même trajet. D'un coup de pied, j'envoyai mes chaussures à l'autre bout de la pièce, retirai mes chaussettes aussi vite que possible, puis me débarrassai du reste de mes vêtements. Les mains de Julianne remontèrent de mes chevilles à mes cuisses, avant de se poser sur mes hanches. Mon sexe tendu s'offrait à elle. Elle releva son regard de braise vers moi et je retins un grognement de plaisir.

Elle prit mon sexe et le fit coulisser dans le creux de sa main droite. La sensation de pression, alternée avec une douce caresse, me fit gémir. Notre première nuit ensemble avait été intimidante et déroutante : nous avions appris à connaître nos corps lentement, avec prudence. Ce soir, il ne s'agissait plus de prudence. Le désir saturait l'air de la pièce, je ne distinguais plus que nos respirations lourdes dans le silence, je ne ressentais plus que la chaleur de la main de Julianne sur moi.

Je fermai les yeux, assimilant chacune des sensations.

Soudainement, Julianne embrassa mon sexe, avant de faire courir sa langue sur toute sa longueur. Je jurai violemment et entendis Julianne étouffer un rire. J'étais à deux doigts de jouir entre ses mains. Quand elle posa sa bouche sur l'extrémité de mon sexe, j'en eus le souffle coupé. Elle me libéra aussitôt, avant de réitérer son geste, me léchant plus longuement.

— Julianne, je…

— Laisse-moi faire !

Mes jambes tremblaient, et mon corps tout entier me faisait mal. J'aurais pu arguer de mon manque « d'entraînement », mais c'était l'émotion de la savoir avec moi qui me tourmentait. Finalement, elle prit mon sexe dans sa bouche et creusa les joues pour le comprimer plus fort. J'haletais maintenant et, par réflexe, j'enfonçai les doigts dans la chevelure de Julianne, agenouillée devant moi. Sa bouche glissa le long de mon sexe dans un bruit érotique qui me fit grogner plus fort. Son rythme était lent, sensuel. De temps en temps, elle relevait vers moi son regard brûlant, me défiant presque de ne pas jouir immédiatement.

À regret, je la vis se relever et je la repoussai contre le mur dans un baiser fiévreux et passionné. Sa peau satinée effleura la mienne. Elle m'adressa un sourire enivrant et noua les bras autour de ma nuque. Je posai les mains sur ses hanches et la soulevai dans un geste brusque. Ses jambes entourèrent ma taille et, lentement, j'enfonçai mon sexe douloureux en elle.

Lorsque je la sentis brûlante autour de moi, mon cœur manqua un battement et mon corps trembla. Je coinçai Julianne contre le mur et enfonçai les doigts à l'arrière de ses cuisses. Nos bouches avides se retrouvèrent, nos corps ondulèrent l'un contre l'autre. Plus rien n'existait. Seuls nos deux corps liés parlaient ; le silence était uniquement troublé par le bruit rythmé de nos corps en mouvement. Nous nous sourîmes un peu bêtement, heureux et libres comme jamais, lorsque Julianne s'abandonna à son plaisir dans un cri de jouissance. Je l'imitai quelques secondes plus tard, mon sexe coulissant en elle à toute allure, avant de mordre ses lèvres à l'instant où je jouis en elle.

Son corps détendu s'effondra sur le mien et je la portai jusqu'à mon lit. Les yeux clos et encore perdue dans les méandres de son orgasme, elle se lova contre moi. Je rabattis les couvertures sur nous, et elle vint poser la tête sur mon torse.

— En tout bien, tout honneur, dit-elle en riant.

— Tu en doutais ?

— J'en doute maintenant. Qui êtes-vous au juste, Cooper ? Un gentleman ténébreux sur le toit d'un hôtel ? Un architecte reconnu ? Un père attentif ? Un amant fougueux ?

— Tout ça à la fois. Et un homme amoureux.

— Je prends, marmonna-t-elle, avant de sombrer dans le sommeil.

PARTIE 6

Your Song

À notre réveil, Julianne et moi avions refait l'amour. Baignés par les rayons du soleil levant, nous avions laissé de côté notre frénésie et nos gestes impatients, pour nous concentrer sur le corps de l'autre. J'avais pris mon temps pour amener Julianne à son plaisir ; sentir son corps vibrer et trembler contre le mien était un spectacle dont je ne me lassais pas.

Après un déjeuner rapide avec les Trois Parques, j'annonçai qu'il était l'heure de partir. Je promis à ma mère de l'appeler et de revenir pour les fêtes de fin d'année. Elle m'étreignit avec force et, pour la première fois depuis des années, je constatai que son regard me semblait moins tourmenté. Après tant d'années de deuil et de chagrin, ma mère devait être rassurée de me voir avec Julianne, son monde avait retrouvé une certaine harmonie.

Le trajet jusqu'à la maison fut interminable. Cecilia et Julianne discutaient, riaient des mêmes blagues, mais de mon côté mon cerveau refusait de me laisser du répit. Je n'avais aucune idée de la réaction de Julianne quand je lui ferais visiter le lieu que j'avais trouvé pour son atelier. Je devais avouer que je ne répondais pas exactement à ses critères de sélection. Mais cet écart à son cahier des charges n'était rien face à l'énormité de ma proposition. J'étais inquiet : je ne pourrais pas en vouloir à Julianne si elle prenait à nouveau la fuite.

L'évidence de cette solution et l'accumulation de bonnes raisons que Julianne aurait de l'accepter avaient, pendant un temps, étouffé mes doutes. À chaque fois que je regardais Julianne, mes incertitudes étaient balayées ; j'espérais juste qu'en me voyant elle finirait aussi par oublier les siennes. Elle serait surprise, étonnée. Elle refuserait en secouant la tête. Elle menacerait de me faire danser sur des braises chaudes, elle crierait au scandale, elle trouverait un moyen de prendre la fuite. Et moi, je n'aurais qu'à la convaincre.

Je me garai devant la maison et, sans attendre, Cecilia jaillit de la voiture.

— Toujours d'accord pour visiter l'endroit auquel j'ai pensé ?

— Évidemment. J'ai toute la journée ! On va à Portland maintenant ?

— Pas tout à fait.

Je descendis de la voiture, ignorant son regard perdu. J'ouvris sa portière et tendis la main pour l'inviter à sortir. Sa robe était légèrement froissée et elle la lissa du plat de la main.

— Qu'est-ce que tu fais ? demanda-t-elle, un peu paniquée.

— Je te fais visiter ton futur atelier.

Nous avançâmes vers la maison. Julianne était raide comme un piquet et je compris tout de suite qu'elle me suivait à contrecœur. Elle devait déjà être en train de préparer une liste d'arguments pour refuser ma proposition.

Après avoir franchi le seuil, je lui fis grimper l'escalier. Julianne était blanche comme un linge, comprenant mieux de minute en minute où je l'amenais.

— Cooper, c'est non ! dit-elle finalement, avant d'atteindre la dernière marche.

— Laisse-moi au moins te le montrer.

— Je connais cette pièce.

— Tu l'as vue avec mes yeux. J'aimerais te la faire visiter avec tes yeux à toi. Cette pièce est inoccupée depuis trop longtemps.

— C'était ta chambre avec Laura. Qu'essayes-tu de faire ? On se connaît à peine, Cooper. Et je ne suis pas elle, je ne suis pas…

— Laisse-moi une chance, d'accord ? Je te remontre cette pièce et tu pourras refuser ensuite. Mais… Écoute, je me suis dit que c'était une bonne idée.

— Pour moi ou pour toi ? Est-ce que tu en as au moins parlé à ta fille ? Cooper, c'est délirant.

Elle libéra sa main de la mienne et descendit quelques marches avant que je réagisse et la rattrape. J'avais sous-estimé ses états d'âme et je n'avais pas mesuré ce qu'impliquait de lui proposer mon ancienne chambre — celle que je partageais avec Laura — comme atelier. Sur le papier, cette idée avait tout pour plaire. Je n'avais malheureusement pas pris en compte la présence envahissante de nos fantômes respectifs.

Je portai sa main à ma bouche et vis à quel point elle était terrifiée et en colère. Il fallait que je lui parle, que je lui explique.

— Ce qui est délirant c'est que, depuis que je t'ai rencontrée sur le toit de cet hôtel, ma vie n'est plus tout à fait la même.

— Cooper, je ne peux pas faire ça. Je ne peux pas m'installer dans la chambre de ta femme, comme si rien ne s'était passé. C'est… malsain.

— Lisa dirait que c'est un pas en avant.

— Lisa dirait qu'on ne remplace pas une femme par une autre. Je ne suis pas… Je ne suis pas celle que tu imagines !

— Ça tombe bien. Je n'imagine rien. Je te regarde et j'écoute. Tu as besoin d'un atelier et j'ai de l'espace. J'aime cette maison, mais c'est vrai, admis-je, elle n'a plus d'âme depuis que Laura est morte. Je ne veux pas remplacer ma femme, je te veux, toi. Ça peut te paraître délirant, compliqué, mais je veux que cette maison vive. Et quand tu es là…

Je passai une main nerveuse dans mes cheveux. Je ne trouvais pas les mots. Le manque de sommeil, mes sentiments pour Julianne et sa soudaine colère m'empêchaient de réfléchir convenablement. Pourtant, je savais que je faisais le bon choix. Lui proposer cette chambre était une évidence : je voulais Julianne dans ma vie, quoi de mieux pour la garder près de moi que de la faire travailler ici ?

— Viens au moins voir. C'est une chambre, pas...

— Ce n'est pas un mausolée, fit la voix de ma fille en bas de l'escalier.

Julianne blêmit davantage, pendant que Cecilia grimpait les marches pour se mettre à sa hauteur. Sans lui laisser le choix, elle prit sa main et lui fit remonter l'escalier. J'adressai un sourire à ma fille, tandis que Julianne, décomposée, se laissait faire.

— Je ne cherche pas à remplacer ma mère, je veux juste voir mon père heureux. S'il te plaît, laisse-lui te montrer cette chambre.

— Cecilia, ce n'est pas si simple, lança Julianne. Il y a des tas de choses à prendre en considération.

— Ma mère est morte. Elle ne reviendra pas.

Son ton déterminé et assuré me fit mal. Le deuil m'avait tellement isolé du monde que j'en avais oublié que ma fille avait aussi des sentiments. L'entendre parler de sa mère ainsi, avec une telle rationalité froide, était douloureux. Il n'y avait aucune colère, aucune tristesse, juste un fait aussi cinglant qu'une gifle.

— Papa, ouvre la porte, m'ordonna-t-elle.

Je m'exécutai et nous entrâmes tous les trois dans cette grande chambre. Les souvenirs m'assaillirent de toute part et la sensation d'étouffement que je ressentais quand la présence de Laura était trop marquée réapparut. Ma fille me lança un regard encourageant, puis déambula dans la pièce.

Julianne baissa les yeux au sol, retenant tant bien que mal son désir de fuite. C'était aussi pour ça que je voulais qu'elle accepte. En sa présence, ma vie était plus agréable. Et, si elle choisissait de rester ici, cela m'éviterait de lui courir après. Sous couvert de générosité, ma solution était surtout très égoïste.

— Donc… euh… Je pensais qu'on pourrait retirer ce lit et cette commode, proposai-je. Ça te ferait de la place. Ensuite, je suggère de garder le bureau, si cela te va ?

— Je pourrais récupérer cette lampe ? demanda ma fille.

— Bien sûr, chérie. Tout ce que tu veux.

Julianne était tétanisée, plantée au milieu de la pièce. Du regard, elle tentait de suivre mes suggestions, mais je ne savais pas dans quelle mesure elle parvenait à imaginer son atelier ici. Je me plaçai derrière elle et posai les mains sur ses épaules tendues. Elle sursauta et mes paumes glissèrent sur ses bras nus.

— C'est à toi de me dire, soufflai-je. Tu voulais quelque chose d'abordable et de la lumière.

— Ce n'est pas qu'une pièce, murmura Julianne.

— Maintenant, si. Il faut que cela redevienne une pièce. Si cela peut en plus te servir… J'aime te voir dans cette maison et je serais plus qu'heureux que tu acceptes cette proposition.

Elle hésitait toujours et cela me rappela notre rencontre à l'hôtel. Il fallait que je trouve une faille dans son armure, que je lui rappelle que c'était à mon tour de poser les jalons de notre relation. J'avais besoin d'elle dans ma vie, besoin de faire revivre cette maison, besoin de la sentir près de moi. Julianne et sa joie de vivre avaient écrasé ma douleur habituelle, éblouissant ma vie au point d'en effacer l'ombre.

— Tu as besoin d'un lieu et j'ai cet endroit, tu adores la vue et tu tentes de trouver des excuses pour ne pas en profiter. Tu es une vraie indécise, dis-je en retenant un rire.

— Ça n'a rien à voir !

— Ce soir-là, quand tu m'as demandé si j'avais un peu de temps, si je voulais prolonger notre rencontre, j'ai hésité. Mais j'ai fini par accepter !

— Avoue que tu as des regrets !

— Un seul : j'aurais dû accepter plus vite. S'il te plaît, Julianne, viens installer ton atelier ici. Vois-le comme un coup de pouce, histoire de te lancer. Dès que tu seras en mesure de prendre ton envol, tu pourras retrouver un atelier dans Portland. Et pourquoi pas ouvrir une boutique et…

Je me tus en l'entendant éclater de rire. Après son élan de colère et son incompréhension, son rire perça dans la chambre. Cecilia pivota vers nous, sans comprendre.

— Cooper, si je m'installe ici, jamais je ne pourrai en partir.

— C'est un peu ce que j'espère, mais je fais comme si mon acte était vraiment désintéressé. Je ne veux pas te voir fuir en criant que « tu ne veux pas en parler ».

Face à moi, elle se hissa sur la pointe des pieds et se maintint en accrochant les mains aux pans de ma veste. Son souffle dans mon cou me fit frissonner, puis elle murmura :

— Va te faire voir, Cooper.

Elle déposa un baiser sur ma joue et abdiqua enfin.

— D'accord. D'accord, je veux bien m'installer ici.

— Vraiment ?

— Vraiment. Mais si je ne me sens pas à l'aise je partirai.

Je hochai la tête, ravi. Cecilia exhala un soupir de soulagement et ouvrit les grandes baies vitrées. Puis elle se tourna vers nous et frotta ses mains l'une contre l'autre.

— Allons-y, on a du travail !

Deux jours après cette visite, je surpris Julianne et Cecilia en pleine conversation. Julianne semblait se débattre avec le fouet électrique, pendant que Cecilia lui donnait des indications.

— Penche le bol ! Encore un peu !

— Ce truc peut tuer quelqu'un, tu sais ! hurla Julianne par-dessus le vacarme de l'ustensile.

Elle finit par couper l'appareil, tandis que, toujours loin de leurs regards, je retirai ma veste.

Je l'accrochai à la patère et entrepris de consulter le courrier étalé sur la table.

— C'est ton livre ? demanda finalement Julianne en s'intéressant au livre de recettes ouvert sur le plan de travail.

— Celui de ma mère.

Je vis Julianne se figer, dévisageant ma fille comme si elle venait d'apprendre qu'elle débarquait d'une autre planète. Je cessai de regarder mon courrier et observai la scène. Faire venir Julianne ici, c'était aussi me confronter au fantôme de Laura. À cet instant, j'assistais au choc de mes deux vies : celle avec Laura et celle avec Julianne.

— Ton père l'a gardé ?

— Non. C'est moi. Papa n'aime pas vraiment parler de maman. Au départ, j'ai été surprise qu'il te propose son ancienne chambre.

— Moi aussi. Ta mère prend beaucoup de place dans sa vie. Ça m'a fait bizarre à moi aussi.

— C'est bizarre… bien, rectifia ma fille. C'est chouette de t'avoir ici. Papa est moins triste, je trouve. Tu devrais remuer les poivrons, avant que tout accroche au fond de la casserole.

— Oh. Merde ! jura-t-elle en s'activant au-dessus de la table de cuisson.

— Ma mère était une très mauvaise cuisinière, dit ma fille en riant.

— Avec un peu de chance, je pourrai au moins la surpasser dans un domaine ! Tu sais, j'ai vu des photos dans la chambre, celles de leur mariage. Tu lui ressembles un peu.

— Elle lui ressemble beaucoup, intervins-je.

Ma fille et Julianne sursautèrent de surprise, et j'approchai d'elles en remontant les manches de ma chemise blanche sur mes avant-bras. Julianne posa une main sur son cœur et ma fille replongea dans son livre de cuisine.

— Ça devient une habitude de nous espionner ?

— C'est plus fort que moi. J'aime bien vos histoires de filles. Et tu as tout à fait raison, Cecilia ressemble beaucoup à sa mère, confirmai-je. Je ne savais pas que tu avais vu les photos.

Julianne s'affaira sur la découpe des champignons, ignorant volontairement mon regard. Elle poussa un soupir, puis posa son couteau.

— C'était dans un tiroir. Tu as dû les ranger là et les oublier.

— Je les ai rangées, en effet.

Elle planta son regard sévère dans le mien, à peine adouci par un sourire forcé. Le bruit du fouet électrique reprit et notre conversation fut ainsi arrêtée. Pourtant, une forme de tension persistait. Le visage de Julianne était tendu et elle s'acharnait avec trop de force et trop de concentration sur les champignons. L'atmosphère était plus lourde, et je finis par me demander si mon intervention dans une conversation féminine n'avait pas été malvenue. Ma fille m'ordonna de mettre le couvert, mettant ainsi fin à mes questionnements. À contrecœur, je m'y attelai.

Le repas se passa bien, mais, à chaque fois que je tentais de capter l'attention de Julianne, son regard me fuyait. En début de soirée, et à la faveur de la retraite de ma fille en direction de sa chambre, je décidai de crever l'abcès.

— Je vais finir une commande et je rentre ensuite, lança Julianne en se dirigeant vers l'escalier.

— Je pensais que tu allais rester cette nuit.

— J'ai besoin de rentrer : je dois boucler une demande de subvention et je n'ai plus aucun vêtement propre. Je…

— Est-ce que tu me fuis ?

— Non, bien sûr que non. J'ai juste besoin de rentrer chez moi. J'ai un rendez-vous en centre-ville demain matin, cela m'évitera de me lever aux aurores ! Mais tu peux me suivre et on peut discuter pendant que je termine.

Elle n'attendit pas ma réponse et grimpa l'escalier à toute vitesse. Je restai immobile au milieu du salon pendant quelques minutes. Même installée chez moi, Julianne parvenait à trouver le moyen de s'évader. Je me décidai finalement à la suivre et l'observai, appuyant l'épaule contre le chambranle de la porte, pendant qu'elle piquait des épingles dans de la soie ivoire.

— Les photos sont dans ce tiroir, lança-t-elle sans même se tourner vers moi.

— Je les prendrai plus tard. Si tu me disais plutôt

ce qui t'arrive ? Tu as l'air… énervée et surtout tu as l'air énervée contre moi ! Est-ce que c'est parce que je vous ai surprises dans la cuisine ?

— Non. C'est… Tu sais, j'ai encore beaucoup de mal à être ici, dans cette pièce.

Un doute horrible me fit frissonner. Dans le ton de sa voix, il y avait une vibration désagréable, plus désagréable même que sa colère contenue. Je me redressai et forçai mon regard à rester sur elle. À défaut d'une explication nette, j'espérais un indice.

Julianne s'était installée avec une facilité déconcertante dans notre vie. Après deux jours de rangement et d'aménagement, elle avait pris ses quartiers. Elle m'avait fait retirer la porte de la chambre et elle avait enlevé les lourds rideaux occultants pour les remplacer par des voilages en lin. De Laura, il ne restait presque plus rien, hormis les souvenirs flottants et doux-amers.

— C'est une pièce comme une autre, dis-je dans un souffle.

— Ça, c'est ce que tu voudrais croire.

— Tu viens juste d'arriver, je pense qu'il faut juste du temps pour que tu prennes tes marques.

— Du temps ? Combien ? Huit ans par exemple ?

Sa remarque me fit l'effet d'un uppercut vicieux. Je sentis mon corps se tendre et mon cœur, à peine remis de sa longue blessure, manqua un battement. Un silence lourd de sous-entendus se glissa entre nous, prenant bientôt toute la place dans cette pièce pourtant grande.

— Donc, tu m'en veux, conclus-je. Tu m'en veux de… pleurer ma femme ? Ou de t'avoir fait investir les lieux ?

— Disons que je n'avais pas mesuré à quel point elle était encore présente ici. C'est déstabilisant.

Elle passa une main sur son visage et ses traits se détendirent un peu. J'enfonçai les mains dans mes poches, cherchant une manière de rétablir le lien entre elle et moi. Malgré toute ma bonne volonté, ma vie passée avec Laura resurgissait et s'interposait entre nous.

— Je… J'ai juste l'impression que Laura… Laura est une sorte de modèle inatteignable, commença-t-elle. Et elle est là, toujours là, quoi que je fasse. J'ouvre un tiroir, elle est là. Je parle à ta fille et elle est là. Je cuisine et je lis ses annotations. Je…

— Je comprends. Je… Je n'ai pas trop de solutions, hormis nous laisser un peu de temps. Il y a tout de même une différence majeure entre Laura et toi : elle appartient à mon passé et toi… tu es là, bien présente. C'est toi que je vois évoluer ici, c'est toi qui discutes avec Cecilia et c'est toi qui me rends actuellement heureux.

Un faible sourire éclaira son visage et dissipa en partie le malaise ambiant. Cela ne suffirait cependant pas à la faire rester cette nuit, mais, au moins, elle avait su me dire ce qui la gênait.

— Je peux toujours faire des recherches pour un local en centre-ville, si tu veux.

— Cooper…

— Je veux que tu te sentes à l'aise. À l'aise avec moi, précisai-je. Et si cela peut t'aider…

Julianne approcha de moi et prit mon visage entre ses mains froides. Elle colla son front au mien et nos respirations se calèrent sur le même rythme, loin de la colère et de la peine. Ici, dans l'encadrement de cette porte, dans notre bulle, il n'y avait qu'elle.

— Ça ira, murmura-t-elle contre mes lèvres. Ça ira.

Mon cœur se serra douloureusement et, malgré moi, malgré mon désir d'être avec Julianne, malgré ce qui nous liait, malgré sa présence si près de moi, le souvenir de Laura resurgit avec une violence inouïe. Julianne se détacha de moi et reprit son activité. Je me composai un visage neutre et chassai les émotions bouleversantes qui m'étreignaient avant de retourner au salon sur un dernier sourire lumineux de Julianne.

Ça ira.

C'étaient les derniers mots de Laura.

À l'approche des fêtes, l'atmosphère changea et ma relation avec Julianne s'apaisa. Cecilia parvint à me convaincre d'acheter un sapin de Noël, chose que je n'avais pas faite depuis la mort de Laura, convaincu que ces coutumes ne changeraient rien à mon état d'esprit.

— La dernière fois que j'ai décoré un sapin, ta mère était enceinte, dis-je en plaçant une boule sur une branche. Où as-tu trouvé toutes ces décorations ?

— Dans le grenier. Julianne m'a fait la courte échelle, jusqu'à la trappe.

Je me figeai, songeant à tout ce que j'avais entreposé dans ce grenier : des vêtements, des objets, des vieilleries dont ni Laura ni moi ne parvenions à nous débarrasser. Peut-être qu'un jour je pourrais évacuer toutes ces choses pour de bon.

— J'ai… J'ai trouvé une vieille robe de maman.

Je repris mes automatismes, hochant la tête pour encourager ma fille à continuer. J'accrochai une nouvelle boule, puis tentai de démêler un nœud de guirlandes dorées.

— C'est une robe noire avec un liseré bleu ciel. Les bretelles sont croisées devant et…

— Je vois de quelle robe il s'agit, la coupai-je. Nous avions gagné notre premier appel d'offres et, sans me prévenir, elle avait organisé un cocktail au bureau. Elle portait cette robe.

— Elle est jolie.

— Oui. Je me souviens qu'à l'époque nous étions fauchés. Ta mère a dû acheter cette robe dans une friperie. Elle avait préparé elle-même les petits-fours et mon père avait apporté quelques bouteilles.

— Bon souvenir ?

— Oui. Très bon. Nous avions bien trop bu et nous sommes rentrés à notre appartement miteux en titubant. Inutile de suivre cet exemple, dis-je à ma fille en la voyant sourire. Si tu me donnais plutôt des nouvelles de Lee ?

— Il va bien. Je… Il m'accompagne au bal de fin d'année.

— Très bien. Je pourrai ainsi vous surveillez de loin. J'espère qu'il sait danser !

— Pas vraiment, non. De toute façon, je ne sais pas non plus danser.

— On va résoudre ça, tout de suite !

— Papa, tu ne sais pas danser non plus ! s'exclama ma fille, pendant que je filais vers la cuisine pour lancer le lecteur de cassette.

La voix d'Elton John résonna dans la pièce et j'augmentai le son, sous le regard médusé de ma fille. Cette chanson, *Your Song*, nous la chantions avec Laura, dans la voiture, comme deux fous. C'était un hymne, presque une ode à la joie, quelques minutes de douce euphorie pendant lesquelles, nous oubliions la maladie. Et, oui, parfois, nous parvenions à crier plus fort qu'elle. Nous parvenions à faire comme si tout était normal. Cette chanson nous offrait alors nos trois minutes de normalité et d'insouciance.

C'était exactement ce dont j'avais besoin avec Cecilia, maintenant.

— Retire tes chaussures, lui ordonnai-je.

— Papa, tu es sûr de ce que tu es en train de faire ?

— Parfaitement !

Je repoussai la table basse, ainsi que le fauteuil, puis déplaçai l'halogène près de la cheminée. Ma fille ouvrit la bouche, prête à refuser, avant de changer d'avis. Elle retira ses chaussures, enleva son pull, puis approcha de moi.

— Je fais l'homme, dis-je pour l'aider à se détendre.

— Papa !

— Ta main sur mon épaule, l'autre, dans la mienne. Lee doit te tenir, comme ça, expliquai-je en posant la main dans le creux de son dos. S'il descend plus bas, je le tue, c'est clair ?

— Parfaitement clair, répondit Cecilia en riant.

— L'homme mène, donc, normalement, Lee doit donner le rythme et la cadence. Comme ça.

J'esquissai un premier pas de danse, mais ma fille, raide comme un piquet, manqua de tomber. Elle s'excusa aussitôt et nous reprîmes. Les premiers pas furent chaotiques et saccadés, mais très vite nous trouvâmes notre rythme.

— Il faut que tu cesses de regarder tes pieds et que tu regardes ton cavalier.

La musique était forte et je dus répéter mon instruction deux fois avant que Cecilia relève la tête vers moi. La chanson et son regard bleu me rappelèrent à nouveau Laura. Je me surpris à sourire, parvenant maintenant à contrôler mes accès de mélancolie.

— Tu réalises que plus personne ne danse vraiment comme ça ? fit la voix de Julianne.

Elle posa une housse à vêtements sur le canapé et s'y assit. Elle nous observa jusqu'à la fin de la chanson, se moquant volontiers de ma raideur et de mon attitude trop sérieuse. Faute de parvenir à nous troubler, elle finit par me lancer un coussin au visage, hilare.

— Ton père est si vieux jeu ! dit-elle à ma fille.

Je retournai au bar de la cuisine et baissai le son de la musique pour la mettre en sourdine. Je rejoignis ensuite Julianne, sur le canapé, pris sa main et la portai à mes lèvres. Elle retint son souffle et me lança un regard brûlant.

— J'assume totalement mon côté vieux jeu.

— Ta fille a presque quinze ans.

— Je lui montre juste comment un homme doit traiter une femme. Si ce Lee tient à elle, alors il apprendra.

— Laisse-moi le temps de retirer mon corset, histoire de rire vraiment !

J'embrassai le creux de sa main plus longuement et appréciai de la voir se tortiller, mal à l'aise et excitée, sur le canapé. Elle s'éclaircit la gorge, puis jeta un regard sur Cecilia qui terminait de décorer le sapin.

— J'ai fini, Cecilia.

Cette dernière se tourna vers nous et son visage se vida de son sang. Elle baissa les yeux et je compris dans la minute qu'elle me cachait quelque chose.

— Qu'as-tu terminé ? demandai-je.

— La robe de ta fille. Pour son bal en fin de semaine.

— Tu n'avais pas déjà acheté quelque chose ?

— Si. Mais… j'ai changé d'avis. Tu sais, cette robe dont je t'ai parlé.

— Celle de ta mère ?

Ma voix avait tremblé et baissé d'une octave. Je n'étais pas certain de tout comprendre. Cecilia avança vers moi et poussa un soupir. Je redoutais déjà la conversation qui se profilait.

— Celle de maman, oui. J'ai… Julianne a proposé de la mettre à ma taille et de l'arranger un peu. Je… Je ne savais pas comment t'en parler, mais si cela te pose un problème je…

— J'aurais aimé que tu m'en parles avant, en effet.

Je lâchai la main de Julianne et me levai du canapé. Cette robe n'était pas importante, ce n'était qu'un détail de ma vie avec Laura. Pourtant, je me sentais blessé et trahi. Je voulais garder le contrôle de mes souvenirs avec ma femme. En s'appropriant cette robe, Cecilia n'avait pas respecté cette règle tacite.

— Va l'essayer, Cecilia, reprit Julianne.

Je me postai face à la baie vitrée, admirant la nuit se refléter sur le lac. J'étais bouleversé et en colère. Les chansons qui défilaient ne faisaient rien pour m'apaiser. J'étais tellement tendu que je sursautai en sentant les mains de Julianne se poser sur mon dos.

— Elle avait l'air d'y tenir beaucoup. Il faut que tu la voies dedans, elle est superbe !

— J'aurais aimé que tu m'en parles.

— Je n'y ai pas pensé une minute ! Cecilia était enthousiaste. Je ne pensais pas que cela te gênerait.

— Que ma fille récupère une robe de sa mère qui est morte ? m'agaçai-je.

Je me tournai pour lui faire face. Le regard perdu

de Julianne trouva le mien. Elle ne comprenait vraiment pas. Pourtant, elle aurait dû se douter que, si j'avais remisé cette robe au grenier, c'était pour ne plus la voir. Elle aurait dû comprendre que cette robe faisait remonter des souvenirs à la surface. Vivre ici était déjà suffisamment douloureux, je n'avais pas besoin de voir ma fille habillée avec une robe de ma femme disparue.

— Pour elle, c'est juste une façon de se rapprocher d'elle. Pourquoi es-tu en colère contre moi ? demanda Julianne en s'écartant de moi.

— Parce que je n'aime pas être mis au pied du mur. Tu aurais dû m'en parler. Il y a encore quelques jours, tu trouvais malsain de t'installer dans cette chambre !

Elle recula, blessée par ma remarque. Son visage se décomposa, et je vis clairement qu'elle retenait ses larmes.

— Je n'avais pas réalisé, murmura-t-elle.

— Pas réalisé quoi ? Que c'était tout aussi malsain de la laisser revêtir une robe de sa mère ? Mais enfin, à quoi pensais-tu ?

— Cooper, je…

— C'est ma fille !

— Et ça fait huit ans !

— Tu crois que je ne le sais pas ? Tu crois qu'en voyant Cecilia je ne pense pas systématiquement à Laura ?

Ma colère avait parlé pour moi et je m'en voulus immédiatement. Julianne cherchait à me calmer et je retournais tous ses arguments contre elle. Elle fronça les sourcils et sa tristesse se mua en colère.

— Ta fille a besoin de sa mère. Mais tu es tellement englué dans ton chagrin que tu n'es pas capable de le voir ! Cecilia a quatorze ans et elle n'a aucun souvenir de la femme que tu as aimée.

— Sa mère était malade. Je suis presque content qu'elle n'ait pas eu à affronter ça !

— Est-ce que tu l'aimes toujours ? demanda-t-elle sèchement.

— Ça n'est pas la question !

— C'est la mienne ! Est-ce que tu es toujours amoureux de ta femme ? Est-ce que tu es en colère parce que je ne suis pas elle ?

— Julianne, ma femme est morte depuis huit ans. Mes sentiments ne sont pas du tout… ne sont plus…

J'étais désemparé. Notre dispute prenait des proportions bien trop importantes. J'avais été sous le choc, pour cette histoire de robe. Et maintenant, j'étais pris dans cette conversation surréaliste avec Julianne sur ce que je ressentais.

— Je ne suis pas elle, Cooper. Je ne le serai jamais. Mais si tu ne l'acceptes pas, ça ne sert à rien de rester ensemble.

— Je l'accepte, je t'assure. Julianne, je… je ne suis pas forcément le plus doué pour dire ce que je ressens. Je suis vieux jeu, ou vieux chaste si tu préfères. J'aurais juste aimé que tu m'en parles. Il faut que tu me parles, Julianne.

— Au sujet de Laura ?

— Pour tout ! Ce que tu ressens, ce que tu fais, ce que tu aimes, ce que nous sommes. Nous n'y arriverons pas si nous gardons des secrets.

J'approchai d'elle prudemment, puis la pris dans mes bras. Elle était tendue et répondit à peine à mon étreinte. J'étais désolé de m'être emporté, mais soulagé d'être parvenu à la prendre dans mes bras.

— Il n'y a que toi, murmurai-je à son oreille.

Elle ne répondit pas et je mesurai alors les dégâts de notre conversation. Le fantôme de Laura était trop présent ici et Julianne le subissait aussi.

Cecilia apparut dans l'embrasure du salon et un sourire ému éclaira son visage.

— Tu es superbe, chérie, la complimentai-je.

Julianne se libéra de mon emprise et rejoignit ma fille. De la robe, il ne restait que le haut. Le bas était composé d'un jupon vaporeux et bleuté, constitué d'une superposition de morceaux de tulle. Julianne avait sacrifié les bretelles et ajouté un tissu transparent pour couvrir les épaules de ma fille.

— Ça te plaît ? me demanda cette dernière.

— Tu es vraiment jolie. L'essentiel, c'est que ça te plaise à toi !

Julianne resta silencieuse, admirant ma fille jouer avec le tissu. Elle s'assura que tout tenait et que les coutures étaient solides, avant de demander à ma fille de retourner se changer.

Je profitai de ce moment de tête-à-tête pour me rassurer sur ma relation avec Julianne. J'aurais pu dire que notre dispute n'avait été qu'une simple dispute. Pourtant, en observant les réactions de son corps, je savais que quelque chose clochait.

— Tu restes ce soir ? demandai-je.

— Je ne peux pas.

— Tu ne peux pas ou tu ne veux pas ?

— Je ne peux pas, répéta-t-elle en osant à peine me regarder. Ma colocataire fête son anniversaire et j'ai promis d'y participer.

— Julianne, regarde-moi, s'il te plaît.

Elle soupira et afficha un air exaspéré quand enfin elle se tourna pour me faire face. L'anniversaire de sa colocataire était sûrement vrai et il lui offrait un prétexte parfait pour me fuir.

— Ce que j'ai dit tout à l'heure... J'étais en colère. Je ne voulais pas te blesser et je suis désolé si je l'ai fait.

— Je sais.

— Je te connais Julianne et je sais que quelque chose ne va pas.

— Tu penses me connaître. Tu ne vois en moi que ce qui t'aide à aller mieux. Ce soir, parce que tu étais contrarié, tu m'as prise pour bouc émissaire.

— Absolument pas ! Écoute, c'était juste... Cette robe est superbe, c'est vrai. Et j'ai eu tort de me mettre en colère. Et je t'assure que je ne me sers pas de toi.

— Tu m'as mise dans cette chambre en espérant que ça t'aiderait, tu m'as invitée au mariage de tes amis parce que la perspective d'être seul t'était insupportable. Je ne peux pas faire ça, Cooper. Je ne peux pas être un antidote, je ne peux pas vivre dans cette maison en faisant mine d'ignorer que ta femme est partout ici. Tu l'as dit toi-même : c'est malsain.

Soudain, je réalisai ce qui était en train de se produire. Elle me laissait. Elle partait. À demi-mot, elle me faisait comprendre que je n'étais pas prêt pour vivre quelque chose avec elle.

— Je ne veux pas que tu partes. Tu… tu me rends heureux et…

— Et moi ? me coupa-t-elle. Et ta fille ? Cette histoire ne concerne pas que toi !

— Tu m'as dit dans la limousine que tu étais bien avec moi.

— Avec toi. Pas avec Laura partout. Je n'aurais sûrement jamais pu la concurrencer quand elle était en vie. Mais elle est morte et, à tes yeux, c'est une sainte. Personne ne rivalise avec une sainte, Cooper.

— Reste, je t'en prie.

— Ce n'est pas possible. Tu sais pourquoi je t'ai demandé d'enlever cette porte ? J'espérais que tu viennes me voir. Mais tu n'es pas venu une seule fois dans cette chambre depuis que j'y suis installée. Tu fais comme si… comme si j'étais une intruse dans cette maison.

— Julianne, s'il te plaît, tu sais que c'est faux !

Ma voix était désespérée et je m'effondrai dans le fauteuil le plus proche. J'avais aimé Laura de toutes mes forces, je l'avais pleurée de tout mon être, mais je n'avais jamais réalisé à quel point elle restait présente. En fuyant tous mes souvenirs, je lui avais créé une place à part, un endroit inatteignable et qui n'appartenait qu'à moi. Je m'y refugiais, plus souvent que je ne voulais bien me l'avouer. Et, dans ces moments-là, j'avais la sensation d'être avec elle, j'avais l'impression que ma femme était toujours là. Mes souvenirs, si réconfortants, semblaient maintenant se retourner contre moi et je me sentais pris au piège.

— Je suis venu te voir le soir où tu cuisinais avec Cecilia.

— Tu es venu, mais tu n'es pas entré ! répliqua-t-elle. Tu m'as regardée depuis le seuil, tu n'as même pas mis un pied à l'intérieur. Depuis le début, je sens que… qu'elle est là. Tu as peut-être ramassé les objets et rangé les souvenirs, mais elle est toujours là ! Je ne peux pas. Pas comme ça. Et peut-être que c'est mieux pour toi, comme pour moi.

— Je ne vois pas en quoi c'est mieux de voir la femme qu'on aime partir.

— Parce que tu refuses de le voir. Je me doutais depuis longtemps que cela finirait ainsi.

— Et ?

— Et je t'ai vu danser avec ta fille. Tu n'as pas besoin de moi pour être heureux, Cooper.

— Je sais ce dont j'ai besoin. J'ai besoin de toi. Je veux que tu restes. Je me suis mis en colère, j'ai été maladroit, c'est vrai, et je me suis excusé.

— Je suis la première à savoir que s'excuser ne suffit pas, railla-t-elle.

Elle enfila son manteau et m'adressa un dernier regard désolé. Je la regardai une dernière fois, mais je ne vis plus sa joie de vivre habituelle et son enthousiasme débordant. Elle était comme une coquille vide, triste et effacée. Cela me conforta dans la certitude qu'il y avait autre chose, que sa décision soudaine et brutale n'était pas uniquement liée à notre conversation.

— Je viendrai récupérer mes affaires dans la semaine, m'indiqua-t-elle.

— Est-ce que tu viendras au bal de Cecilia ?

— Je passerai.

Et l'instant suivant, elle disparut, franchissant la porte avec mes regrets et notre histoire. Quand Cecilia revint dans le salon, elle comprit immédiatement que Julianne était partie pour de bon. Sans rien dire, elle vint s'asseoir près de moi et ses doigts s'entremêlèrent aux miens.

— Je suis désolée, murmura-t-elle.

— Ce n'est pas ta faute.

C'était la seule chose dont j'étais certain : Cecilia n'y était pour rien.

Quant à moi, j'étais perdu.

Le surlendemain, j'appris que Julianne avait profité de mon déplacement en Californie pour vider la chambre qu'elle occupait. Elle avait laissé la clé de la porte sur le bar sans aucun mot. Je passai la nuit éveillé, errant dans la maison. Je finis par franchir le seuil de mon ancienne chambre et par m'asseoir contre le mur, à même le sol.

Peut-être que je n'étais pas fait pour vivre avec une autre. Peut-être que je m'étais réfugié derrière une image du bonheur idéal. J'en vins même à douter de mes sentiments pour Julianne. Pourtant, à la façon douloureuse dont elle me manquait, je savais que je l'aimais.

J'essayai d'adopter le point de vue de Julianne, d'imaginer cette pièce avec ses yeux. Je revoyais le mariage de Maggie et Mark où nous avions tant ri.

— Et si tu lui faisais une cassette à elle aussi, proposa ma fille.

Elle se tenait devant la porte, habillée d'un vieux T-shirt élimé et d'un bas de pyjama épais. Ses cheveux longs étaient tressés et son regard bleu azur me fixait avec intensité. Elle entra dans la chambre et s'assit sur le lit.

— Ça a bien marché avec maman, continua-t-elle.

— Julianne n'a rien de commun avec ta mère. Et c'est justement ce qu'elle me reproche, de vivre encore avec Laura.

— Tu as essayé de la rappeler ?

— Des centaines de fois. Je... Je ne sais même pas quoi lui dire.

Elle s'allongea sur le lit et fixa le plafond. Je savais que ma fille cherchait à me réconforter. Mais nous étions au milieu de la nuit, et elle aurait été mieux au fond de son lit.

— Tu devrais retourner te coucher.

— Je n'ai pas cours demain.

— Jour du bal, me rappelai-je.

— Jour du bal. Lee m'a confirmé qu'il ne savait vraiment pas danser, dit-elle en riant. Ce n'est qu'un détail de toute façon.

— Ce sont les détails qui font la personnalité de quelqu'un. Ta mère, par exemple, avait toujours rêvé de devenir photographe, alors avec mon premier vrai contrat je lui ai offert un superbe appareil photo. Elle l'a cassé deux mois plus tard, elle était dévastée. Les détails comptent, Cecilia.

— Lee aime s'allonger dans l'herbe après les cours, je devrais peut-être lui tricoter une couverture ! Tu as un détail sur Julianne ?

— Elle aime marcher pieds nus. Mais j'ai la sensation d'avoir loupé un paquet de détails sur elle, tu sais.

Après le choc de son départ, les regrets m'avaient envahi et ne m'avaient plus quitté. Il y avait quelque chose d'inachevé dans notre relation trop courte, un sentiment horrible de gâchis, dont je m'attribuais la responsabilité exclusive. Je n'avais pas su voir ses doutes, pas su passer outre à la situation dans laquelle nous nous étions mis, pas su la rassurer quand elle en avait besoin.

Je n'avais même pas su entrer dans cette pièce.

— Julianne m'a dit qu'elle passerait demain, pour te voir.

— Super. Ça te donnera une occasion d'aller lui parler.

— Je ne crois pas qu'elle veuille me parler à nouveau. Je crois aussi qu'elle a raison.

Ma fille se redressa et contempla le désastre de cette chambre vide. C'était encore pire qu'avant Julianne. Je connaissais le deuil, je savais comment le gérer, comment survivre avec. Mais gérer l'absence était nouveau ; Julianne était toujours en vie, toujours là, quelque part, et je n'avais pas de solution.

— Papa, je vais peut-être être brutale, mais… tu devrais vendre.

— Vendre ? Vendre la maison ?

— Vendre. Cette maison, tu le dis toi-même, c'est maman. Ce n'est qu'elle. Partout. Tu pourrais acheter une nouvelle maison ou un appartement dans Portland.

— Cecilia, c'est aussi ta maison.

— Ce n'est qu'une maison, papa. Des murs, un toit, quelques meubles. Maman n'est plus là, mais nous, si. Et… Oui, je pense que tu devrais la vendre.

— Pour Julianne ?

— Pour elle, si tu l'aimes. Pour toi, aussi, pour vraiment prendre un nouveau départ. Et pour moi… D'ici à quelques années, je partirai à l'université et cette maison sera encore trop grande !

— Je ne sais pas. C'est… C'est compliqué.

Je me surpris à sourire. « C'est compliqué » : la réponse facile à toutes les questions auxquelles je n'avais pas de réponses. Julianne aurait été ravie de m'entendre et se serait moquée de moi en me disant d'aller me faire voir. Ma fille bâilla et je décidai qu'il était temps de retourner au lit.

— Il faut que tu dormes aussi, papa.

— Dans quelques minutes.

Nous sortîmes de la chambre et Cecilia rejoignit la sienne. Je retournai dans le salon, contemplant la pièce, de la baie vitrée monumentale au plafond élevé. Laura et moi avions créé cette maison mètre par mètre, du plan à la réalisation. Nous avions choisi chaque meuble, chaque couleur. Ici, nous avions discuté sur la terrasse, bu des verres de vin, mangé, fait l'amour, admiré Cecilia faire ses premiers pas. Nous avions chanté, dansé, invité des amis. Nous nous étions disputés, embrassés, enlacés. Nous avions pleuré de joie et pleuré de tristesse.

Nous nous étions aimés dans cette maison.

J'ouvris la baie vitrée et laissai le froid s'engouffrer dans le salon. Le lac était paisible, la nuit d'un noir d'encre. J'avais, depuis longtemps — bien avant la mort de Laura —, rangé la table et les deux chaises longues. J'entrai dans la remise attenante, à la recherche d'une couverture pour me protéger du froid. J'en trouvai finalement une, soigneusement pliée sur une étagère.

De retour sur la terrasse, je la dépliai et la secouai pour chasser la poussière. Un bruit sourd résonna et je découvris sur le sol un des livres préférés de ma femme. Elle avait dû le ranger, dans l'espoir de le ressortir un jour. Je feuilletai ce vieux titre de Jim

Harrison. Laura avait pour habitude de torturer ses livres : elle les cornait, surlignait des passages, prenait des notes, entourait des mots.

Dans ce livre, il y avait un concentré d'elle-même, de son énergie, de sa curiosité, de son amour. Je finis par le refermer, refoulant mes larmes et ma détresse. Il était temps de faire mes adieux à Laura, de vrais adieux.

Je repliai la couverture et y remis le livre avec précaution. Je rangeai le tout dans la remise et rentrai à l'intérieur de la maison. Le silence m'était insupportable et rendait l'absence de Julianne encore plus douloureuse. Cette maison, qui avait été mon refuge pendant des années, mon lieu de prédilection pour me noyer dans mes souvenirs heureux avec Laura, représentait maintenant un obstacle majeur dans ma relation avec Julianne.

Un côté pile rassurant et un côté face effrayant. Au milieu de ce salon, je ne voyais plus désormais que le côté face, que le mausolée inerte de ma relation avec Laura, que le symbole de mon chagrin. Pendant longtemps, Annah et Jackson m'avaient encouragé à vendre. Je devais aller de l'avant, je devais tourner la page, je devais oublier ma femme. J'avais toujours refusé. Vendre, c'était perdre Laura une seconde fois, c'était renier ce que nous avions été, c'était construire une vie dont je ne voulais pas.

Aujourd'hui, les choses avaient changé. Cecilia avait grandi, Julianne était apparue dans ma vie et cette maison, à la vue spectaculaire, m'apparaissait comme une ombre triste et morose sur toute ma vie.

Je passai une tête dans la chambre de ma fille, m'assurant qu'elle dormait profondément. Je lui griffonnai un mot rapide, puis m'habillai pour rejoindre Portland. En refermant la porte, je jetai un ultime coup d'œil vers le salon.

Dans cette maison, j'avais aimé Laura. Plus que tout. Il était temps maintenant de faire en sorte que cette maison retrouve la fonction pour laquelle nous l'avions construite : abriter un amour heureux.

C'est en admirant la vue sur le lac, les yeux embués de larmes et la gorge serrée, que je finis par prendre la décision qui s'imposait.

Pour retrouver Julianne, je devais faire mes adieux à Laura.

Et à cette maison.

— Ça ira, murmurai-je. Ça ira, Laura.

Je passai une grande partie de la nuit au cabinet, dans mon bureau. Je m'installai sur mon vieux pupitre, éclairé par la petite lampe d'appoint. J'étais toujours tourmenté par ce que m'avait dit Julianne. Mais je voulais lui prouver qu'elle était désormais la plus importante dans ma vie, que c'était avec elle que je voulais parler, manger, boire, faire l'amour, me disputer, vieillir, vivre.

Elle. Et pas Laura. Elle et pas mes souvenirs teintés d'amertume. Elle et pas ma maison figée pour toujours. Elle et pas ma vie d'avant.

À 8 heures, Emma me surprit en entrant dans mon bureau avec une pile de dossiers. Elle s'immobilisa à la porte, interdite.

— Vous avez passé la nuit ici ?

— Plus ou moins. Nous sommes samedi, qu'est-ce que vous faites là ?

— J'ai oublié mes clés et je me suis dit que j'allais en profiter pour poser les dossiers de la semaine sur votre bureau. Je crois que c'est la première fois que je vous vois avec une petite barbe.

— Vous avez oublié vos clés et vous ne passez que ce matin ? Oh ! pardon, je viens de comprendre.

— J'ai dormi chez une amie, dit-elle avec un air renfrogné.

— Et votre petit ami ? Celui qui vous a présenté ses amis au bowling ?

— Il était en déplacement. Il m'attend en bas et on va aller faire un double de ses clés. Pour moi, ajouta-t-elle, comme si je n'avais pas compris.

— Et vous n'êtes pas nerveuse ? Il y a encore peu de temps, vous étiez paniquée à l'idée d'aller au bowling et vous comptiez encore les rendez-vous !

Son changement d'état d'esprit me surprenait. Emma, devant moi, dans son jean usé et ses vieilles baskets, arborait un sourire confiant. J'étais heureux pour elle, mais je craignais que nos conversations du vendredi soir finissent par me manquer.

— Je ne sais pas. J'ai finalement décidé que c'était sans importance et que je me fichais de ce que ses amis pensaient.

— De quoi allons-nous parler les vendredis soir maintenant ?

— Et pourquoi pas de votre vie amoureuse ? Annah m'a parlé de Julianne.

— Nous venons de rompre.

Emma leva un sourcil et approcha de moi. Elle tira une chaise et s'y assit. Je la regardai faire, pendant qu'elle prenait une profonde inspiration.

— Je vais être franche avec vous : je ne suis pas surprise. Vous savez, au tout début, quand je suis arrivée au cabinet, j'avais un vrai béguin pour vous.

Elle rougit et dissimula un sourire gêné. Je ris à mon tour et m'enfonçai au fond de ma chaise.

— Je crois que ça relevait plus du mythe de l'assistante et de son patron. En y réfléchissant, je savais, de toute façon, que votre deuil était trop présent pour que vous puissiez regarder une femme.

— C'est vrai, admis-je. Enfin, c'*était* vrai. Cela étant, vous concernant, j'arrive trop tard, on dirait.

— Pour moi, oui. Mais peut-être pas pour elle. Et vous avez raison : fondamentalement, les relations amoureuses sont simples.

— Vous écoutiez vraiment mes conseils ?

— À chaque fois. Je n'ai aucune idée de ce que vous avez vécu, aucune idée de ce qu'on ressent quand on perd quelqu'un qu'on aime si fort. Je n'ai même jamais connu de deuil dans ma famille. Mais je sais ce qu'on ressent quand on tombe amoureux et… c'est atrocement génial.

Elle m'adressa un sourire chaleureux, avant de se lever pour quitter mon bureau.

— Atrocement génial ? répétai-je en souriant.

— Vous savez, l'instant précis où vous regardez l'autre et où vous vous dites que votre vie est parfaite ? Où toutes les planètes sont alignées, où vous savez dire exactement ce qu'il pense ou la couleur qu'il aime ? Où le souffle vous manque quand il n'est pas là ? Je vous assure, c'est atroce. Parce que quand on a connu ça on ne veut plus connaître autre chose.

Elle quitta mon bureau avec un sourire aux lèvres. Je fixai la porte de longues secondes, méditant sur sa dernière remarque. De Julianne, je savais beaucoup de choses, je connaissais certains détails et je pouvais deviner ses pensées.

Et effectivement, je ne voulais pas connaître autre chose.

PARTIE 7

Save the Last Dance for Me

— Cecilia, je suis rentré ! La limousine sera là dans une heure.

Ma fille était dans sa chambre avec quelques amies. J'imaginais qu'elles se préparaient en vue de leur soirée. Je signalai ma présence en toquant doucement contre la porte. Ma fille manqua d'en arracher les gonds. Ses yeux brillaient d'excitation et je fis mine d'ignorer la couche trop importante de brillant sur ses lèvres.

— Tu as réservé une limousine ? ! s'écria-t-elle d'une voix un peu trop aiguë.

— La plus grande de toutes ! Prépare une liste avec les adresses de tes amis pour aller les chercher.

Cecilia me sauta au cou avec une ferveur inédite. Je la serrai contre moi avec chaleur, savourant sa présence et sa joie de vivre. Elle claqua un baiser sonore sur ma joue, pendant que ses amies sautillaient autour de nous.

— Je vais aller prendre une douche et je vous suivrai dans ma voiture.

— Tu ne prends pas la limousine avec nous ? demanda-t-elle en s'écartant de moi.

— J'ai quelques trucs à régler, je vous rejoindrai au tout début de la soirée.

Elle hocha la tête et retourna dans sa chambre. Une clameur enthousiaste perça les murs et je ris à nouveau, en me dirigeant vers ma salle de bains. Sous le jet, je peaufinai les derniers détails de mon plan. Le plus difficile serait de retenir Julianne et de la forcer à m'écouter. Si j'y parvenais, je pouvais avoir une chance de la retrouver.

En tout cas, je l'espérais.

Les quatre filles montèrent dans la limousine, pendant que je m'installais au volant de ma voiture. Je m'assurai de n'avoir rien oublié, puis les suivis. Je bifurquai au carrefour et remontai la longue avenue bordée d'immeubles cossus, avant de me garer devant le centre commercial.

Vingt minutes plus tard, je repartis en direction du collège de ma fille et fis un nouvel arrêt qui me prit plus de temps que ce que j'imaginais. Dix minutes plus tard, je me garai devant le collège et sortis de la voiture. Comme avant les réunions importantes avec certains clients, j'avais préparé un argumentaire, que je me répétais soigneusement pour ne rien oublier.

J'entrai dans le gymnase et repérai immédiatement ma fille en grande conversation avec un jeune homme brun. Il était beaucoup plus grand qu'elle et avait visiblement fait briller ses chaussures avant de venir. Le gymnase avait été décoré aux couleurs de Noël et de la fausse neige avait été éparpillée au sol. Quelques guirlandes lumineuses réchauffaient l'ensemble et un animateur se chargeait de changer de musique toutes les trois minutes.

Je vis quelques adultes observer la piste, mais nulle trace de Julianne. Après vingt minutes d'attente, j'étais de plus en plus inquiet. La solution la plus simple aurait été de débarquer chez elle. Je mentirais en disant que je n'avais pas été tenté de le faire. Mais je voulais un terrain neutre, un endroit où ni elle ni moi n'avions de souvenirs troubles. Surtout, j'espérais que ces quelques jours loin l'un de l'autre avaient apaisé la situation.

En désespoir de cause, ma fille finit par m'inviter à danser, m'entraînant sur la piste avec une grâce et une fierté incroyables. Elle avait visiblement bien retenu ma leçon de danse, car elle se plaça comme je le lui avais indiqué et me laissa donner le rythme.

— Sympa ce nouveau look avec la barbe.

— Je n'ai pas pris le temps de me raser.

— Je t'ai vu danser avec Julianne, au mariage. Et ce n'était pas du tout la même position, me fit-elle remarquer.

— Je suis un adulte, c'est tout à fait différent. Qui est le garçon près de Lee, là-bas ?

— C'est David, un ami, répondit ma fille en tournant la tête vers l'intéressé.

— Il ne te regarde pas comme un ami.

— Papa !

— C'est juste une remarque ! Il te dévore du regard. Tu sais, à mon époque, c'était un peu honteux d'être vu à quatorze ans avec son père ou sa mère.

— Tu as loué une limousine, papa !

— Oh ! donc tout est dans la limousine ? Je me disais aussi…

— Tu sais… je suis contente d'être restée, avoua-t-elle dans un murmure.

— Je suis content que tu sois restée.

La musique s'acheva et j'embrassai ma fille tendrement sur le front et la laissai à ses amis. Je retournai à ma place, à proximité de la porte d'entrée. Je jetai un coup d'œil circulaire à la salle. Julianne n'était toujours pas arrivée. J'allais me servir un verre de jus de fruits quand, enfin, elle apparut à la porte.

Vêtue d'une jupe rouge volumineuse et d'un haut blanc rehaussé d'une étole, elle était à couper le souffle. À côté d'elle, avec mes cernes et ma barbe de cinq jours, je me sentais misérable. Son regard se promena sur la salle et elle vit Cecilia. Elle lui adressa un petit geste de la main pour la saluer. Puis ses yeux s'arrêtèrent sur moi. Nous nous fixâmes de longues secondes. Un sourire hésitant et poli fleurit sur son visage.

C'était un début.

J'attrapai une serviette en papier et griffonnai un mot à son attention. Repérant un adolescent devant moi, je lui confiai la serviette et lui demandai de la donner à Julianne. Le jeune homme s'exécuta et je vis son visage s'éclairer d'un sourire. Elle tourna la serviette entre ses mains, avant de replanter son regard dans le mien et de murmurer un « c'est toi ? ».

Je hochai la tête, la fixant pendant qu'elle lisait les trois mots que j'avais jetés dessus. Elle était à deux pas de la sortie et je craignais qu'elle prenne la fuite dans la minute. Pourtant, à ma grande surprise, elle replia la serviette et approcha de moi.

— Je présume que je ne devrais pas être surprise.

— Par le contenu du mot ?

— Par le mot. Tu t'es souvenu de ça ?

— Tu n'as jamais reçu de mot, oui, je m'en souviens. De ça et de tout ce que tu m'as dit, y compris le soir où tu es partie.

Nous nous dévisageâmes avec embarras. Peut-être aurions-nous dû nous faire la bise, mais la gêne l'emportait sur tout le reste. Elle détailla ma tenue — le même costume que le jour de notre rencontre — et se pinça les lèvres pour retenir un sourire.

— Virez tout de suite ce sourire narquois de votre visage, lançai-je.

— Cooper, s'il te plaît. Je suis là pour ta fille, pas pour refaire l'histoire !

— Je ne veux pas refaire l'histoire. Je veux vivre une histoire et la vivre avec toi, ici.

— Je ne reste que quelques minutes, me prévint-elle. Je voulais la voir dans sa robe.

Nous restâmes silencieux, observant les adolescents danser devant nous. Être si près de Julianne sans pouvoir la toucher me bouleversait. J'avais envie de la sentir contre moi et de serrer ma main dans la sienne.

— Ta fille est vraiment belle. Est-ce que… Est-ce que vous fêtez Noël à Barview ? demanda-t-elle.

— Chez ma mère, oui. Seras-tu sur ma plage à errer en solitaire ?

— J'ai l'impression d'errer depuis des jours, avoua-t-elle.

Nos doigts se frôlèrent et, très vite, elle se décala pour limiter tout contact. Après tout ce que nous avions vécu, après toutes nos conversations, nos aveux, nos nuits ensemble, constater que Julianne était si froide avec moi me déchirait le cœur.

— Moi aussi.

— J'aime beaucoup la barbe, dit-elle en souriant.

Elle se tourna vers moi et, sans dire un mot, porta les mains à mon col. La chaleur de son corps et son parfum acidulé m'enivrèrent dans l'instant. Je penchai la tête vers elle, diminuant encore l'espace entre nous. Je la laissai faire, pendant qu'elle me retirait ma cravate.

— Tu fais ça souvent ? demandai-je.

— La dernière fois que je l'ai fait, je suis tombée amoureuse.

— Coup de foudre ?

— Non. C'est juste arrivé, sans que je m'en rende compte. Tout doucement. Il m'a séduite, petit à petit. Je n'avais pas vraiment prévu ça !

La cravate glissa sur mon col et Julianne défit le premier bouton de ma chemise. Ses doigts se promenèrent sur ma peau, suivirent l'arête de ma mâchoire, avant de se poser sur mes joues.

— Que s'est-il passé ensuite ?

— Le passé nous a rattrapés.

— Alors quoi ? Larmes, cris ?

— Larmes. Beaucoup de larmes. Je ne vais pas être capable de pleurer avant un bon bout de temps.

Son sourire fendilla son masque de tristesse.

— Mais je suis toujours amoureuse de lui, continua-t-elle en rivant les yeux sur la piste. J'ai appris à l'aimer et maintenant j'aimerais savoir comment l'oublier. Histoire que ça me fasse moins mal quand je le vois et que tout mon corps réclame qu'il me touche.

Une vague de soulagement me submergea. Après des heures de réflexion, j'avais enfin quelques réponses à mes questions. Julianne était là, près de moi, elle me parlait, mais quelque chose la retenait. La voir si fragile me toucha. Je détestais avoir pu lui faire du mal.

— Que dirais-tu d'aller danser ? proposai-je en posant la main dans le bas de son dos.

— Ici ? Mais...

— Ici. Personne ne nous regarde vraiment.

— D'accord, je partirai ensuite.

— Ça me laisse donc trois minutes pour te convaincre de rester.

Les premières notes de *Save the Last Dance for Me* dans sa version originale me tirèrent un sourire. C'était peut-être notre dernière danse...

Au milieu des adolescents, notre initiative détonnait. Julianne adopta la position académique : sa main gauche sur mon épaule, pendant que la droite se fichait dans la mienne. Je plaquai ma main libre dans son dos et, lentement, nous évoluâmes sur le parquet du gymnase. Julianne gardait les yeux rivés au sol et ses gestes étaient incertains, comme si elle cherchait ses marques. Pourtant, son corps réagissait. J'entendais sa respiration lourde et je sentais ses doigts se refermer plus durement sur les miens.

— Désolée, fit-elle après m'avoir marché sur un pied.

— Pourquoi es-tu aussi nerveuse ?

— Parce que ce n'est pas tous les jours qu'un homme me fait un mot en me demandant de lui pardonner.

Je la serrai plus étroitement contre moi et sa main remonta de mon épaule à ma nuque. Elle plongea son regard noisette dans le mien et j'y vis plus de peine et de douleur que jamais. J'abaissai nos mains jointes et embrassai ses doigts. Son regard se voila et son sourire trembla davantage.

— Pardonne-moi, murmurai-je dans une supplique. Je m'en veux de t'avoir fait du mal. Je n'ai pas beaucoup dormi depuis que tu es partie.

— Moi non plus.

Elle appuya le front contre mon épaule et nos mouvements, déjà très lents, devinrent presque inexistants. Nous étions l'un contre l'autre, perdus et dévastés par ce qui nous arrivait. J'avais la sensation d'avoir gâché notre histoire, d'avoir détruit ce lien si fort qui nous unissait.

— Il n'y a que toi, murmurai-je. Depuis le jour où je t'ai rencontrée à l'hôtel, il n'y a que toi qui parviennes à me faire me sentir heureux.

Pour toute réponse, je récoltai un soupir et son corps épousa délicatement le mien. Mes mains parcoururent son dos, puis ses bras, avant de revenir sur sa taille. Elle frémit contre moi et ses doigts chatouillèrent ma chevelure.

— Et personne ne t'aimera plus que moi, continuai-je. Est-ce que tu sais à quel moment j'ai su que j'étais amoureux ?

Elle releva les yeux vers moi et je résistai à l'envie de l'embrasser sur-le-champ.

— À Barview, en te regardant danser. Danser avec toi est toujours une expérience.

Elle eut un petit rire, avant d'acquiescer.

— Je ne regrette aucune minute de tout ce que j'ai vécu. Le bon et le moins bon. Parce qu'elles m'ont mené à toi et que tu m'as ouvert les yeux sur ma vie. Je veux que tu reviennes, Julianne. Même si pour ça je dois me forcer à danser pendant des années, même si je dois inventer tous un tas de rendez-vous imaginaires, même si je dois te faire des mots en douce pour te voir sourire… Je veux que tu reviennes.

Elle ne répondit pas et se détacha de moi. Ce n'est qu'une fois loin de son corps que je réalisai que la musique avait changé. Elle me fixa avec intensité sans que la tristesse ait pour autant disparu de son regard.

— Je vais y aller, dit-elle d'une voix étranglée.

Elle tourna les talons et traversa le gymnase d'un pas vif. Passé la seconde de surprise, je la suivis et nous débouchâmes sur le parking. Je ne la comprenais plus : il me semblait pourtant que notre danse nous avait permis d'aplanir la situation. J'avais espéré qu'elle me donne une nouvelle chance et elle partait d'ici, sans même un mot.

— Julianne, attends !

Elle courait presque, cherchant ses clés dans son sac, d'un air affolé. Quand elle atteignit sa voiture et en ouvrit la portière, je parvins à l'arrêter et à refermer la portière avant qu'elle s'installe au volant. À bout de souffle, son dos contre mon torse, je me lançai :

— Quel est ton peintre préféré ?

— Qu… quoi ?

— Ton peintre préféré ?

— Kandinsky. Pourquoi ?

— Chocolat au lait, les roses, le vert, Kandinsky et Kerouac, récitai-je à son oreille.

Elle pivota et me dévisagea, sans comprendre. Sa poitrine se soulevait rapidement et elle portait ce même rouge à lèvres que lors de notre première danse. Le cœur battant, je répétai ce que je venais de lui dire, plus lentement.

— Chocolat au lait, les roses, le vert, Kandinsky

et Kerouac. C'est toi. Ce sont des détails qui te définissent, toi. Alors je ne peux pas te laisser dire que je ne te connais pas. Je te connais, Julianne. Je me souviens de tout ce que tu m'as dit, de nos danses, de tes baisers, de la façon dont ton corps réagit quand tu es avec moi.

— Tu ne sais pas tout, murmura-t-elle.

— Qu'est-ce que je dois savoir ?

Elle fuit mon regard et tenta de se dégager de mon étreinte. Quand mes yeux trouvèrent les siens, je vis des larmes y perler. Elle se pinça les lèvres et prit une profonde inspiration.

— Tu te souviens de notre deuxième rencontre à Barview ? Je t'ai dit que j'avais eu une semaine difficile et que j'avais besoin de prendre l'air.

Sa voix était éraillée, prise dans une émotion tellement forte qu'elle l'empêchait de parler. Je passai les pouces sur ses joues et effaçai les larmes brûlantes qui les striaient. La Julianne que j'avais devant moi ne ressemblait en rien à celle que j'avais rencontrée à l'hôtel.

— Après l'accouchement, il y a eu des complications et... et il n'est pas certain que je puisse avoir des enfants.

— Quel rapport avec Barview ?

— J'étais sur la plage, me rappela-t-elle. Je voulais... Je voulais marcher dans l'océan jusqu'à tout oublier. Je voulais en finir, je crois.

— Mais...

— Mais tu es arrivé et... Tu as été ma raison

de rester en vie. Tu l'es toujours. Tu es la seule personne qui me regarde ainsi, comme toutes les femmes voudraient qu'on les regarde. Enfin, tu étais la seule personne qui me regardait ainsi.

Son aveu me coupa le souffle. Mais maintenant, tout prenait un sens : sa façon de regarder Cecilia, sa prévenance à l'égard de ma fille, sa réaction quand j'avais revendiqué ma fille.

— Pourquoi ne m'as-tu rien dit ? demandai-je.

— Parce qu'à l'époque je me disais que c'était sans importance. J'étais seule, je ne pensais pas rencontrer quelqu'un et… et je t'ai abordé à l'hôtel. Tu n'étais pas prévu. Pas comme ça. Je pensais que toi et moi finirions où nous avions commencé, sur la terrasse de l'hôtel. Tu m'as prise au dépourvu et, honnêtement, ce n'est pas un truc qu'on raconte au bout de dix minutes de conversation.

— C'est pour ça que tu es partie ? Parce que tu as cru que j'allais te regarder différemment ?

— Je t'ai vu avec ta fille. Je ne sais pas, j'ai eu comme un déclic. Et Laura… elle est si parfaite à tes yeux. Je n'ai pas changé d'avis, je ne peux pas rivaliser avec elle.

D'un revers de la main, elle essuya de nouvelles larmes et se força à se composer un visage neutre. Elle joua avec les clés de sa voiture pendant que j'encaissais le choc de son annonce. La plage, son enfant, sa situation, notre histoire…

— Je pensais ce que je t'ai dit : tu me fais me sentir mieux, poursuivit-elle, mais ça ne serait pas très honnête de ma part de rester ici. Tu as déjà vécu des choses terribles, tu n'as pas besoin de vivre en plus avec mes cicatrices.

Elle posa les mains sur mes joues râpeuses et déposa un baiser doux et triste sur mes lèvres. J'en oubliai le froid qui m'engourdissait et mon cœur en miettes pour elle. Je collai mon front contre le sien et calquai ma respiration sur la sienne.

— Je t'aime, dis-je finalement.

— Quoi ?

— Je t'aime. Toi. Entière et dans tous tes détails. J'aime te regarder et me dire qu'à chaque fois je découvre une chose nouvelle.

— Cooper, ce n'est pas…

— Je me fiche de tout ça. Je t'aime. Et je ne vais pas arrêter de t'aimer parce que tu estimes que c'est ainsi que ça doit se passer. De toute façon, si tu ne voulais pas que je tombe amoureux de toi, il ne fallait pas m'aborder à l'hôtel ! Maintenant, c'est trop tard, je suis dedans jusqu'au cou et je ne compte pas m'en défaire.

— Si tu ne voulais pas que je tombe amoureuse de toi, il ne fallait pas m'embrasser dans ce couloir sombre !

— C'est la différence entre toi et moi : je voulais que tu tombes amoureuse de moi, corps et biens. Je voulais devenir ton univers, comme tu es le mien. Et, tant que j'y pense, ma couleur préférée est le bleu.

Elle exhala un soupir et son visage s'éclaira soudainement. Elle posa la main contre mon torse, à l'endroit même où mon cœur menaçait d'imploser. Je pris sa main dans la mienne et l'attirai contre moi. Je la serrai à l'étouffer, cherchant à écraser la peine qui la tenaillait.

— Suis-moi, chuchotai-je.

— Maintenant ? Mais… ta fille ?

— Elle sera raccompagnée. Il y a quelque chose que je veux faire avec toi.

Je la conduisis jusqu'à ma voiture et lui ouvris la portière. Je m'installai au volant et fis demi-tour sur le parking. Julianne me lança un regard interrogatif alors que nous prenions le chemin inverse de la maison.

— Il y a quelque chose pour toi dans la boîte à gants, déclarai-je.

Elle l'ouvrit avec précaution et sortit l'écrin avec prudence. La boîte dans la main, elle me dévisagea, avant d'éclater de rire. Ce rire m'avait tellement manqué…

— Notre deuxième rendez-vous ? fit-elle.

— Tu vois que tu te souviens de certaines choses ! Ouvre !

Elle souleva doucement le couvercle, laissant apparaître un bracelet fin en or blanc. Elle le glissa à son poignet et joua avec, le faisant luire à la lumière des réverbères. Son sourire ravi me rassura. Elle semblait apaisée, même si son regard trahissait un reste de chagrin.

— On est arrivés.

Je me garai devant un terrain vague. Julianne me

lança un regard interloqué et détacha sa ceinture pour me suivre. À l'arrière de la voiture, je récupérai un sac et deux couvertures épaisses. Le soleil n'était pas encore couché et j'espérais que Julianne comprenait l'allusion.

— Ça devait être un barbecue mais, vu ce froid, j'ai peur qu'on finisse sous la neige !

— Et qu'est-ce qu'on fait ici ?

Je coinçai les couvertures sous mon bras, puis pris la main de Julianne dans la mienne. Nous avançâmes péniblement sur le terrain recouvert d'herbes folles. Il restait quelques arbustes ici et là. J'étalai une couverture au milieu des herbes et ouvris la bouteille de vin rouge. Julianne s'assit près de moi, tandis que j'allumais une petite lampe éclairant à peine nos verres.

— Couvre-toi.

Julianne tira la seconde couverture sur ses jambes et je m'installai derrière elle, son dos appuyé contre mon torse. Elle releva les jambes et enveloppa ses pieds dans la couverture. Une fois confortablement installé, je l'entendis ravaler un rire.

— Le coucher de soleil, dit-elle finalement. Et la couverture, évidemment. Que vas-tu prévoir au juste pour le prochain rendez-vous ?

— Je n'y ai pas encore réfléchi, mais revenir à une forme de simplicité me plairait bien. Un dîner dans un restaurant, quelques bougies. Tu porterais une robe fluide, on partagerait un dessert pendant que nos voisins de table jalouseraient notre bonheur parfait.

— Tu m'as perdue quand tu as parlé du dessert, dit-elle en riant.

— Et nous finirions par danser.

— Dans ce restaurant ?

— Non. Chez nous. Je pourrais alors te retirer ta robe et te faire l'amour toute la nuit, jusqu'à ce que tu oublies le reste du monde.

— Chez nous ? répéta-t-elle d'une voix blanche.

— Chez nous. Je veux vivre avec toi. Je veux cette soirée dans ce restaurant et cette dernière danse.

Elle se redressa vivement et son air paniqué me tira un rire. Elle regarda partout autour d'elle et finit par avaler son verre de vin d'un trait.

— Après ton départ, j'ai décidé de vendre la maison.

— Cooper, tu n'as pas à faire ça pour moi.

— Je le fais pour moi, surtout. Pour vivre autre chose et faire mes adieux à Laura. Tu avais raison à propos de mes souvenirs et de ma façon de parler d'elle. Mais, maintenant, tu es ici, avec moi, et je veux être avec toi. Je veux pouvoir réciter à l'infini : chocolat au lait, les roses, le vert, Kandinsky et Kerouac.

— Ça n'explique pas ce que l'on fait ici !

— Eh bien, si je m'en tiens à notre deuxième rendez-vous, je suis censé te voler un premier baiser passionné.

— En tout bien, tout honneur ?

— Il fait trop froid dehors pour que je te vole ton honneur, chuchotai-je en soulevant son menton.

Je pressai ma bouche contre la sienne et un gémissement de plaisir s'échappa des lèvres de Julianne. Sa langue se faufila dans ma bouche et elle se tourna pour me chevaucher. Je récupérai la couverture pour lui couvrir les épaules, tandis qu'une douce chaleur montait entre nous. Mes mains s'égarèrent dans son dos, pendant que Julianne ouvrait les boutons accessibles de ma chemise.

— Attends. J'avais dans l'idée de te faire l'amour dans un lit chaud.

— Je ne fais que t'embrasser, contra-t-elle, mutine.

— Julianne, tu es sur mes cuisses et je ne suis qu'un homme. Et je te désire. Je te désirais déjà dans ce couloir sombre, je te désirais sur la plage et je te désire maintenant. Rien n'a changé pour moi.

Elle passa une main entre nous et vérifia ce que je venais de lui avouer. Sa tendre pression me tira un sifflement que je tentai de camoufler dans son cou. Sa peau se couvrit de chair de poule et, à son tour, elle eut un gémissement de plaisir. Je suçai la peau de son cou et fis doucement glisser la bretelle de sa robe pour découvrir son épaule.

— J'ai encore quelque chose pour toi.

Elle s'écarta de moi, et je lui tendis une feuille de papier.

— Encore un mot ?

— Encore un mot, approuvai-je.

Elle ouvrit la feuille pliée en quatre et la déchiffra.

Cachée par le papier, je ne parvins pas à la voir. Pourtant, à la façon dont ses doigts se refermaient durement sur la feuille, je savais qu'elle était sous le choc.

— Ce n'est pas une demande en mariage, dis-je en découvrant son visage paniqué.

— Qu'est-ce que…

— C'est chez nous. Si tu en as envie.

— Tu veux vraiment qu'on vive ensemble ?

— Vraiment, oui. Je veux partager des repas, boire, faire la fête, profiter de Cecilia, te faire l'amour, prendre des bains et danser… Avec toi. Uniquement avec toi. Et ici. Ici, il n'y a que toi !

Son regard passa de moi au plan, avant de revenir sur moi. De l'index, elle suivit les contours des pièces. J'avais passé une bonne partie de la journée sur ce dessin, j'espérais que ça lui conviendrait. Elle descendit de mes cuisses et s'installa à mes côtés. Je nous enveloppai dans la couverture, un peu transi de froid.

— Ici, j'ai prévu ton atelier, le soleil donne une grande partie de la journée.

Je me levai et tendis la main vers elle. Elle se redressa à son tour et frotta sa jupe pour enlever les quelques brins d'herbe accrochés. Avec mon portable, je lançai la chanson de Stevie Wonder qui nous avait permis de danser ensemble pour la première fois.

— Cooper, personne n'a jamais fait… Bon sang, personne ne me croira, gloussa-t-elle.

— Personne ne croira quoi ?

— Qu'un homme m'a fait un mot pour me demander de vivre avec lui ! Qu'un homme *que j'aime* m'a fait un mot pour me demander de vivre avec lui.

Elle enroula les bras autour de ma nuque, pendant que mes mains trouvaient leur place dans le bas de son dos. Elle se lova contre moi et doucement je nous berçai. Sur ce terrain, au milieu des herbes folles, je sentis à nouveau le cœur de Julianne battre contre le mien. Le soleil se coucha doucement au-dessus des collines et Julianne se hissa sur la pointe des pieds pour m'embrasser. Son regard rieur se planta dans le mien et elle passa le pouce sur ma bouche.

— Rouge à lèvres.

— Vertu intacte.

Je ne sais comment, je parvins à la faire tournoyer entre mes bras et sa jupe se souleva autour de ses hanches. Julianne éclata de rire et m'adressa un regard entendu.

— Une dernière danse ? demanda-t-elle.

— Une première, plutôt.

Je l'attirai contre moi, la main plaquée dans le bas de son dos, et collai mes hanches aux siennes. Nos doigts s'entremêlèrent et je la fis tourner à nouveau ; je la faisais virevolter, l'entraînant aussi loin que possible de moi pour mieux la ramener contre mon torse. Sa bouche trouva la mienne puis, à bout de souffle, Julianne planta son regard dans le mien.

Nous dansions. Comme nous l'avions fait le jour

de notre rencontre, comme nous l'avions fait le jour où j'étais tombé amoureux d'elle, comme nous l'avions fait lors de notre première nuit ensemble.

Nous dansions. Comme si rien d'autre n'existait. À mes yeux, il n'y avait qu'elle.

La voix de Stevie Wonder s'éteignit et Julianne se mit sur la pointe des pieds. Et, comme si elle avait lu dans mes pensées, elle chuchota à mon oreille :

— Ici, il n'y a que nous.

PLAYLISTS

Julianne

Signed, Sealed, Delivered, I'm Yours, Stevie Wonder
My Girl, The Temptations
Crazy Little Thing Called Love, Queen
Can't Take My Eyes off You, Frankie Valli
You Are the Best Thing, Ray LaMontagne
Somewhere Only We Know, Keane
Dance with Me, Clarensau
Save the Last Dance for Me, The Drifters
Fire Escape, Matthew Mayfield
Tonight, Matthew Mayfield

Laura

My Girl, The Temptations
It's Your Thing, The Isley Brothers
Your Song, Elton John
For Once in My Life, Stevie Wonder
My Brown Eyed Girl, Van Morrison
Feel like Living, Hothouse Flowers
Half the World Away, Oasis
This Guy's in Love with You, Herb Alpert
Come Back Home, Matthew Mayfield

Chanson de Cecilia

Cecilia, Simon & Garfunkel

Chanson de Cooper

I Was Broken, Marcus Foster

Remerciements

Quand on me demande de définir mon « genre », j'ai coutume de dire que j'écris ce que j'ai envie de lire, j'écris des histoires qui me font me sentir bien.

Avec Cooper, j'avais envie d'écrire une histoire où l'amour était présent à chaque ligne : l'amour pour son métier, l'amour pour sa famille, pour ses amis, l'amour puissant pour sa fille, l'amour plus fort que la mort pour Laura, l'amour malgré tout, pour Julianne. Voilà, ce roman, c'est plusieurs histoires d'amour. Différentes, fortes, imprévisibles, tendres, passionnées, irrésistibles.

J'ai la grande chance d'écrire des histoires, la très grande chance de pouvoir vous les proposer, la très très grande chance de vous voir les lire, les dévorer, les aimer.

Et je vous ai, vous ! Et ça, c'est une chance encore plus grande. Nous nous rencontrons parfois, nous nous écrivons souvent, nous discutons, échangeons nos avis. C'est grâce à tout cela, à vous toutes et à vous tous, que je puise l'envie d'écrire des livres et que j'en oublie d'aller au lit. C'est grâce à vous que je crée des héroïnes fortes, battantes, drôles et intelligentes. C'est grâce à vous que je crée des héros intenses, vibrants et imprévisibles.

Merci donc à vous. D'être là, à chaque livre, à

chaque dédicace, à chaque Salon. Merci de venir, merci de rester.

J'ai aussi la grande chance d'être entourée d'une équipe fantastique, présente et prête à embarquer dans chacune de mes histoires. Leur soutien m'apporte la liberté incroyable d'écrire mes histoires.

Merci donc à toute l'équipe HarperCollins France pour m'offrir la liberté inestimable d'être et de demeurer moi-même.

Enfin, j'ai la chance ultime d'aimer et d'être aimée. Deux enfants, un mari, un chat. Et tous — même le chat — me soutiennent de manière indéfectible. Ce livre, il est aussi pour eux, pour tous les détails qui comptent, pour toutes les chansons que nous chantons dans la voiture, pour toutes nos soirées pizzas-télé devant Disney Channel.

Merci à eux.

Merci à vous. Merci.

Découvrez les autres romans d'Emily Blaine disponibles en format poche

Peut-on vraiment tourner la page de son premier amour ?

C'est en tout cas ce que pensait Charlotte. Jusqu'à ce que son passé resurgisse, bouleversant tous les repères de la vie qu'elle s'est efforcée de reconstruire. Son premier amour, Jérémiah, est de retour, bien décidé à la reconquérir. Et pour cela, il a un plan complètement fou : l'obliger à réaliser ses rêves de jeunesse avec lui, même si elle n'a gardé aucun souvenir des vœux qu'elle a formulés à l'époque.

Les filles bien ne tombent pas amoureuses des mauvais garçons... du moins, elles essayent !

Je m'appelle Abby Harper et je suis celle qui sauvera votre carrière. Mon job ? Enjoliver, camoufler, désamorcer. En bref : effacer vos faux pas, gommer vos erreurs et vous coller une auréole sur la tête. Dans mon domaine, je suis assez douée. Enfin, c'est ce que je croyais jusqu'à ce qu'on me confie le cauchemar de tout attaché de presse : Garrett McIntyre. Et j'ai comme l'impression que travailler avec monsieur « j'ai été élu deux fois homme le plus sexy de l'année » ne sera pas si simple...

Découvrez les autres romans d'Emily Blaine disponibles en format poche

La plupart des hommes se divisent en deux catégories : les serial lovers à mémoire de poisson rouge et les idiots qui ne voient pas plus loin que le bout de leur nez.

Connor n'échappe pas à la règle : il réussit même l'exploit de faire partie des deux catégories à la fois. Connor, c'est le meilleur ami de mon frère. Le mec le plus canon que j'aie jamais rencontré. Et accessoirement l'heureux élu avec qui ~~je me suis honteusement envoyée en l'air~~ j'ai passé un délicieux moment lors d'une soirée très arrosée à la tequila. Une nuit intense, passionnée, mémorable… suivie d'une douche froide quand il a compris qui j'étais et qui j'allais devenir – sa colocataire.

Il paraît que « les opposés s'attirent ».
Il paraît que « qui se ressemble s'assemble ».
Il paraît que les Jedi préfèrent les blondes.

Et il paraît aussi qu'on évite les otites en se fourrant un oignon dans l'oreille. Les proverbes, Ashley s'en méfie depuis qu'elle a eu l'occasion de constater qu'un de perdu, c'était un de perdu. Mais, depuis que Ben est entré dans sa vie et s'est installé dans l'appartement qu'elle partageait jusque-là avec sa meilleure amie, elle en viendrait presque à accepter l'idée qu'elle n'est pas condamnée à passer toute son existence en solitaire.

Découvrez les autres romans d'Emily Blaine disponibles en format poche

Cette année, à part une compilation de chants de Noël par Sinatra et la recette magique pour manger sans grossir, Emma n'a rien à demander au père Noël. Son job lui plaît, ses copines sont adorables (quand elles ne la traînent pas à la gym) et Yann est le meilleur ami que toute femme rêverait d'avoir. Que demander de plus ? A priori, rien. Sauf que Noël, c'est bien connu, c'est la saison des miracles. Et quand le père Noël prend l'apparence d'un beau brun terriblement sexy, Emma regrette très vite d'avoir enfilé ses grosses chaussettes de laine au lieu de les suspendre au-dessus de la cheminée...

Bienvenue dans le cercle très fermé des héroïnes d'Emily Blaine, des femmes d'aujourd'hui qui savent ce qu'elles veulent : vivre un amour vrai et intense !

C'est le cas des héroïnes de *Passion sous contrat*, *Une nuit dans tes étoiles* et *Ma vie sous tes étoiles*, des femmes indépendantes et volontaires, qui revendiquent leur droit au bonheur. Et pour cela, elles sont prêtes à tout, et surtout à : accepter une mutation pour devenir l'assistante personnelle d'un PDG aussi sexy que troublant, se laisser porter par la magie d'une rencontre dans un aéroport et succomber à un bel inconnu, envisager de tout plaquer pour tenter une histoire d'amour avec son amant d'une nuit.

Composé et édité par HarperCollins France.

Achevé d'imprimer en septembre 2017.

La Flèche

Dépôt légal : octobre 2017.

Pour limiter l'empreinte environnementale de ses livres, HarperCollins France s'engage à n'utiliser que du papier fabriqué à partir de bois provenant de forêts gérées durablement et de manière responsable.

Imprimé en France